KB244602

레디메이드 인생

레디메이드 인생

2004년 5월 25일 1판 1쇄 인쇄 2004년 6월 1일 1판 1쇄 발행

지은이 채만식
엮은이 강웅식

펴낸이 임은주
펴낸곳 청개구리
출판등록 2003년 10월 1일 제22-2403호
주소 (137-070) 서울 서초구 서초동 1359-4 동영빌딩 내
전화 (02)584-9886~7 / 팩스 (02)584-9882
전자우편 treefrog2003@hanmail.net

주간 조태림
편집 곽현주 / 디자인 하은애 / 영업관리 김형열

필름 출력 (주)딕스 / 표지 인쇄 금성문화사
본문 인쇄 이산문화사 / 제책 광우제책

값 7,500원

ISBN 89-90938-20-1
ISBN 89-954496-1-6(세트)

레디메이드 인생

채만식 대표 소설선

강웅식 엮음

청개구리

채만식(蔡萬植, 1902~1950)

■ 차 례 ■

일러두기

1. 이 책에 실린 채만식 소설의 띄어쓰기 및 맞춤법은
   원작의 의미를 훼손하지 않는 범위내에서만 현대
   표기법에 따랐음을 밝혀 둔다.
2. 소설 속에 나오는 고어 및 한자어 등 어려운 낱말
   은 본문에 *를 달아 표시하고 책 뒤쪽의 〈채만식 문
   학사전〉에서 설명해 놓았다.

레디메이드 인생

일찍이 맛보지

못한 새살림을 P는 시작하였다. 창선이가 도착한 날 밤. 창선이는 아랫목에서

색색 잠을 자고 있다. 외롭게 꿈을 꾸고 있으려니 생각하매 전에 없던 애정이

솟아오르는 듯하였다. 이튿날 아침 일찍 창선이를 데리고 ××인쇄소에 가서

A에게 맡기고 안 내키는 발길을 돌이켜 나오는 P는 혼자 중얼거렸다. "레디메

이드 인생이 비로소 겨우 임자를 만나 팔리었구나."

레디메이드* 인생

1

"뭐, 어데 빈자리가 있어야지."

K사장은 안락의자에 푹신 파묻힌 몸을 뒤로 벌떡 젖히며 하품을 하듯이 시언찮게* 대답을 한다. 미상불* 그는 두 팔을 쭉 내뻗고 기지개라도 한번 쓰고 싶은 것을 겨우 참는 눈치다.

이 K사장과 둥근 탁자를 사이에 두고 공손히 마주 앉아 얼굴에는 '나는 선배인 선생님을 극히 존경하고 앙모*합니다' 하는 비굴한 미소를 띠고, 있는 구변* 없는 구변을 다하여 직업 동냥의 구걸(口乞) 문구를 기다랗게 늘어놓던 P……. P는 그러나 취직 운동에 백전백패(百戰百敗)의 노졸(老卒)인지라 K씨의 힘 아니 드는 한마디의 거절에도 새삼스럽게 실망도 아니한다. 대답이 그렇게 나왔으니 인제 더 졸라도 별수가 없는 것이지만 허실삼아* 한마디 더 해보는 것이다.

"글쎄올시다. 그러시다면 지금 당장 어떻게 해줍시사고 무리하게 조를 수야 있겠습니까마는……. 그러면 이 담에 결원*이 있다든지 하면 그때는 꼭……."

이렇게 말하고 P는 지금까지 외면하였던 얼굴을 돌려 K사장을 조심성 있게 바라보았다. 그러나 K사장은 우선 고개를 좌우로 두어 번 흔들고는 여전히 하품 섞인 대답을 한다.

"결원이 그렇게 나나 어데……. 그리고 간혹 가다가 결원이

난다더래도 유력한 후보자가 몇십 명씩 밀려 있어서…….”

P는 아무 말도 아니하고 고개를 숙였다. 인제는 영영 틀어진 것이다. ‘안녕히 계십시오’ 하고 일어서는 것밖에는 별수가 없다.

별수가 없이 되었으니 ‘네 그렇습니까’ 하고 선선히 일어서야 할 것이지만 지금까지의 은근히 모시고 있던 태도에 비하여 그것이 너무 낮이 간지러운 표변*임을 알기 때문에 실망이나 하는 체하고 잠시 더 앉아 있는 것이다.

“거참, 큰일들 났어.”

K사장은 P가 낙심해 하는 것을 보고 별로 밑천이 들지 아니하는 일이라서 알뜰히 걱정을 나누어 준다.

“저렇게 좋은 청년들이 일거리가 없어서 저렇게들 애를 쓰니.”

P는 속으로 코똥을 ‘흥’ 하고 뀌었으나 아무 대답도 아니하였다. K사장은 P가 이미 더 조르지 아니하리라고 안심한지라 먼저 하품 섞어 ‘빈자리가 있어야지’ 하던 신어붓잖은 태도는 버리고 그가 늘 흉중*에 묻어 두었다가 청년들에게 한바탕씩 해 들려주는 훈화를 꺼낸다.

“그렇지만 내가 늘 말하는 것인데…… 저렇게 취직만 하려고 애를 쓸 게 아니야. 도회지에서 월급 생활을 하려고 할 것만이 아니라 농촌으로 돌아가서…….”

“농촌으로 돌아가서 무얼 합니까?”

P는 말 중동*을 갈라 불쑥 반문하였다. 그는 기왕 취직 운동은 글러진 것이니 속시원하게 시비라도 해보고 싶은 것이다.

"허! 저게 다 모르는 소리야……. 조선은 농업국이요, 농민이 전 인구의 팔 할이나 되니까 조선 문제는, 즉 농촌 문제라고 볼 수가 있는데, 아, 지금 농촌에서 할 일이 오죽이나 많다구?"

"저는 그 말씀 잘 못 알아듣겠는데요. 저희 같은 사람이 농촌에 가서 할 일이 있을 것 같잖습니다."

"그럴 리가 있나! 가령 응…… 저……."

K사장은 '응…… 저……' 하고 더듬으면서 끝대답을 하지 못한다. 그것은 무리가 아니다.

그가 구직하러 오는 지식 청년들에게 농촌으로 돌아가 농촌 사업을 하라는 것과 (다음에 또 꺼내는 일거리를 만들라는 것은) 결코 현실에서 출발한 이론적 근거가 있는 것이 아니었다. 그저 지식 계급의 구직꾼이 넘치는 것을 보고 막연히 '농촌으로 돌아가라' '일을 만들어라'고 해왔을 따름이다. 따라서 거기에 대한 구체적 플랜이 있는 것도 아니었던 것이다. 한편으로는 한 행세거리로, 또 한편으로는 구직꾼 격퇴의 수단으로 자룡이 헌 창 쓰듯* 썼을 뿐이지 ―.

그리하여 그 동안까지는 대개는 그 막연한 설교를 들은 성 만성 하고 물러가는 것이 그들의 행투*였었는데, 오늘 이 P에게만은 그렇지가 아니하여 불가불 구체적 설명을 해주어야 하게 말

머리가 돌아선 것이다. 그래서 그는 떠듬떠듬 생각해 가면서 생각나는 대로 주워섬기는 것이다.

"가령 응…… 저…… 문맹 퇴치 운동도 있지, 농민의 구 할은 언문*도 모른단 말이야! 그리고 생활 개선 운동도 좋고…… 헌신적으로."

"헌신적으로요?"

"그렇지…… 할 테면 헌신적으로 해야지."

"무얼 먹고 헌신적으로 그런 사업을 합니까? ……먹을 것이 있어서 그런 농촌 사업이라도 할 신세라면 이렇게 취직을 못 해서 애를 쓰겠습니까?"

"허! 그게 안된 생각이야……. 자기가 먹고 살 재산이 있으면서 사회를 위해서 일도 아니하고 번들번들 논다는 것은, 그것은 타락된 생각이야."

P는 K사상이 억난*을 내세우는 것을 보고 속으로 싱그레 웃었다.

"그렇지만 지금 조선 농촌에서는 문맹 퇴치니 생활 개선이니 합네 하고 손끝이 하얀 대학이나 전문학교 졸업생들이 몰켜오는 것을 그다지 반겨하기는커녕 머릿살을 앓을 것입니다……. 농민이 우매하다든지 문화가 뒤떨어졌다든지 또 생활이 비참한 것의 근본 원인이 기역 니은을 모른다든가 생활 개선을 할 줄 몰라서 그런 것이 아니니까요. 그리고 조선의 지식 청년들이 모

두 그런 인도주의자가 되어집니까?"

"되면 되지, 안 될 건 무어야?"

"그건 인도주의란 그것이 한 개 공상이니까 그렇겠지요."

"허허…… 그러면 P군은 ××주의잔가?"

"되다가 찌부러진 찌스레깁니다. 철저한 ××주의자라면 이렇게 선생님한테 와서 취직 운동도 아니합니다."

"못써! 그렇게 과격한 사상으로 기울어서야 쓰나……. 정 농촌으로 돌아가기가 싫거든 서울서라도 몇 사람 맘 맞는 사람이 모여서 무슨 일을—조선에 신문이 모자라니 신문을 하나 경영하든지 또 조그맣게 하자면 잡지 같은 것도 좋고, 또 영리 사업도 좋고……. 그러면 취직 운동하는 것보담 훨씬 낫잖은가?"

"좋을 줄이야 압니다마는 누가 돈을 내놉니까?"

"그거야 성의 있게 하면 자연 돈도 생기는 거지."

P는 엉터리없는 수작을 더 하기가 싫어 웬만큼 말을 끊고 일어섰다.

속에 있는 말을 어느 정도까지 활활 해준 것이 시원은 하나 또 취직이 글렀구나 생각하니 입 안에서 쓴 침이 고여 나온다.

복도에서 편집국장 C를 만났다. P는 C와 자별히 사이가 가까운 터이었다.

"사장 만나러 왔소?"

C가 묻는 것이다.

“아—니.”

P는 거짓말을 하였다. 그는 지금 K사장을 만나 거절당한 이야기를 하기가 어쩐지 창피하기도 할 뿐 아니라 또 전부터 C더러 K사장에게 자기의 취직 운동을 부탁해 왔던 터인데 직접 이렇게 찾아와서 만났다고 하기가 혐의쩍기도* 하여 시치미를 뚝 뗀 것이다.

“아주 단념하오.”

C 자기에게 부탁한 취직 운동을 단념하란 말이다. 그러면 벌써 C가 K사장에게 이야기를 하였고, 그 결과 일이 틀어진 것을 P는 모르고 와서 헛노릇을 한바탕 한 것이다. P는 먼저 C를 만나 보지 아니하고 K사장을 만난 것을 후회하였다. C는 잠깐 멈췄던 말을 계속한다.

“어제 아침에 사장더러 P군의 사정이 퍽 난처하니 어떻게 생각해 봐주면 좋겠다고 여러 말을 했다가 코떼었소.* 신문사가 구제 기관이 아닌데 남의 사정 난처한 것을 어떻게 하라느냐고 그럽디다……. 하기야 그게 옳은 말이지만…….”

신문사가 구제 기관이 아니라고 한다는 그 말이 P의 머리에는 침 끝으로 찌르는 것 같이 정신이 들게 울리었다.

“흥! 망할 자식들!”

P는 혼자말로 이렇게 두덜거리며* C와 작별도 아니하고 밖으로 나와 버렸다.

2

　P는 광화문 네거리의 기념비각(記念碑閣) 옆에서 발길을 멈추고 망설였다. 어디로 갈까 하는 것이다.

　봄 하늘이 맑게 개었다. 햇볕이 살이 올라 포근히 온몸을 싸고 돈다. 덕석* 같은 겨울 외투를 벗어 버리고 말쑥말쑥하게 새로 지은 경쾌한 춘추복의 젊은이들이 봄볕처럼 명랑하게 오고 가고 한다. 멋쟁이로 차린 여자들의 목도리가 나비같이 보드랍게 나부낀다. 그 오동보동한* 비단 다리를 바라다보노라니 P는 전에 먹던 치킨가스가 생각이 났다.

　창을 활활 열어 젖힌 전차 속의 봄 사람들을 보니 P도 전차를 잡아 타고 교외나 나가고 싶었다. 그러나 크림 맛을 못 본 지 몇 달이 된 낡은 구두, 구기적거린 동복 바지, 양편 포켓이 오뉴월 쇠불알같이 축 처진 양복 저고리, 땟국 묻은 와이셔츠와 배배 꼬인 넥타이, 엿장사가 2전어치 주마던 낡은 모자, 이렇게 아래로부터 훑어 올려보며 생각하니 교외의 산보는커녕 얼핏 돌아가서 차라리 이불을 뒤쓰고 드러눕고만 싶었다.

　마침 기념비각 옆에 자동차 하나가 머무르더니 서양 사람 내외가 내린다. 그들은 사내가 설명을 하고 여자가 듣고 하면서 기념비각을 앞뒤로 구경한다. 여자는 사진까지 찍는다.

　대원군이 만일 이 꼴을 본다면…… 이렇게 생각하매 P는 저

절로 미소가 입가에 떠올랐다.

3

대원군은 한말(韓末)의 돈키호테였었다. 그는 바가지를 쓰고 벼락을 막으려 하였다. 바가지는 여지없이 부스러졌다. 역사는 조선이라는 조그마한 땅덩이나마 너무 오래 뒤떨어뜨려 놓지 아니하였다.

갑신정변(甲申政變)에 싹이 트기 시작하여 가지고 한일합방의 급격한 역사적 변천을 거쳐 자유주의의 사조는 기미년에 비로소 확실한 걸음을 내어디디었다.

자유주의의 새로운 깃발을 내걸은 '시민(市民)'의 기세는 등등하였다.

"양반? 흥! 누구는 발이 하나길래 너희만 양발(반)이라느냐?"

"법률의 앞에서는 만인이 평등이다."

"돈……, 돈이 있으면 무어든지 할 수 있다."

신흥 부르주아지*는 민족주의의 간판을 이용하여 노동자·농민의 등을 어루만지고, 경제적으로 유력한 봉건 귀족과 악수를 하는 동시에 지식 계급을 대량으로 주문하였다.

유자천금이 불여교자일권서(遺子千金 不如敎子一卷書)라는

봉건 시대의 진리가 자유주의의 세례를 받아 일단의 더 발전된 얼굴로 민중을 열광시켰다.

"배워라. 글을 배워라……. 지식만 있으면 누구나 양반이 되고 잘살 수가 있다."

이러한 정열의 외침이 방방곡곡에서 소스라쳐 일어났다.

신문과 잡지가 붓이 닳도록 향학열을 고취하고 피가 끓는 지사(志士)들이 향촌으로 돌아다니며 삼 촌의 혀를 놀려 권학(勸學)을 부르짖었다.

"배워라. 배워야 한다. 상놈도 배우면 양반이 된다."

"가르쳐라. 논밭을 팔고 집을 팔아서라도 가르쳐라. 그나마도 못하면 고학*이라도 해야 한다."

"공자 왈 맹자 왈은 이미 시대가 늦었다. 상투를 깎고 신학문을 배워라."

"야학을 설치하여라."

재등(齋藤) 총독이 문화 정치의 간판을 내걸고 골골이* 학교를 증설하였다. 보통학교의 교장이 감발*을 하고 촌으로 돌아다니며 입학을 권유하였다. 생도에게는 월사금*을 받기는커녕 교과서와 학용품을 대 주었다.

민간의 유지는 돈을 걷어 학교를 세웠다. 민립 대학도 생기려다가 말았다. 청년회에서는 야학을 실시하였다. '갈돕회'*가 생겨 갈돕만주 외우는 소리가 서울의 신풍경을 이루었고 일반은

고학생을 존경하였다.

여학생이라는 새 숙어가 생기고 신여성*이라는 새 여인이 생겨났다.

이와 같이 조선의 관민이 일치되어 민중의 지식 정도를 높이는 데 전력을 하였다. 즉 그들 관민이 일치하여 계획한 조선의 문화 정도는 급속도로 높아 갔다. 그리하여 민중의 지식 보급에 애쓴 보람은 나타났다.

면서기를 공급하고, 순사를 공급하고, 군청 고원*을 공급하고, 간이 농업학교 출신의 농사 개량 기수(技手)를 공급하였다.

은행원이 생기고 회사 사원이 생겼다. 학교 교원이 생기고 교회의 목사가 생겼다.

신문기자가 생기고, 잡지 기자가 생겼다. 민중의 지식 정도가 높았으니 신문·잡지 독자가 부쩍 늘고 의사와 변호사의 벌이가 윤택하여졌다.

소설가가 원고료를 얻어먹고, 미술가가 그림을 팔아먹고, 음악가가 광대의 천호(賤號)에서 벗어났다.

인쇄소와 책장사가 세월을 만나고, 양복점·구둣방이 늘비하여졌다.

연애 결혼에 목사님의 부수입이 생기고, 문화 주택을 짓느라고 청부업자가 부자가 되었다. 그리하여 부르주아지는 가보*를 잡고, 공부한 일부의 지식꾼은 진주(다섯 끗)를 잡았다.

그러나 노동자와 농민은 무대*를 잡았다. 그들에게는 조선의 문화의 향상이나 민족적 발전이나가 도리어 무거운 짐을 지워 주었을지언정 덜어 주지는 아니하였다. 그들은 배[梨] 주고 속 얻어먹은 셈*이다.

(20여 자 삭제―당시 검열에 의한 삭제 부분이다. 이 대목 이후에도 이처럼 삭제된 부분이 계속 나타난다).

인텔리*……. 인텔리 중에도 아무런 손끝의 기술이 없이 대학이나 전문학교의 졸업 증서 한 장을, 또는 조그마한 보통 상식을 가진 직업 없는 인텔리……. 해마다 천여 명씩 늘어가는 인텔리……. 뱀을 본 것은 이들 인텔리다.

부르주아지의 모든 기관이 포화 상태가 되어 더 수요가 아니 되니 그들은 결국 꾀임을 받아 나무에 올라갔다가 흔들리는 셈이다. 개밥의 도토리다.

인텔리가 아니 되었으면 차라리 (7~8자 삭제) 노동자가 되었을 것인데 인텔리인지라 그 속에는 들어갔다가도 도로 달아나오는 것이 99퍼센트다. 그 나머지는 모두 어깨가 축 처진 무직 인텔리요, 무기력한 문화 예비군 속에서 푸른 한숨만 쉬는 초상집의 주인 없는 개들이다. 레디메이드 인생이다.

4

“제길!”

P는 혼자 두덜거리며 지금까지 섰던 기념비각 옆을 떠났다.

(80여 자 삭제)

P는 자기 자신이고 세상의 모든 일이고 모두 짜증이 나고 원수스러웠다.

광화문 큰 거리를 총독부 쪽으로 어실어실 걸어가노라니 그의 그림자가 짤막하게 앞에 누워 간다. P는 그 자기 그림자를 콱 밟고 싶었다. 그러나 발을 내디디면 그림자도 그만큼 앞으로 더 나가곤 한다. 이 그림자와 자기 자신에서 그리고 그림자를 밟으려는 자기 자신과 앞으로 달아나는 그림자에서 P는 자기의 이중 인격의 모순상을 발견하였다.

동십자각 옆에까지 온 P는 그 건너편 담배 가게 앞으로 갔다.

“담배 한 갑 주시오.”

하고 돈을 꺼내려니까 담배 가게 주인이,

“네—, 마콥니까?”

묻는다.

P는 담배 가게 주인을 한번 거들떠보고 다시 자기의 행색*을 내려 훑어보다가 심술이 버쩍 났다. 그래서 잔돈으로 꺼내려던 것을 일부러 일 원짜리로 꺼내 드는데 담배 가게 주인은 벌써

마코 한 갑 위에다 성냥을 받쳐 내민다.

"해태 주어요."

P는 돈을 들이밀면서 볼멘소리를 질렀다. 그러나 담배 가게 주인은 그저 무신경하게 "네—" 하고는 마코를 해태로 바꿔 주고 팔십오 전을 거슬러 준다.

P는 저편이 무렴해 하지* 아니하는 것이 더욱 얄미웠다.

그는 해태 한 개를 꺼내어 붙여 물고 다시 전찻길을 건너 개천 가로 해서 올라갔다. 이제는 포켓 속에 남은 것이 꼭 삼 원하고 동전 몇 푼이다. 엊그제 겨울 외투를 사 원에 잡혀서 생긴 것이다.

방세와 전깃불 값이 두 달치나 밀렸다. 삼 원은 방세 한 달치를 주고, 일 원에서 전등삯 한 달치를 주고도 싶었으나 그러고 나면 그 나머지로 설렁탕이나 호떡을 사 먹어도 하루밖에는 못 지낸다. 그래 그대로 넣어 두고 한 이틀 지내는 동안에 일 원이 거진 달아났던 판인데 공연한 객기*를 부리느라고 당치도 아니한 해태를 샀기 때문에 이제는 일 원 돈은 완전히 달아나고 삼 원만 남은 것이다.

P는 포켓 속에 돈을 넣고 잔돈과 지폐를 섞어 삼 원 남은 돈을 만지작거렸다. 그러면서 왼편 손으로는 손가락을 꼽아 가며 삼 원을 곱쟁이* 쳐 보았다.

육 원, 십이 원, 이십사 원, 사십팔 원, 구십육 원, 백구십이

원, 팔 원 모자라는 이백 원……. 사백 원, 팔백 원, 일천육백 원, 삼천이백 원, 육천사백 원, 일만 이천팔백 원, 팔백 원은 떼어 버리고 이만 사천 원, 사만 팔천 원, 구만 육천 원, 십구만 이천 원, 삼십팔만 사천 원, 칠십육만 팔천 원, 일백오십삼만 육천 원…….

삼 원을 열여덟 번만 곱집으면 일백오십만 원이 된다. 일백오십만 원 그놈만 있으면……, 이렇게 생각하매 어깨가 으쓱해졌다.

삼 원의 열여덟 곱쟁이가 일백오십만 원이니 퍽 쉬운 일이다……. 그놈만 있으면 백만 원을 들여서 오십 전짜리 16페이지 신문을 하나 했으면 우선 K사장의 엉엉 우는 꼴을 볼 수가 있을 것이다.

그러나 아쉬운 대로 십오만 원만 있어도, 일만 오천 원, 아니 일천오백 원만 있어도, 아니 일백오십 원만 있어도, 십오 원만 있어도, 우선 방세와 전등삯을 주고 한 달은 살아가겠다.

P는 한숨을 내쉬었다. 한 달? 한 달만 살고 나면 그 담은 어떻게 하나……. 그래도 몇백 원은 있어야지, 아니 몇천 원은, 아니 몇만 원은…….

P는 늘 하는 버릇으로 이런 터무니없는 공상을 되풀이하였다. 그는 최근 이러한 공상을 하면서부터 취직을 시들하게 여겼다. 취직이 된댔자 사오십 원이나 오륙십 원의 월급이다. 그것

을 가지고 빠듯빠듯 살아간들 무슨 아기자기한 재미가 있을 턱도 없는 것이다.

가령 근실히* 해서 월괘저금(月掛貯金)* 같은 것도 하고, 집도 장만하고, 여편네도 생기고, 사장이나 중역들의 눈에 들어 지위도 부장쯤으로 올라가고, 그리하여 생활의 근거도 안정이 되고 하면 지금 같은 곤란은 당하지 아니하겠지만, 그러나 P에게는 아직도 젊은 때의 야심이 있어 그러한 고식된* 안정이나 명색 없는 생활은 도리어 피하고 싶었던 것이다. 좀더 남의 눈에 띄며, 좀더 재미있고, 그리고 자유로운 생활—.

물론 그는 지금이라도 누가 한 달에 삼십 원만 줄 테니 와서 일을 해달라면 마치 주린 개가 고기를 보고 덤비듯이 덮어놓고 덤벼들 것이다. 그러나 속으로는 그와는 딴판으로 배포를 부리고* 있는 것이다.

P가 삼청동으로 올라가느라고 건춘문 앞까지 이르렀을 때에 저편에서 말쑥하게 봄 치장을 한 여자 하나가 마주 내려왔다.

역시 삼청동 근처에 사는 여자인지 P와는 가끔 마주치는 여자다.

P는 그 여자와 만날 때마다 일부러 눈여겨보지 아니하는 체는 하면서도 실상은 고비샅샅* 관찰을 하였고, 그리고 속으로는 연애라도 좀 했으면 하던 터였다. 무엇보다도 동그스름한 얼굴에 이목구비가 모두 모지지 아니하고, 얼굴의 윤곽이 동글 듯이

모가 나지 아니한 것, 그래서 맘자리도 그렇게 둥글려니 하는 것이 P의 마음을 끈 것이다.

그 여자는 자주 만나는 이 헙수룩한* 양복쟁이—P를 먼 빛으로도 알아보았는지 처녀다운 조심스런 몸매로 길을 가로 비켜 가까이 왔다.

P는 고개를 꼿꼿이 쳐들고 앞만 쳐다보면서도 속으로는,

'저 여자가 지금 내 옆으로 다가와서 조그만 소리로 정답게 구애(求愛)를 한다면? 사뭇 들이안긴다면? ……어쩔꼬?'

이런 생각을 하면서 히죽이 웃는데, 여자는 벌써 지나쳐 버렸다.

'흥! 어쩌긴 무얼 어째? ……이년아, 일 없다는데 왜 이래! 하고 발길로 칵 차 내던지지.'
하고 P는 어깨를 으쓱하였다.

삼청동 꼭대기에 있는 집—집이 아니라 사글세로 든 행랑방—에 돌아왔다. 객지에 혼자 있으니 웬만하면 하숙에 있을 것이로되 방값이 밀리고, 그것에 졸릴* 것이 무서워 P는 방을 얻어 가지고 있던 것이다.

먹는 것이야 수중에 돈이 있는 데에 따라 호떡도 설렁탕도 백화점의 런치도 그렇잖고 몇 끼씩 굶기도 하여 대중이 없었다.

볕 구경을 잘 못 해서 겨울에도 곰팡이 슬고, 이불을 며칠씩 그대로 펴 두는 방바닥에서는 먼지가 풀씬풀씬 올랐다. 하도 어

설퍼 앉으려고도 아니하고 방 가운데 우두커니 서서 있노라니
까 안방문 여닫는 소리가 들리며 주인 노파가 나와서 캑 하고
기침을 한다. P는 또 방세 졸릴 일이 아득하였다.

그러나 노파는 방세보다도 우선 편지 한 장을 들이밀어 준다.
고향의 형에게서 온 것이다.

편지를 뜯어 읽고 난 P는 말가웃〔一斗半〕*이나 되게 한숨을
푸—내쉬었다. 그러고는 편지를 박박 찢어 버렸다.

5

편지의 요건은 P의 아들에 관한 것이다. P에게는 연전*에 갈
린* 아내와 사이에 생긴 창선이라는 아들이 있다. 금년에 아홉
살이다.

아내와 갈릴 때에 저편에서 다만 어린애만이라도 주었으면 그
것을 데리고 길러 가는 재미로 혼자 사는 세상에 낙을 붙이겠다
고 사정하였다. 그리고 적어도 중학까지는 마치게 하겠다는 것
이었다. 그렇게 했으면 P도 한 짐을 덜었을 것이다. 그러나 그
는 듣지 아니하였다.

어릴 적부터 소박데기 어미의 손에서 아비의 원망과 푸념을
들어 가면서 자란 자식은 자란 뒤에 그 아비에게 호감을 가지지

못한다. P는 자식을 꼭 찾고 싶은 것은 아니나 아무튼 장성*하면 아비라고 찾아올 터인데 그때에 P는 이미 늙고 자식은 팔팔하게 젊은 놈이 옛날에 제 어미를 소박한 아비라서 아니꼽게 군다면 그것은 차마 못 당할 노릇이다.

이러한 생각으로 P는 창선이를 내주지 아니한 것이다. 그러나 빼앗아 놓고 보니 이제 겨우 너댓 살밖에 아니 먹은 것을 자기 손으로 어찌할 수가 없다. 그리하여 할 수 없이 어렵사리 지내는 그 형에게 맡겨 놓고 다시 서울로 올라온 것이다. 보통학교에 다닐 나이가 되면 서울로 데려오겠다고 해두고.

P의 형은 작년에 조카를 보통학교에 입학시켰다. 그러나 극빈* 축에 드는 집안인지라 몇 푼 안 되는 월사금과 학비를 대지 못하여 중도에 퇴학시켰다. 애초에 입학시킬 상의로 P에게 편지를 했을 때에 P는 공부 같은 것은 시켜 봤자 소용이 없으니 차라리 뼈가 보드라운 때부터 생 일(노동)을 시키라고 하였다. P의 형은 그러나 백부(伯父)의 도리로나 집안의 체면으로나 창선이를 생일을 시킬 수가 없었다. 차라리 자기 손에 두어 헐벗기고 헐입히면서 공부도 시키지 못하느니 제 아비인 P더러 데려가라고 작년부터 편지를 하던 터이다.

금년도 입학 시기가 당하매 P의 형은 P에게 누차 편지를 하였다. 금년에 입학을 시키지 못하면 명년*에는 학령*이 초과되어 들여 주지 아니할 것이니 어서 데려다가 공부를 시키라는 것이다.

'그 어린 것이 굶기를 먹듯 하고, 재주는 있으면서 남의 집 아이들이 학교에 다니는 것을 부러워하는 꼴은 차마 애처로워 볼 수가 없다. 차라리 이꼴저꼴 보지 아니하는 것이 속이나 편하겠다.'

이번 편지에는 이러한 구절이 있고 끝에 가서,

'여비가 몇 원 변통되면 차를 태우고 전보 칠 테니 정거장에 나와 데려가거라. 나도 웬만하면 객지에 혼자 있는 너에게 어린 자식을 떠맡기듯이 보내겠느냐마는 잘못하다가 그것을 굶겨 죽이겠기에 생각다 못하여 단행하는 것이다.'

이러한 말이 씌어 있었다.

P는 박박 찢은 편지를 돌돌 뭉쳐 방구석에 내던지고 한숨을 푸 — 내쉬었다.

이제는 자식을 데리고 있기가 피할 수 없이 되었는데 어떻게 했으면 좋을까 하는 것이다. 그는 형이 원망스럽고 아니꼬웠다.

굳이 제 아비를 따라 보낸다는 것이 아니라 부등부등* 공부를 시키라는 것 때문이다. 기왕 서울로 보내나 시골서 데리고 있으나 고생시키기는 일반이니 차라리 시골서 일찍부터 생일이나 시켰으면 P에게는 여러 가지로 좋을 것이었다.

"흥! 체면! 공부! 죽여도 인텔리는 만들잖는다."

P는 혼자 이렇게 투덜거렸다.

"집에서 온 편지유? 무슨 걱정이 생겼수?"

말거리*를 찾지 못하여 머뭇거리고 섰던 안방 노인이 동정이나 하는 듯이 이렇게 묻는다.

"아니오."

P는 마지못해 코대답*을 하였다.

"필경 무슨 걱정이 생긴 게구려!"

노인은 자기의 말거리를 만들려고 아니라는데도 이렇게 걱정을 내놓는다.

"그게 모두 가난한 탓이지……. 저렇게 젊고 똑똑한 이가, 저게 모두 가난한 탓이야! 어데 구실(직업) 자리 하나 말한다더니 아직 아니 됐수?"

"네, 아직……."

"거, 큰일났구려! 어서 돼야 할 텐데……. 나두 꼭 죽겠수……. 이 늙은 것이! ……돈 좀 마련되잖았수?"

"네, 아직 좀……."

"저걸 어쩌나! 오늘은 물값이야 전깃불 값이야 사뭇 받으러 달려들 텐데!"

"며칠만 더 미루십시요. 설마하니 마나님이야 아니 드리겠습니까……."

"아무렴! 실수야 없을 줄 알지만 내가 하도 옹색하니깐* 그러는 거지……."

P는 노인이 지껄이게 두어 두고 혼자 생각하였다. 전에 아는

집에서 셋방을 얻어 들었을 때에는 두 달이고 석 달이고 세가 밀려야 조르는 법이 없었다.

밀려도 조르지 아니하는 아는 집……, 이것이 P는 도리어 미안해서 이곳으로 옮겨 온 것이다. 옮겨 와 가지고 막상 졸림질을 당하니 미안해도 졸리지는 아니하던 옛집이 그리워지는 것이다.

노인이 문을 가로막고 서서 수다스런 소리로 더 지껄이려고 하는데 마침 P의 동무 M과 H가 찾아왔다.

"어데 나가나?"

M이 그렇잖아도 벌씸*한 코를 한 번 더 벌씸하고 사이 벌어진 앞니를 내보이며 싱긋 웃는다.

몸집은 M과 같이 통통하지만 키가 작아 M의 뒤에 가려 섰던 H가 옆으로 나서며,

"안녕하시오."

하고 인사를 한다.

P는 싱긋이 웃었다. 이 M과 H는 같은 하숙에 있는데 두 사람은 곧잘 같이 돌아다닌다. 같이 가는 것을 나란히 세워 놓고 보면 하나는 키가 커서 우뚝하고 하나는 키가 작아서 납작 붙어 가는 것 같다.

얼굴도 M은 우둘부둘한 게 정객* 타입으로 생기었고 — 잘못하면 복싱 링에 내세워도 좋겠고 — H는 안존한* 게 사무원 타

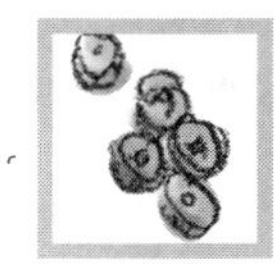

입이다.

일상의 언행을 보아도 H는 무슨 이야기가 자기 전문인 법률에 관한 것에 다다르면 육법 전서의 조목을 따르르 외우면서 이러고저러고 하다고 설명을 하고, M은 동경서 학생 ××에 제휴를 했던 만큼, 그리고 전문이 정경과인 만큼 좌익 진영에서 쓰는 어투가 그대로 나온다.

"여전히 모두 동색(冬色)이 창연*하군!"

P는 두 사람의 특특한* 겨울 양복을 보고, 그리고 자기의 행색을 내려보며 웃었다.

M이 신을 벗고 들어와 먼지 앉은 책상 위에 걸터앉으며,

"춘래불사춘일세."

하고 한마디 외운다. H도 따라 들어와 한편에 앉으며 한마디 한다.

"아직 괜찮아……. 거리에서 보니까 동복 입은 사람이 많데……."

"괜찮기는 무어 괜찮아……. 우리가 길로 돌아다니니까 사방에서 아이구 아야! 소리가 들리데."

"왜?"

"봄이 발밑에서 짓밟히느라고."

"하하하하."

세 사람은 소리를 내어 웃었다.

"참 시험 본 것 어떻게 되었소?"

P는 H가 일전에 총독부에서 본 고원 채용 시험을 생각하고 물어 보았다.

"말두 마시우……. 이제는 꼭 들어앉아 공부나 해가지고 변호사 시험이나 치겠소."

사람이 별로 변통성도 없고, 그렇다고 여기저기 반연*도 없어 취직이 여의하게* 되지 못하는 것을 볼 때에 P는 가엾은 생각이 늘 들곤 하였다.

"가만 있게……, 어서 변호사 시험만 패스하게. 그러면 이제 내가 백만 원짜리 주식회사를 조직해 가지고 자네를 법률 고문으로 모셔 옴세."

이것은 M이 늘 농삼아 하는 농담이다. M도 일 년 동안이나 취직 운동을 하면서 지냈건만 그는 되려 배포가 유하다. 조금 더 재빠르게 했으면 M은 벌써 취직이 되었을는지도 모르나 그는 타고난 배포와 그리고 남에게 아유구용*을 하기 싫어하는 성질로 말하자면 취직 전선의 낙오자다.

별로 만나야 할 일도 없다. 그러나 제가끔 혼자 있으면 우울해지니까 이렇게 서로 찾으며 자주 만나게 된다. 만나 앉아서 이야기라도 지껄이면 그 동안만은 명랑하여진다. 지금 서울 안에 P니 M이니 H니와 매일 만나 하는 일 없이 돌아다니고 주머니 구석에 돈푼 있으면 서로 털어 선술잔이나 먹고 하는 룸펜*의

패가 수없이 많다.

무어나 일을 맡기었으면 불이 번쩍 일게 해낼 팔팔한 젊은 사람들이다. 그렇건만 그들은 몸을 비비 꼬고 있다.

아무 데도 용납치 못하는 사람들이다. ××적 ××에서 그들을 불러들이기에는 ××적 ××의 주관적 정세가 너무도 미약하다. 그것은 그들의 몇 부분이 동경서 학생으로 있을 시절에는 그 속에서 활발하게 ××을 계속하던 것이 조선에 나오면서 탈리*되는 것으로 보아 그러한 해석을 내리지 아니할 수가 없다.

그렇다고 부르주아의 기성 문화 기관에 들어가자니 그곳에서는 수요를 찾지 아니한다. 레디메이드로 된 존재들이니 아무 때라도 저편에서 필요해야만 몇씩 사들여 간다.

M이 마코를 꺼내 놓고 붙여 문다. P는 포켓 속에 들어 있는 해태를 차마 내놓기가 낯이 따가워 M의 마코를 집어당겼다.

(80여 자 삭제)

P는 설명을 시작한다. P 자신도 그러한 장난 비슷한 공상은 하면서 일단 해보라고 하면 주저할 것이지만 어쨌거나 그랬으면 통쾌하리라는 것이다.

"먼저 경무국에 들어가서 아주 까놓고 이야기를 한단 말이야. 우리가 지금 대상으로 하는 것은 총독부가 아니라 조선의 소위 민간측 유지들이니까 간섭을 말아 달라고."

"그러면 관허(官許)* 메이 데이*로구만."

"그래, 관허도 좋아……. 그래 가지고는 그에다가는 무어라고 쓰느냐 하면 '우리에게 향학열을 고취한 놈이 누구냐?', 어때?"

"좋지."

"인텔리에게 직업을 내라……. 이렇게 노래를 지어 부르거든."

(10여 자 삭제)

"응……, 유지와 명사의 가면을 박탈시키라고……. 한 몇십 명이 그렇게 데모를 한단 말이야."

"하하하하."

M은 이렇게 웃고 H는 신어붓잖게 핀잔을 준다.

"듣그럽소,* 여보……. 아, 글쎄 멀끔멀끔한 양복쟁이들이 종로 네거리로 기를 받고 그렇게 다녀 봐! 애들이 와서 나 광고지 한 장 주— 하잖나."

"하하하하."

"허허허허."

창 밖에서 냉이 장수가 싸구려 소리를 외치고 지나간다. M이 그에 응하여,

"이크! 봄을 덤핑*하는구나."

"흥, 경제학자라 다르군. 참 우리 하숙에서는 채소를 좀 먹여 주어야지!"

“밥값을 잘 내보지.”

“그도 그렇지만.”

“나는 석 달치 밀렸네.”

“나도 그렇게 될걸.”

“그러니까 나처럼 이렇게 아파트 생활을 해요.”

이것은 P의 말이다. 아파트라고 말해 놓고도 서글퍼서 허허 웃었다.

“조선식 아파트! 그렇지만 우리가 아파트 생활을 했다면 아마 두어 달 전에 굶어 죽었을걸.”

“나는 돈을 보면 초면 인사를 해야 되겠네……. 본 지가 하도 오래 돼서 낯을 잊었어.”

“여보게.”

하고 M이 의젓하게 H를 달군다.

“돈 구경한 지 오래 됐다지?”

“응.”

“좋은 수가 있네.”

“뭣?”

“자네 책 좀 삼사(三四)구락부*에 보내세.”

“싫으이.”

“자네 돈 구경하고……, 구경하고 나서 그놈으로 한잔 먹고…….”

"한잔 말이 났으니 말이지, 요즘 같으면 술이나 실컷 먹고 주
정이라도 했으면 속이 시원하겠네."
"그러니까 말이야……, 가세. 가서 다섯 권만 잽혀."
"일 없다."
"내가 찾아 주지."
"흥."
"정말이야."
"싫여."

6

그날 밤.
P와 M은 H를 졸라 그의 법률책을 잡혀 돈 육 원을 만들어 가
지고 나섰다.
선술집에 가서 엔간히 취하도록 먹은 뒤에 C라는 카페에 가
서 술 두 병을 놓고 자정이 되도록 노닥거렸다. 그곳에서 나올
때는 육 원 돈이 이 원 남았다. 이 원의 처지를 생각하던 세 사
람은 일제히 동관으로 가기로 하였다.
세 사람이 모두 다리가 비틀거렸다. 그 중에도 P는 더욱 취하
였다.

닐리리 가락으로 들어박힌 갈봇집, 다 쓰러져 가는 초가집을 세 사람이 아는 집 들어서듯이 쑥쑥 들어서니,

"들어옵시오."

"어서 옵시오."

라고 머리 딴 계집애와 배가 북통 같은 애 밴 계집이 마루로 나선다.

P가 무심결에 해태갑을 꺼내어 붙여 무니까 머리 딴 계집애가 P의 목을 얼싸안고 볼에다 입을 쪽 맞추더니,

"나도 하나."

하고 손을 벌린다. P는 기가 막혀 담뱃갑을 내미는데 H와 M은 박수를 하며,

"브라보!"

하고 굉장하게 큰 소리로 외친다.

건넌방에 들어가 앉으니 마루에서 따그락따그락 소리가 난다.

배부른 계집은 푸대접을 받고 머리 딴 계집애가 H와 M의 손을 옮아 다니면서 주물린다. 깩깩 소리를 지르고 엄살을 한다. 말을 붙이고 대답을 주고받고 하는 것이 H와 M은 전에 한번 와 본 집인 듯하다.

술상이 들어왔다.

잔은 사발만한데 술주전자는 눈알만하다. 술을 부어 놓으니 M이 척 받아 놓고는 노래를 투정한다. 계집애는 그보다 더 약

아 제가 그 술을 쭉 들이마시고는 빈 잔만 M의 입에 대어 준다.

P는 재숫물같이 밍밍한* 술을 두어 잔 받아 먹는 동안에 비위가 콱 거슬려서 진정하느라고 드러누웠다.

H가 계집애를 무릎에 올려놓고 신이 나게 노래를 부른다. 물론 고저도 장단도 맞지 아니하는 노래다.

M이 애 밴 계집을 실컷 시달려 주다가 머리 딴 계집애를 빼앗아 가더니 귀에 대고 무어라고 속삭거린다. 그러면서 둘이서 연해 P를 건너다보며 싱긋벙긋 웃는다.

조금 있다가 계집애가 P에게로 오더니 귀에다 입을 대고 속삭인다.

"저이가 나더러 당신하고 오늘 저녁…… 응, 어때?"

"그래라."

P는 불쑥 성난 것처럼 대답했다.

"아이! 싱거워!"

계집애는 P를 한번 꼬집어 주고 다시 M에게로 달아났다. M에게로 가서 또 무어라고 속삭거리더니 재차 와 가지고는 귓속말을 한다.

"자고 가, 응?"

"그래 글쎄."

"꼭."

"응."

“정말?”

“응.”

술은 네 주전자가 들어왔는데 세 사람 손님은 두서너 잔씩밖에 아니 먹었다. 그 나머지는 다 저희가 먹었다. 계집애가 술이 곤주*가 되게 취해 가지고 해롱해롱 까분다.

술값을 치르는 것을 보고 P도 따라 일어섰다. M이 몸뚱이로 슬쩍 밀어서 방 안으로 들여 보내고 뒤에서 계집애가 양복 뒷깃을 잡아당긴다.

“그래라, 자고 간다.”

P는 방 가운데 벌떡 드러누웠다.

“너희 집이 어데냐?”

계집애가 옆에 와서 앉는 것을 보고 P가 물었다.

“××도 ××.”

“언제 왔니?”

“작년에.”

P는 몸을 일으켰다. 또 속이 왈칵 뒤집혀 좀더 진정하려고 하는 생각인데 계집애가 콱 밀어뜨린다.

“나이 몇 살이냐?”

“열여덟.”

“부모는?”

“부모가 있으면 여기서 이 짓을 해?”

"왜, 이 짓이 나쁘냐?"

"흥……, 나도 사람이야."

"에―꾸! 나는 네가 신선인 줄 알았더니 인제 알고 보니까 사람이로구나!"

"듣그러!"

계집애는 눈을 쪽 흘기고는 갑자기 웃으면서 P의 목을 그러안는다.

"자고 가, 응."

"우리 마누라한테 자볼기 맞고* 쫓겨난다."

"그러면 내한테 와서 나하고 살지. 여기 내 팔십 원 빚만 물어주면……."

"팔십 원이냐?"

"응."

"가겠다."

P는 또 일어나려는 것을 계집이 껴안고 놓지 아니한다.

"자고 가……. 내가 반했어."

"아서라!"

"정말!"

"놓아."

"아니야. 안 놓아. 자고 가요, 응…… 자고……. 나 돈 좀 주어."

"돈? 내가 돈이 있어 보이니?"

"돈 소리가 절렁절렁 나는데?"

미상불 P의 포켓 속에서는 아까부터 잔돈 소리가 가끔 잘랑거렸다.

"자고 나 돈 조―꼼 주고 가, 응?"

"얼마나?"

"암만도 좋아. 오십 전도, 아니 이십 전도."

계집애의 말이 떨어지기도 전에 P는 불에 덴 것 같이 벌떡 일어섰다. 일어서면서 그는 포켓 속에 손을 넣어 있는 대로 돈을 움켜쥐어 방바닥에 홱 내던졌다. 일 원짜리 지전 두 장과 백통전*이 방바닥에 요란스럽게 흐트러진다.

"아따 돈!"

내던지고는 P는 뛰어나왔다. 그의 눈에는 눈물이 고였다.

7

P는 정조(貞操)적으로 순진한 사나이가 아니다. 열네 살 때에 소꿉질 같은 장가를 갔고, 그 뒤 동경 가서 있을 동안에 거기 여자와 살림도 하였다.

조선에 돌아와 직업을 가지고 있는 사이에 기생과 사귀어 한

동안 죽을 둥 살 둥 모르게 지내기도 하였다.

그 밖에도 정 두어 지낸 여자가 두엇 더 있다. 그러나 삼십이 되도록 지금까지 유곽*을 가거나 은근짜*집을 가거나 동관의 색주가*집에 가서 잠자리를 한 일은 없다.

그것은 P의 괴벽*이다. 어떠한 여자를 물론하고 그가 정이 들지 아니한 여자이면 절대로 관계를 아니한다는 것이다.

그 대신 한번 P의 눈에 들고 따라서 정이 들면 아무것도 돌아보지 아니하고 심각한 열정에 맡기어 완전히 그 여자를 움켜쥐어 버리며, 또한 그 여자에게 전부를 내주어 버린다. 그리하여 그는 늘 All or nothing을 말한다.

이것이 처세상 퍽 이롭지 못한 것을 P도 잘 안다. 또 공연한 승벽*이요, 고집인 줄 알건만 그는 그것을 고치지 못한다.

이날 밤에도 그는 그 계집애를 조금도 어떻게 하겠다는 생각은 나지 아니하였다.

술 취한 끝에 속이 괴로우니까 진정을 하자는 판인데 '오십 전, 아니 이십 전도 좋아' 하는 소리에 버쩍 흥분이 된 것 같다.

너무도 인간이 단작스럽고* 악착스러운 것 같았다. P가 노상 보고 듣는 세상이 돈을 중간에 놓고 악착스럽게 으등으등하는 것임을 모르는 바는 아니나 정조 대가로 일금 이십 전을 요구하는 것은 처음 보았다.

P는 그러한 여자가 정조를 파는 데 무신경한 것도 잘 알고 있

으며, 따라서 그것이 비도덕이니 어쩌니 하는 것도 아니다. 그의 관점과 해석은 그런 것보다 더 나아간 입장에 있었다.

그러나 '이십 전만 주어도……' 소리에는 이것저것 생각하고 헤아릴 나위도 없었다. 더럽고 얄미우면서, 그러면서도 눈물이 고였다. 삼 원쯤 되는 전 재산을 털어 내던지고 정신없이 뛰어나온 것이다.

술 취한 P를 혼자 남겨 둔 H와 M은 골목에 기다리고 서서 있었다. P가 뛰어나오는 것을 보고 그들은 우선 농을 건넨다.

"한턱 하오."

"장가 간 턱 하게."

P는 고개를 흔들었다. 그러고 멍하니 서서 생각을 하였다.

다분의 가면 밑에서 꿈틀거리는 인도주의에 몹시 증오를 느끼는 P는 이날 밤 자기의 행동을 어떻게 해석할지 몰라 괴로워하였다.

내일을 굶어야 할 그 돈이지만 돈이 아까운 것이 아니다. 정조 값으로 이십 전을 주어도 좋다는데, 왜 정조는 퇴하고 돈만 있는 대로 다 털어 주었는가? 왜 눈에 눈물은 고였는가?

8

P는 머리가 띵하고 속이 뉘엿거려* 정신을 차릴 수가 없었다. 그는 두 친구에게 인사도 변변히 하지 아니하고 코를 베인 듯이 삼청동으로 올라왔다. 어서 바삐 좀 드러눕고만 싶었던 것이다.

아무리 방구들은 차고 지저분하게 늘어놓았어도 제 처소는 반가운 것이다. 더구나 몸이 괴로울 때는—.

P는 누더기 양복이나마 벗으려고도 아니하고 그대로 펴 두었던 이부자리 속에 몸을 파묻었다. 드러누우니 취기가 새삼스레 더하여 영영 옷 벗을 생각도 잊어버리고 그대로 잠이 들었다.

얼마를 자고 났는지 괴로워 부대끼다 못 하여 잠이 깨었을 때는 목이 타는 듯이 말랐다.

물은 없다. 물이 없어 못 먹느니라 생각하니 목은 더 말랐다.

밤은 어느 때나 되었는지 짐작할 수가 없다. 전등은 그대로 켜져 있다. 밖에서는 사람 지나다니는 발자국 소리도 들리지 아니한다. 전차 갈리는 소리도 들리지 아니하고, 가끔 가다가 자동차의 경적이 딴세상의 소리같이 감감하게 들려 온다.

밤이 깊지 아니했으면 잠긴 안대문을 두드려 주인 노인에게라도 물을 청하겠지만 이 깊은 밤에 그리하기도 미안하다. 그것도 방세나 여일하게* 내었을 때 말이지, 얼굴 대하기를 이편에서 피하는 판에 차마 못 할 일이다.

물지게 장수의 삐득거리는 소리가 들리나 하고 귀를 기울였으나 감감히 소리가 없다.

목은 더욱더욱 말라 들어온다. 입술이 바싹 마르고 입 안이 침기가 없고, 목구멍이 바삭바삭 소리가 날 듯이 마르고, 그리고는 창자 속까지 말라 내려가는 듯하다.

방금 미칠 듯하다. 눈앞에 용용하게 흘러가는 푸른 한강이 어릿어릿하고, 쏴— 쏟아지는 수통 꼭지가 보이는 듯하다.

P는 배고픈 고비는 많이 겪어 보았으나 이대도록* 목마른 참은 당하기 처음이다.

배는 고프면 기운이 없이 착 가라앉을 뿐이었지만 목이 극도로 마름에는 금세 미치고 후덕후덕 날뛸 것 같다.

일어나서 삼청동 꼭대기로 올라가면 산골짜기의 물도 있고, 또 우물도 있기는 하다. 그러나 이 어두운 밤에 어디가 어디인지 보이지 아니할 테고, 또 우물에는 두레박도 없을 것이다.

겨우겨우 참아 가며 몇 시간을 뻗대었다.* 실상 한 시간도 못 되는 동안이지만 P에게는 여러 시간인 듯만 싶었다.

그런 뒤에 겨우 물지게 소리를 듣고 그는 수통 있는 곳을 찾아 뛰어나갔다.

사정 이야기도 변변히 하지 아니하고 쏟아지는 수통 꼭지에 매달려 한 동이는 되리시피 냉수를 들이켰다. 물장수가 어이가 없어 멀끔히 쳐다보고만 있다가 P의 꿈벅하고 돌아서는 등 뒤

에다 혀를 끌끌 찬다.

밥보다도 더 다급하게 그립던 물을 실컷 들이켜고 나니 찌뿌 둠하게* 엉킨 듯 불쾌하던 취기도 저으기 걷히고 정신이 말쑥해졌다.

P는 새삼스레 양복을 벗어던지고 다시 자리에 파묻혔다. 이제는 잠이 십 리나 달아나고 눈이 초랑초랑해진다. 그러면서 어젯밤 일이 머리에 떠오른다.

그것은 마치 못 먹을 것을 먹은 것처럼 꺼림칙한 기억이다. 아무렇게나 씻어넘겨 버리자 해도, 그러나 머리 한구석에 박혀 가지고 사라지려 하지 아니하는 어룽[班點]*과 같다. 어떻게 해서라도 시원스러운 해석을 내리고서라야 마음이 놓일 것 같다.

정조 대가로 일금 이십 전을 부르는 여자…….

방금 세상에는 한번 정조를 빼앗긴 것으로 목숨을 버려 자살하는 여자가 있다. 그러는 한편 '이십 전도 좋소' 하는 여자가 있다.

여자의 정조가 그것을 잃었다고 자살을 하도록 그다지도 고귀한 것이라면 '이십 전에도 팔겠소' 하는 여자가 눈을 멀끔멀끔 뜨고 살아 있는 사실은 무엇으로 설명할 것인가?

또 정조를 '이십 전에도 팔겠소' 하는 여자가 있도록 그것이 아무렇지도 아니한 것이라면 그것을 한번 빼앗긴 때문에 생명을 내버리는 여자가 있는 것은 무엇으로 설명할 것인가?

이 두 여자가 모두 건전한 양심의 소유자라고 볼 수는 없다.

그러나 그 가운데 나무라기로 들면 차라리 정조를 빼앗긴 것으로 자살한 여자를 나무랄 것이지, '이십 전에 팔겠소' 하는 여자는 나무랄 수가 없다.

열여섯 살부터 시작하여 이래* 삼 년이나 색주가 집으로 굴러다니는 여자다. 언제 누구에게 귀 떨어진 도덕 관념이나 정당한 인생관을 얻어들은 적이 없을 것이다.

술잔을 들고 앉아 한 잔이라도 오는 손님에게 더 먹여 한 푼어치라도 주인의 수입을 도와주면 칭찬이 오니 그만이다.

"고년 어여뿌다. 나하고 ××."

하고 손님이 말하면 그에 좇아 비록 조발(早發)*일지언정 생리적 만족을 얻는 한편 그야말로 단돈 이십 전이라도 벌면 그만이다.

옆에서 그것을 시키기는 할지언정 그것이 나쁘다고 가르쳐 주는 사람이 있을 턱이 없는 것이다. 사실 일반 매춘부가 정조적으로 양심을 가진 듯이 보인다는 것은 그 대부분이 되려 한 가식(假飾)에 지나지 못하는 것이다.

그것은 그들에게 있어서 일종의 정당성을 가진 노동인 것이다. 그러니까 그것을 보고 불쌍하다고 여기고 동정하는 것은 위문이 폐문이다.

지금 세상은 정당한 성도덕(性道德)이 서 있는 때도 아니다. 그것은 한 세대(世代)에 여러 가지의 시대 사조가 얼크러져 있

는 때문이다. 그러니까 여자의 정조에 대하여도 일률적으로 선악과 시비를 가릴 수는 없는 것이다.

하룻밤 몸값으로 '이십 전도 좋소' 하는 여자, 그에게는 다른 사람이 갖는 성도덕도 없고, 따라서 자신을 타락이래서 슬퍼하지도 아니한다. 그 여자 자신을 나무랄 필요도 없는 것이요, 동정할 머리*도 없는 것이다. 그 여자 자신은 결코 불쌍한 사람이 아니다.

예수의 사랑(?)도 아무리 그 사랑이 크고 넓다 했을지언정 그것은 '불쌍한 사람' '죄지은 사람'에게 미칠 수 있는 것이다.

'불쌍하지 아니한' '죄짓지 아니한' 동관의 색주가 계집애에게는 누구의 동정이나 사랑도 일없는 것이다.

"뭣? 관념적이라고?"

그렇다. 관념적이라고도 할 수 없다. 그러나 그것은 그 여자의 주관을 객관화한 것이다. 그러니까 그것은 한 엄연한 현실이다.

(30여 자 삭제)

또 그 병적 현실에 메스를 대는 것은 집단의 역사적 문제이지만 룸펜 인텔리의 결벽과 흥분쯤으로는 문제도 되지 아니한다.

다만 취객이 삼 원 각수*를 던져 주었음으로 해서 그 여자는 감격 없는 기쁨을 맛보았을 뿐일 것이다.

"이게 웬 떡이냐……. 어제 저녁에 꿈이 괜찮더니 이런 땡을 잡을 영으루 그랬구나! 웬 얼간망둥이*냐."

그 계집애는 응당* 그렇게밖에는 더 생각되지 아니하였을 것이다. 그것이 결코 무리가 없는 당연한 일이다.

P는 여기까지 생각하고 입맛 쓴 고소*를 띠었다.

"흥! 되지 못하게……. 장님이 눈병 앓는 사람더러 불쌍하다고 한 셈인가."

P는 돌아누우면서 혀를 끌끌 찼다.

9

일천구백삼십사 년의 이 세상에도 기적이 있다.

그것은 P가 굶어 죽지 아니한 것이다. 그는 최근 일 주일 동안 돈이 생긴 데가 없다. 잡힐 것도 없었고, 어디서 벌이한 적도 없다. 그렇다고 남의 집 분앞에 가서 '밥 한술 주시오' 하고 구걸한 일도 없고, 남의 것을 훔치지도 아니하였다.

그러나 그 동안 굶어 죽지 아니하였다. 야위기는 하였지만 그래도 멀쩡하게 살아 있다. P와 같은 인생을 이 세상에 하나도 없이 싹 치운다면 근로하는 사람이 조금은 편해질는지도 모른다.

P가 소부르주아 축에 끼는 인텔리가 아니요, 노동자였더라면 그 동안 거지가 되었거나 비상 수단을 썼을 것이다. 그러나 그

에게는 그러한 용기도 없다. 그러면서도 죽지 아니하고 살아 있다. 그렇지만 죽기보다도 더 귀찮은 일은 그를 잠시도 해방시켜 주지 아니한다.

그의 아들 창선이를 올려 보낸다고 어제 편지가 왔고, 오늘은 내일 아침에 경성역에 당도한다는 전보까지 왔다.

오정 때 전보를 받은 P는 갑자기 정신이 난 듯이 쩔쩔매고 돌아다니며 돈 마련을 하였다. 최소한도 이십 원은…… 하고 돌아다닌 것이 석양 때에 겨우 십오 원이 변통되었다.

종로에서 풍로*니 냄비니 양재기*니 숟갈이니 무어니 해서 살림 나부랭이를 간단하게 장만하여 가지고 올라오는 길에 전에 잡지사에 있을 때 안 ××인쇄소의 문선*과장을 찾아갔다.

월급도 일없고 다만 일만 가르쳐 주면 그만이니 어린아이 하나를 써 달라고 졸라댔다.

A라는 그 문선과장은 요리조리 칭탈*을 하던 끝에—그는 P가 누구 친한 사람의 집 어린애를 천거*하는 줄 알았던 것이다—.

"보통학교나 마쳤나요?"
하고 물었다.

"아니―요."

P는 솔직하게 대답하였다.

"나이 몇인데?"

"아홉 살."

"아홉 살?"

A는 놀라 반문을 하는 것이다.

"기왕 일을 배울 테면 아주 어려서부터 배워야지요."

"그래도 너무 어려서 원……, 뉘집 애요?"

"내 자식놈이랍니다."

P는 그래도 약간 얼굴이 붉어짐을 깨달았다. A는 이 말에 가장 놀라운 일을 보겠다는 듯이 입만 벌리고 한참이나 P를 물끄러미 바라다본다.

"왜? 내 자식이라고 공장에 못 보내란 법 있답디까?"

"아—니, 정말 그래요?"

"정말 아니고?"

"괜히 실없는 소리……. 자제라고 해야 들어 줄 테니까 그러시지'?"

"아니, 그건 그렇잖아요. 내 자식놈이야요."

"그럼 왜 공부를 시키잖구?"

"인쇄소 일 배우는 것도 공부지."

"그건 그렇지만, 학교에 보내야지."

"학교에 보낼 처지도 못 되고, 또 보낸댔자 사람 구실도 못 할 테니까……."

"거 참 모를 일이요……. 우리 같은 놈은 이 짓을 해가면서도

자식을 공부시키느라고 애를 쓰는데 되려 공부시킬 줄 아는 양반이 보통학교도 아니 마친 자제를 공장엘 보내요?"

"내가 학교 공부를 해본 나머지 그게 못쓰겠으니까 자식은 딴 공부를 시키겠다는 것이지요."

"글쎄 정 그러시다면 내가 내 자식 진배없이 잘 데리고 있으면서 일이나 착실히 가르쳐 드리리다마는……, 원 너무 어린데 애처롭잖아요?"

"애처로운 거야 애비된 내가 더하지요만 그것이 제게는 약이니까……."

P는 당부와 치하*를 하고 인쇄소를 나왔다. 한 짐 벗어 놓은 것같이 몸이 가뜬하고 마음이 느긋하였다. 그는 집으로 올라가는 길에 싸전에 쌀 한 말을 부탁하고 호배추*도 몇 통 사들었다. 그렁저렁 오 원을 썼다.

십 원 남은 중에 주인 노인에게 육 원을 내어 주니 입이 귀밑까지 째진다. 그 끝에 P가 사 온 호배추를 내어 주며 김치를 담가 달라고 하니 선선히 응낙한다. 그리고 자식을 데리고 자취를 하겠다니까 깍두기야 간장이야 된장 같은 것을 아까운 줄 모르고 날라다 주곤 한다.

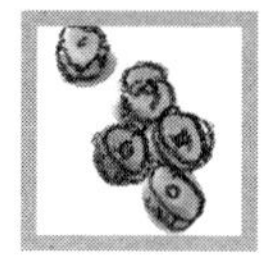

10

이튿날 전에 없이 첫새벽에 일어난 P는 서투른 솜씨로 화롯밥을 지어 놓고 정거장으로 나갔다.

그의 형에게서 온 편지에 S라는 고향 사람이 서울 올라오는 길에 따라 보낸다고 했으니까 P는 창선이보다도 더 낯이 익은 S를 찾았다. 과연 식식거리고 들어서매 인간을 뱉어 내놓는 찻간에서 S가 창선이를 데리고 두리번거리며 내려왔다.

어디서 생겼는지 새까만 고꾸라 양복을 입고 이화표 붙은 학생 모자를 쓰고 거기다가 보따리를 하나 지고 무엇 꾸린 것을 손에 들고 차에서 내리는 어린아이…… . 저게 내 자식이니라 생각하니 P는 어쩐지 속으로 얼굴이 붉어지며 한편 가엾기도 하였다.

S가 두 손에 짐을 가득 들고 두리번거리다가 가까이 온 P를 보고 반겨 소리를 지른다. 창선이가 모자를 벗고 학교식으로 경례를 한다. 얼굴을 자세히 보니 네댓 살 적에 보던 것보다 더 한층 저희 외가를 닮았다. P는 그것이 몹시 불만이었다.

"그새 재미나 좋았나?"

S의 하는 첫인사다.

"뭘 그저 그렇지…… . 괜한 산 짐을 지고 오느라고 애썼네."

P는 이렇게 인사 겸 치하를 하였다.

"원 천만에……. 그 애가 나이는 어려도 어떻게 속이 찼는 지……. 너 늬 아버지 알아보겠니?"

S는 창선이를 돌아보며 웃는다. 창선이는 고개를 숙이고 수줍 은지 아무 대답도 아니한다.

P는 S와 창선이를 데리고 구름다리로 올라왔다.

"저희 외할머니가 저 양복이야 떡이야 모두 해가지고 자네 댁 에까지 오셨더라네……. 오셔서 어제 떠나는데 정거장까지 나 오셨는데 여러 가지 신신당부를 하시데……. 자네에게 전하라 고."

S는 P가 그다지 듣고 싶지도 아니한 이야기를 뒤따라오며 늘 어놓는다. 그의 가슴에는 옛날의 반감이 솟쳐 올랐다.

"별걱정 다하던 게로군……. 내 자식 내가 어련히 할까 봐 쫓 아다니며 그래!"

"그래도 노인들이라 어디 그런가……. 객지에서 혼자 있는데 데리고 있기 정 불편하거든 당신께로 도루 보내게 하라고 그러 시데……."

"그 집에 내 자식이 무슨 상관이 있어서 보내라는 거야? 보낼 테면 그때 데려왔을라구……."

P는 그것이 모두 그와 갈린 아내의 조종인 줄 알기 때문에 더 구나 심정이 났다.* 화가 나는 대로 하면 어린아이가 입고 온 양 복도 벗겨 내던지고 싶었으나 꿀꺽 참았다.

11

일찍이 맛보지 못한 새살림을 P는 시작하였다.

창선이가 도착한 날 밤.

창선이는 아랫목에서 색색 잠을 자고 있다. 외롭게 꿈을 꾸고 있으려니 생각하매 전에 없던 애정이 솟아오르는 듯하였다.

이튿날 아침 일찍 창선이를 데리고 ×× 인쇄소에 가서 A에게 맡기고 안 내키는 발길을 돌이켜 나오는 P는 혼자 중얼거렸다.

"레디메이드 인생이 비로소 겨우 임자를 만나 팔리었구나."

아, 그랬는데, 글쎄 오늘은 아까 점심 나절이

야. 사람이 사뭇 십 년 감수를 했구려. 시방두 가끔 이렇게 가슴이 울렁거리군

하는걸. 내 온 참, 어떻게 생각하면 어처구니가 없기두 허구. 아까 그게 그러니

까 두 시가 조꼼 못 돼서야. 부엌에서 무얼 좀 허구 있는 참인데, 뚜벅뚜벅 구두

소리가 나요. 무심결에 돌려다봤지. 봤더니, 웬 시꺼먼 양복쟁이야. 첨에는 몰

라봤어. 그래 웬 사람인가 허구 자세히 보니깐 그이겠지! 그이는 쇠통 글쎄 겨

울 양복을 꺼내 입었어요. 이 삼복 중에 겨울 양복을.

소망 少妄

남아(男兒)거든 모름지기 말복(末伏)날 동복(冬
服)을 떨쳐 입고서 종로(鍾路) 네거리 한복판에 가
버티고 서서 볼지니…… . 외상진 싸전* 가게 앞을
활보(闊步)*해 볼지니…… .

아이, 저녁이구 뭣이구 하도 맘이 뒤숭숭해서 밥 생각도 없
구…… .

괜찮아요, 시방 더위 같은 건 약관걸.

응. 글쎄, 그 애 아버지 말이우, 대체 어떡하면 좋아! 생각하
면 고만.

냉면? 싫어, 나는 아직 아무것도 먹고 싶잖어. 그만두고서 뭣
과일즙〔果實汁〕이나 시원하게 한 대접 타 주. 언니는 저녁 잡셨
수? 이 집 저녁하구는 꽤 일렀구려.

아저씨는 왕진* 나가셨나 보지? 인력거가 없구, 들어오면서
들여다보니깐 진찰실에도 안 기실 제는…… .

옳아, 영락없어. 그 아저씨가 진찰실에두 왕진두 안 나가시구
서 언니하고 마주 안 붙어 앉았을 때가 있다가는 큰일나라구?

원 눈도 삐뚤어졌지. 우리 언니, 저 아씨가 어디가 이쁜 디가
있다구 그래애! 시굴뚜기는 헐 수 없어. 아따 저 누구냐 '쇠알?'
읽은 지가 하두 오래 돼서 다아 잊었네. 뭣이냐 '보바리 부인'
남편 말이야…… .

하는 소리 좀 봐요. 늙어 가는 동생더러 망할 년이 뭐야? 하하하.

내가 웃기는 웃는다마는, 남의 정신이지 내 정신은 하나두 아니야.

양복장 새루 맞췄다더니 벌써 들여왔구려. 아담스럽게 이쁘우.

제엔장! 나는 더러 와서 언니네가 모두 이렇게 재미나게 사는 걸 본다 치면 새앰이 나구 속이 상해 죽겠어.

무얼? 양복장을 하나 사 주겠다구? 언니두 참! 누가 그까짓 양복장 말이우?

그런 건 백날 없어두 좋아. 낡으나따나 한 개 있으면 그만이지, 머.

가난해서 좀 고생허구 그리는 건 아무렇지두 않아요.

글쎄 다같은 한 아버지 딸에 한 어머니 태 속에서 생겨나가지굴랑 똑같이 자라구, 똑같이 공부허구, 그랬으면서두 언니는 이렇게 안존하게* 아무 근심 없이 사는데, 나는 하필 그이 때문에 육장* 애가 밭구* 맘이 불안하니, 그런 고루잖을* 디가 어디며, 생각하면 화가 더럭더럭* 난다니깐.

구식 여자들이 걸핏하면 팔자니 사주니 하는 게 아마 그런 소린가 봐.

아닌게아니라 미신이라두 좋으니 오늘 같아서는 어디 무꾸리* 라두 가서 해보구 싶습디다.

그러나마 참 사람이라두 변변치 못했을세 말이지. 아 유식하것다. 기개 좋것다. 무엇 굽힐 게 있수? 부모 유산 넉넉히 못 타구 난 거야 어디 그이 탓이오? 돈이야 부자질 안 할 바에 기를 쓰구 모아서는 무얼 해.

애개개!

그이는 이 집 아저씨더러 하등 동물이란다우. 병자 고름 긁어서 돈이나 모을 줄 알지, 세상이 곤두서건 인간이 돼지가 되건 감각두 못 허구 그저 맛있는 음식에 좋은 옷, 편안헌 집에서 호박 같은 마나님이나 이뻐허구, 그런 것밖에는 아무것두 모른다구. 하하하, 언니두 그런 줄은 잘 아는구려?

참, 결혼을 하면 남편 성질을 닮는다는데, 그게 정말인가 봐? 우리가 어려서는 언니가 되려 신경질루 감정이 섬세허구, 잔 결벽이 유난스럽구 했는데, 그리고 나는 털팽이*구. 안 그랬수? 그랬는데 시방은 꼭 반대니.

아무튼 나두 언니처럼 의사허구 결혼이나 했더라면 시방쯤 언니 부러워 않구서 엄벙덤벙* 아무 근심 걱정 없이 살아갔을 거야.

네에, 옳습니다. 이번에는 내가 언니한테 졌습니다. 가치(價值)는 어디루 갔든지간에 당장 언니가 나보담 팔자가 좋구. 그걸 내가 한편으루 부러워하는 게 사실은 사실이니깐요.

그러나저러나 대체 어떡허면 좋수? 이 일을……

나 혼자서 두루두루 생각다 못해 이 집 아저씨허구나 상의를 좀 해볼까 허구서 부르르 오기는 왔어두, 상의를 하자면 그새 통히 토설*을 않던 속사정을 다아 자상하게 언니한테랑 설파*를 해야 하겠구, 그랬다가 그런 줄을 그이가 알든지 헐 양이면, 성미에 생벼락이 내릴 테구. 멀쩡한 사람 가져다가 미친 놈 만들려구 헌다구.

그래서 섬뻑* 엄두가 나든 않지만, 그래두 어떡하우. 증세가 좀처럼 심상털 않어 뵈구, 그러니깐 무슨 도리를 좀 차리기는 차려야지만 할 것 같은데.

이 집 아저씨 동창이든지 친구든지 누구 신경과(神經科) 전문하는 이 없나 모르겠어.

신경 쇠약이냐구?

그렇지, 신경 쇠약은 신경 쇠약이지, 머. 그런데 시방은, 오늘버텀은 암만해두 여늬 우리가 생각하는 신경 쇠약에서 한 고패*를 넘을 기미야.

언니네는 시굴서 올라온 지 얼마 안 되구, 또 내가 이것저것 털어놓구 설파를 안 했구 해서 모르기두 했겠지만, 실상 나두 그새까지는 좀 심한 신경 쇠약이거니, 신경 쇠약으루 저만큼 심하니깐 더 도질 리야 없구 차차 나어 가겠거니 일변 걱정은 하면서두 한편으로는 낙관을 허구 있었더라우.

아, 그랬는데, 글쎄 오늘은 아까 점심 나절이야. 사람이 사뭇

십 년 감수를 했구려. 시방두 가끔 이렇게 가슴이 울렁거리군 하는걸. 내 온 참, 어떻게 생각하면 어처구니가 없기두 허구.

아까 그게 그러니까 두 시가 조꼼 못 돼서야. 부엌에서 무얼 좀 허구 있는 참인데, 뚜벅뚜벅 구두 소리가 나요.

무심결에 돌려다봤지. 봤더니, 웬 시꺼먼 양복쟁이야. 첨에는 몰라봤어. 그래 웬 사람인가 허구 자세히 보니깐 그이겠지!

그이는 쇠통* 글쎄 겨울 양복을 꺼내 입었어요. 이 삼복 중에 겨울 양복을.

저를 어쩌니, 가 아니라, 머 정신이 아찔하더라니깐.

그게 제정신 지닌 사람이 할 짓이우? 하얀 아사 양복을 싹 빨아 대려서 양복장에다가 걸어 준 걸 두어 두고는, 이 삼복 염천*에 생판 겨울 양복허구두 그나마 머 홈스펀*이라든지, 그 손가락같이 올 굵구 시꺼무레한 거. 게다가 맥고 모자*며 흰 구두까지 멀쩡한 걸 놓아 두구서 겨울 모자에 검정 구두에 넥타이, 와이셔츠까지 언뜻 봐두 죄다 겨울 거구려.

그러니, 그렇잖어두 늘 맘이 조마조마하던 참인데, 문득 그 광경을 당허니, 얼마나 놀랬겠수? 내가 말이야.

그냥 가슴이 더럭* 내려앉구, 어쩔 줄을 모르겠어. 팔다리허며 입술이 사시나무 떨리듯 떨리구.

아이머니, 저이가아! 이 소리 한 마디를 죽어 가는 소리루 겨우 입술만 달싹거리구는 넋이 나간 년매니루 멍하니 섰느라니

깐, 그이 좀 보구려! 마당에 우뚝 선 채 나를 마주 뻐언히 바라보더니, 아 혼자서 벌씸*허구 웃겠지! 웃어요, 글쎄.

작년 가을 이후 도무지 웃는 일이라구는 없던 사람이 근 일 년 만에 웃는구려. 전에 혹시 무슨 유쾌한 일이 있든지 허면, 벌씸허구 웃던, 꼭 그런 웃음 쩨야.

일변 반갑기두 허구, 그리면서두 가슴이 더 두근거려 쌌는군.

그럴 게 아니우? 일 년 짝이나 웃질 않던 사람이 갑자기 웃으니. 여편네 된 맘에 웃는 그것만은 반가워두 저이가 영영 상성*이 된 게 아닌가 해서 말이야.

어떻다구 맘을 진정헐 수가 없구, 눈물이 좌르르 쏟아지는 것을, 그제서야 휭나케 마당으루 쫓아 나가서 두 팔은 덥쑥 잡았대지만, 목이 미어 말이 나오우? 그이는 내가 사색이 질려 가지구는—내 얼굴이 다아 죽었을 게 아니겠수? 그래 가지구는 당황해 하다가, 끝내 울구 달려 나오니깐, 첨에는 성가신 듯이 이맛살을 찌푸리더니, 용히 제가 채림새가 생각이 나던가 봐. 실끔* 아랫도리를 한 번 내려다보더니, 좀 점직하다*는 속인지 피쓱 웃어요. 그 웃는 데 사람의 애가 더 밭더라니깐.

"왜 그래? 여름에 동복을 좀 입었기루서니, 왜 죽는 시늉이야?"

혀를 끌끄을 차면서 얼굴 기색허며, 말 소리허며 아주 천연스럽구 전대루지, 죄끔두 공허(空虛)헌 데가 없어요. 사람이 실성

을 하면은 어덴지 말하는 음성이며 태도허며, 건숭*이구 공허해 보이잖우?

"천민! 속물! 세상이 곤두서는 데는 태평이면서, 옷 좀 거꾸로 입은 건 저다지 야단이야."

속물이란 소리는 노상 듣는 독설(毒舌)이구. 나는 그이 눈을 주의해 보느라구 경황중에두 정신이 없지. 저 뭣이냐, 사람이 영 미치구 나면 눈자위가 틀린다구 않수?

그런데 암만 찬찬히 파구 보아야 전대루 정기가 들구 맑지, 머 아무렇지두 않어.

그래두 그걸루 어디 안심이 되우?

그래 팔을 흔들면서, 아이 여보오, 부르니까.

"왜 그래, 글쎄!"

하면서, 보풀스럽게* 톡 쏘아붙이는 것까지도 여전해요.

"대체 이 모양을 허구서 어디를 나갔다가 오시우?"

분명 어디를 나갔다가 오는 참이야. 얼굴이 버얼겋게 익구, 땀을 흠뻑 흘리는 게. 탈은 거기가 붙었어, 탈은.

아아니, 그이가 글쎄 갑작스리 의관을—동복은 동복이라두— 단정하게 채리구서는 출입을 허다께. 그게 사람이 기색을 헐* 노릇이 아니우? 이건 천지가 개벽을 했다면 모르지만.

그이가 작년 초가을에 신문사를 그만 두던 그날부텀서 인해 일 년짝을 굴 속 같은 그 건넌방에만 처박혀 누워서는, 통히 출

입이라구 하는 법이 없구. 산보가 다 뭐야. 기껏해야 화동(花洞) 사는 서씨(徐氏)라는 친구나 닷새에 한 번큼, 열흘에 찾어가는 게 고작이더라우.

그리구는 허는 일이라는 게 책 디리파기, 신문 잡지 뒤지기, 그렇잖으면 끄윽 드러누워서, 웃지두 않구, 이야기두 않구, 입 따악 봉허구서는 맘 내켜야 겨우 마지못해 묻는 말대답이나 허구, 그리다가는 더럭 짜증이 나가지굴랑 날 몰아세기나* 허구. 그럴 때만은 여전한 웅변이지. 그러니 나만 죽어날밖에.

아, 아무 데두 맨 데가 없는 몸이겠다. 조옴 좋수? 집 뒤 바루 중앙학교 후원으루 해서 조금만 가면은 삼청동이요, 푸울이 있겠다, 마침 태호 녀석이 유치원두 쉬는 때라, 동무가 없어서 어린것이 심심해 못 견디기두 허구 허니 기직*이나 한 닢 들구 그 애 손목이나 잡구, 매일 거기라두 가서 물에두 들어가 놀구, 물에 지치거든 그늘 좋은 솔밭으루 나와 누워서 독서두 허구 그러느라면 몸에두 좋구, 더우두 잊구, 또 아는 사람두 만나구, 새루 사귀는 사람두 생기구 해서, 어우렁더우렁* 만사 다아 잊구 지낼 게 아니겠수? 그런 걸 글쎄, 내가 혀가 닳두룩 말을 해두 안 들어요. 뎁다 날더러 신경이 둔한 속물이 돼서 자꾸만 보기 싫은 인간들허구 섭쓸려* 돼지처럼 엄벙덤벙 지내란다구 독설이나 뱉구.

그뿐인가 머. 언니두 알 테지만, 집에서 어머니가 지난 첫여름

부텀 벌써 네 번째나 편지를 하셨다우. 아이 아범이 올해는 아무 데두 맨 데가 없다면서 예가 바루 해변이것다, 넉넉진 못하지만 느이들이 서울서 지내느니보담야 다만 성한 생선 한 토막을 먹어두 나을 테니, 집일라컨 예서 서울 속내 잘 알구 착실한 여인네 하나가 마침 있으니깐 올려 보내서 한여름 동안 집을 봐주게 하께시니, 부디 어린놈 데리구 세 식구 다 내려와서 이 여름 더웁잖게 지나라구, 제일에 내가 어린놈이 보구 싶어 못 하겠다구, 그리구 요전번 네 번째 하신 편지에는 혹시 여비라두 없어서 못 내려가는 줄 아시구서 내려오겠다면 집 보아 줄 사람 올려 보내는 편에 돈을 얼마간 보낼 테니, 곧 기별허라구까지 하셨구려.

사우 이뻐할사 장모라구, 그게 다아 딸이나 외손주 놈보담두 실상 알구 보면 그 알뜰한 사우 양반 생각허시구, 그리시는 거 아니우?

그러니 말이우. 그렇게 살뜰스럽게* 오래지 않는다구 하더래두, 딴 비발* 써 가면서 남들은 위정 피서두 갈라더냐. 거 봐요! 언니네는 갈 맘이 꿀안 같어두 못 가잖우. 그러니 글쎄 선뜻 내려갔으면 오죽 좋수?

그리나마 처가래야 처남인들 하나나 있으니, 어려운 생각이며 편안찮은 맘이 나겠수? 장인 장모 단 두 분이겠다, 참말이지 재가* 본갓집보담두 더 임의롭구* 호강받이*루 지낼 건데.

내가 얼마를 졸랐다구. 그래두 영 도래질*이야. 그리구는 헌 닷 소리가 나를 목을 베어 봐라, 단 한 발이라두 서울서 물러서나, 이러는구려!

대체 무엇이 그다지 서울이 탐탁해서 죽어두 안 떠날 테냐구 캘라치면, 네까짓 것 하등 동물이, 동앗줄 신경이, 설명을 해준다구 알아들으면 제법이게? 설명해서 알 테면 설명해 주기 전에 알아챌 일이지. 이리면서 몰아세요.

그리구두 졸리다 졸리다 못하면, 임자나 태호 데리구 가겠거든 가래는 거야. 웬만하거든 아주 영영 가 버리라구. 시방, 세상이 통째루 사개*가 벙그러지는* 판인데, 부부구 자식이구 가정이구 그런 건 고담(古談)* 같대나. 내 어디서 온.

왜 혼자라두 안 가느냐구 말이지? 언니두 그런 말 마시우. 허기야 참, 몇 번 별르기두 했더라우.

그래두 차마 훌쩍 못 떠니기겠습디디! 그런 사람을 여기다가 떼어 놔두구서 나 혼자 가다게 될 말이우? 것두 신경이 노말한 사람이면 몰라. 그렇지만 병인인걸, 병인을 혼자 남의 손에 맡겨 두구서야 어디.

에구 무척! 언니는 아저씨라면 들입다 깨질 똥단지 위하듯 위하면서, 하하하, 내가 그이 물이 들어서 자꾸만 이렇게 입이 걸쭉해 가나 봐.

신문사 나온 거? 머, 누구 동료나 손윗사람허구 다투거나 의

견 충돌이 생겼던 것두 아니구, 그저 불시루 그날 그 자리서 사 직원을 써서는 편집국장 앞에다가 내놓구 나왔다는걸. 그게 벌 써 신경이 심상찮어진 표적이 아니우?

신문사서두 어디루 보고, 어떻게 생각했던지 첨에는 편지가 오구, 둘째 번은 정치부장이 오구, 셋째 번에는 사장의 전갈이 라구 편집국장이 명함을 적어 보내구, 도루 사에 나오라는 권 면*이야. 그래두 번번이 몸이 건강털 못 해서 일 감당을 못 하겠 다는 핑계만 대지, 종시 움쩍을 안 했더라우.

남들은 다같이 대학을 마치구 나와서두 삼사 넌씩 취직을 못 해 쩔쩔매는 세상에, 그 해 동경서 나오던 멀루* 신문사에를 들 어갔구. 인해 오 년이나 말썽없이 있어 왔으니깐, 그만하면 신 문사 인심두 얻구 또 사장두 자별하게* 대접을 했답디다. 그런 것을 헌신짝 벗어 내던지듯 내던지구는 사람마저 저 지경이 됐 으니……. 허기는 눈동자가 옳게 박힌 놈은 이 짓 못 해먹겠다 구, 그 무렵에 바싹 더 침울해 허기는 했었지만서두.

생활비?

머 그저, 작년 가을 겨울 두 철은 신문사서 나온 퇴직금 한 삼 백 원 되는 걸루 그럭저럭 지냈구, 올 봄으루 첫여름은 시댁에 서 두 번인가 백 원씩 보낸 걸루 지내는 시늉은 했지만.

시댁두 별수는 없구, 막내 시아재가 작년부텀 금광을 해요. 그 리 우난* 건 아니지만, 동기간이 객지서 어려히 지낸다구 가끔

돈 백 원씩 그렇게 떼어 보내군 했는데, 그 뒤에 광이 팔리기루 됐다나 봐. 팔리기만 하면은 몇만 원 생길 텐데, 매매에 걸려 가지구는 두 달 장간*이나 오늘 내일 밀려 내려오기만 허구, 돈이 들어오덜 않는대나 봐. 그걸 바라고 있다가, 우리두 고슴도치 오이 지듯* 빚을 다뿍* 짊어진걸.

그렇지만 괜찮아요. 영 몰리면 집은 우리 것이니깐 팔아서 빚두 가리구 한동안 먹구 살 거리만 남기구서 시외루 오막살이나 한 채 얻어 나앉지. 그런 것은 나두 뱃심 유해졌다우. 의식주 같은 건 근심하지 말구서 돼 가는 대루 살아가기루.

정말이지 그런 건 쬐꼼두 걱정두 안 되구, 위협두 느끼잖어요.

그저 그이만 몸을 도루 일으켜 가지구 생화*야 있든지 없든지 남처럼 활달하게 나돌아 다니구 허기만 해주었으면, 머 내가 어디 가서 빨래품을 팔아다가 사흘에 한 끼씩 먹구 살아두 좋아요.

흰말*이 아니라우, 진정이야. 그런데 글쎄, 아유 답답해! 아, 밖에 나가서 돌아다니구, 머 삼청동 푸울에를 다니고, 그런 것두 외려 열두째야. 내 참!

언니두 와서 봤으니까 알 테지만 우리 집 건넌방이라는 게 그게 방이우? 여름 한철은 도무지 사람이 거처를 못 해요. 앞문이 정서향으로 나봐서 오정만 지나면 그 더운 불볕이 쨍쨍 들이쬐지요. 게다가 처마끝 함석* 채양*에서는 후꾼후꾼 더운 기운이

숨이 막히게 우리지요*. 북창 하나 없구 겨우 마루루 샛문이 한 쪽 났다는 게 바람 한 점 드나들덜 않지요. 머 방 속이 아니라 영락없는 한증 가마 속이야. 날더러는 단 십 분을 들앉어 있으래두 죽으면 죽었지 못해. 어느 미쟁이 녀석이 고따우루 소견머리 없이두 집을 지어 놨는지.

그런 걸 글쎄 그이는 꼬박 그 속에서 배겨내는군. 가을이나 겨울이나 또 봄철은 외려 괜찮아요. 아 이건, 이 삼복 중에 그 뜸 가마 속에서 끄윽 들박혀 있으니, 더웁긴들 오죽허며, 여늬 사람두 더위에 너무 부대끼면은 신경이 약해져서 못쓰는 법인데, 이건 가뜩이나 뭣한 사람이 그 지경을 허구 있다께. 멀쩡한 자살이 아니우?

제에발 마루루라두 나와서 누웠으라구, 경을 읽어두 안 들어요. 마룬들 그다지 신통헐꼬만서두, 그래두 건넌방보담은 더얼 허구, 또 안방은 앞뒷문으루 맞바람이 쳐서 제법 시원하다우.

난 두 내외에 어린놈 하나것다, 남의 식구라구는 없으니, 아닐 말루 활씬 벗구는 여기저기 시원한 자리루 골라 눕던 못 허우?

성가시구 다아 힘이나 드는 노릇이라면, 그두 몰라. 누웠던 자리에서 몸 한 번만 뒤치면 마루루 나와지구, 또 한 번만 뒤치면 안방 뒷문치루 옮아 누워지구 하는걸, 웬 고집이며 무슨 도섭* 으루다가 고걸 꼼지락거릴라구 않구서, 생판 뜸가마 속에만 늘 어붙어설랑 육성으루 그 고생이우?

가슴이 지레 터지구, 내가 얼마나 폭폭하겠수?* 사뭇 살이 내려요*.

허기야 사람이 전에두 고집이 세구 신경질이 돼서 편성*이구 허기는 했지만, 시방 저러는 건 고집두 편성두 아니구서, 그저 나무 토막이구 돌덩어리라니깐! 그러니 병이지, 병이 아닌 담에야 어디 그럴 법이 있수.

병원? 진찰?

흥! 그런 말만 내 보우. 생사람 하나 죽구 말지 안 돼요, 안 되구. 아까 이야기하다가 말았지만, 여기 아저씨가 누구 잘 아는 이루 신경과 전문 의사가 있으면 미리 짜구서, 그런 눈치 저런 눈치 뵐 게 아니라, 놀러 온 양으로 어물쩌억허구, 좀 보아 달래야지, 내 억척으루는 천하 없어두 병원에 데리구 가는 장사는 없어요.

이거 봐요. 글쎄, 오늘은 이런 재주를 다아 부려 보잖었겠수?

오정이 조꼼 못 돼서야. 태호 벙어리*를 털으니깐, 제법 일 원짜리두 두 장이나 나오구, 죄다 해서 한 오륙 원은 돼요. 옳다구나, 태호허구두 구누*를 해가지구서는 모자가 건넌방으루—그 양반이 농성(籠城)을 허구 있는 그 한증 가마 속이었다—글러루 처억 쳐들어갔구려.

들어가설랑, 아 날두 이렇게 몹시 더웁구 이 애두 벌써 며칠째 어디를 가자구 조르구 허니깐, 우리 가서 수박두 먹을 겸, 물에

두 들어갈 겸 안양(安養)이나 잠깐 갔다가 오자구. 듣자니 사람
두 그리 많지두 않구, 조용한 자리두 얼마든지 있다더라구, 머
있는 소리 없는 소리 주워 보태 가면서 은근히 추슬르지를 안
했다구요. 태호는 태호대루 내가 외워 준 말을 강한다*는 게 '안
양' 먹으러 '수박' 가자구 앉었구.

첨에는 대답두 안 해요. 그래두 자꾸만 앉어서 조르니깐, 겨우
한닷소리가, 태호 데리구 갔다 오구려, 이러는군! 그리면서 슬
며시 돌아눕는데, 글쎄 잠방이*만 입구 알몸으루 누웠던 등허리
가 땀이 어떻게두 지독으루 났는지 방바닥이 홍건해요. 오죽해
서 내가 걸레를 집어다가 닦었으니. 천주학이라구는!

일 글른 줄 알면서두, 그러지 말구 같이 갑시다. 당신두 같이
가서 소풍두 허구 그래야 좋지. 우리 둘이만 무슨 재미루다가
가겠수. 자, 어서 일어나서 우선 냉수루 저 땀두 좀 씻구, 그리
라구 비선허듯,* 애기 달래듯 하니깐,

"재미?"

암말두 않구 한참 있다가, 따잡듯 시비조야.

"재미라……? 게 임자네 재미 보자구 나는 고통을 받어야 하
나?"

"그런 억짓 소릴라컨 내지두 마시우!"

나두 그제서는 속에서 부아가 치밀다 못해 대구* 쏠밖에.

"원, 놀러 가는 게 어쩌니 고통이며, 당신 말대루 설령 고통이

된다구 합시다. 당신 좀 고통받구서, 머 나는 둘째야. 저 어린것 하루 실컷 즐겁게 해주면, 그게 못할 일이우?"

"그것두 천하사를 도모하는 노릇이라면……."

"에구! 거저……."

"……."

"글쎄, 여보!"

"……."

"당신 이러다가 아닐 말루 죽거나 하면 어떡허자구 그러시우?"

"헐 수 없겠지. 인간 목숨이 소중하다는 것두 요새는 전설 같아서 까마득허이!"

"듣그러워요! 내가 어디 가서 기두 맥두 없이 죽어 버려야 당신이 정신을 좀 채릴려나 보우."

"야몽거지 않는 여편네는 넉넉 만금 값이 있어. 아닌게아니라, 아씨의 그 다변은 좀 성가셔!"

"그렇다면은 아무래두 나는 죽어야 하겠구려? 당신 성가시지 않게, 또 정신을 버쩍 좀 차리게. 소원이라면 죽어 드리리다."

"나를 위해서…… 죽는다……?"

"빈말이 아니라, 두구 봐요."

"남을 위해서 내가 죽는 것두 개죽음일 경우가 많아! 제일차 세계대전 후에 아메리카 녀석들이 무얼루 오늘날 번영을 횡재

했게! 귀곡성(鬼哭聲)*이 이천만의 합창을 하잖나! 억울하다구.
생때같던* 장정 이천만 명!"

"아이구 답답이야! 이 답답. 제에발 덕분 하느라구 저기 마루
나 안방으루라두 좀 나가서 누워요, 제에발."

"그만 입 다물지 못해? 이 하등 동물 같으니라고."

소리를 버럭 지르면서 도사리구* 일어나 앉아요, 화가 나설랑.

"이 동물아! 내가 이렇게 꼼짝 않구서 처박혀만 있으니깐, 아
무 내력 없이 그러는 줄 알아? 나는 이게 싸움이야. 이래뵈두 더
위가 나를 볶으니까, 누가 못 견디나 보자구 맞겨누는 싸움이야
싸움!"

내 원, 어처구니가 없어서.

더 옥신각신해야 되려 그이 신경에만 해롭겠어서 벌떡 일어나
나와 버렸지. 속두 상허구, 허는 깐*으루는 재야 말대루 태호나
데리구 안양이라두 곧 가겠어. 그렇지만 어디 그럴 수가 있어야
지. 내가 애를 푹신 삭이구 말았지.

그러자 마침 생각하니깐 오늘이 말복이야. 그래, 온 여름 내내
그 생지옥에 처박혀 있으면서, 연계* 한 마리두 못 얻어 먹구 꼬
치꼬치 야윈 게 애처롭기두 허구, 또 태호두 며칠 설사 끝에 눈
이 빠아꼼하구. 에라 남대문 장에 나가서 연계를 두어 마리 사
다가 삶어 주리라구, 태호를 앞세우구 나섰지.

그이더러는 장에 가서 닭 사 가지구 오마구, 좋은 말루 말을

허구 나가려니깐 되부르더니, 내려가는 길에 싸전 주인더러 재갸가 엊그제 시굴서 올라오기는 했는데 일이 여의치가 못했다구, 미안한 대루 이달 팔월 그믐꺼정만 더 참어 달라구 일르라는군. 그런 걸 봐두 정신 말짱하잖수?

대놓구 먹던 아랫거리 싸전에 묵은 외상값이 한 이십 원 돼요. 그걸 지난 봄부터 몇 번 밀어 오다가 유월 그믐껜가는 재갸가 돈을 마련하러 시굴을 내려가니, 수히* 올라와서 셈을 막어 주마구 그랬다는군. 그래 놓구는 칠월 그믐을 문뚜룸히* 넘겼는데, 글쎄 그이 하는 짓을 좀 봐요. 시굴 내려갈 줄루 거짓말을 하구서는, 그 담부텀은 그 앞으루 지내다니기가 안됐으니깐, 화동 서씨네 집을 갈 때면은 곧장 내려와서 가회동으루 넘어가덜 못 하구서는 위정 중앙학교 뒤루 길을 피해 비잉빙 돌아다니는 구려! 애초에 시굴이니 뭣이니 할 게 아니라, 그대루 이럭저럭 한동안 밀어 가다가 생기는 날 갚어 줄 것이지. 또 그래 놓구서 그 앞을 얼찐 못할 건 무엇이며, 사람이 고렇게 소심하다구는! 그런 걸 보면 천하 졸장부*야.

그래 아무려나 시키는 대루 싸전엘 들러서 말을 그대루 이르구는, 전차를 타구 남대문 장까지 가서, 연계를 세 마리를, 털 뜯고 속 낸 걸루 사 가지구 그리구 돌아보니깐, 한 시가 조꼼 못 됐더군. 아마 한 시간 남짓 했나 봐. 그런데 집에를 당도하니깐, 그이가 어디루 가구 없어요. 집은 텅 비워 놓구 대문만 지쳐* 두

구서.

그저 짐작에, 화동 서씨네 집에나 갔나 보다구 심상하게* 여기구서, 별 치의*두 안 했지. 늘 동저고리* 바람으루 시간 대중 없이 주르르 가군 하니깐.

그랬지, 누가 글쎄 동복을 지성으루 꺼내 입구, 그 야단을 떨었을 줄야 꿈엔들 생각했수?

그랬는데, 그래 시방 부랴부랴 닭을 삶는다, 또 그이가 칼국수를 좋아허길래 밀가루를 반죽해 가지구 늘여서, 썰어서, 삶어 건져 놓는다, 양념을 장만한다, 거진거진 다아 돼 가는 판에, 마침 들어오기는 때 맞추어 잘 들어왔다는 게, 쇠통 그 모양을 해 가지구 처억 들어서지를 않는다구요!

하마 조꼼 뭣했으면 내가 미칠 뻔했다우. 허겁*이 아니라 시댁두 시댁이지만 집에서 만약 어머니가 아시면, 기절을 하셨지.

그래 겨우 정신을 채려 가지구, 그 얼뚱애기*를 데려다가 마룻전*에 걸터앉히구서 모자를 벗기구, 저구리를 벗기구, 조끼를 벗기구, 부채질을 해주구 하면서 대체 어디를 갔다가 오느냐구 재쳐* 물으니깐, 종로! 종로를 갔다 온대요, 자그만치 종로를.

나는 기가 막혀서 울다가 웃었구려.

젊은이 망령은 참나무 몽둥이루 고친다는데, 이건 몽둥이질을 하잔 말두 안 나구. 아닌게아니라, 국수를 늘이느라구 거기 마루에 놓아 둔 방망이가 돌려다보입디다!

"아아니 여보, 말쑥한 여름 양복은 두어 두고서 무슨 내력으루 이걸 꺼내 입구, 종로는 또 무엇 하러 가신단 말이오?"

"속 모르는 소리 말아. 이걸 떠억 입구, 이걸 푸욱 눌러 쓰구, 저 이글이글한 불볕에, 어때? 온갖 인간들이 더위에 항복하는 백기(白旗) 대신 최저한도루다가 엷구 시원한 옷을 입구서 그리구서두 허어덕허덕 쩔쩔매고 다니는 종로 한복판에 가 당당하게 겨울옷을 입구서 처억 버티구 섰는 맛이라니! 그게 어떻게 통쾌했는데!"

연설조루 팔을 내저으면서 마구 기염을 토하겠지.

"남들이 보구 웃잖습니까?"

"그까짓 속충(俗蟲)들이 뭘 알아서? 어허허, 그 친구 토옹쾌허다! 이 소리 한 번 치는 놈 없구, 모두 피쓱피쓱* 웃기 아니면 넋나간 놈처럼 멍허니 입을 벌리구는 치어다보구 섰지."

보니깐 그 두꺼운 양복 밖으루 땀이 뱄겠지. 얼마나 너웠어!

"그리구 참, 내 올라오면서 싸전 가게 앞으루 지내와 봤는데……."

"무어랍디까?"

"그저, 안녕히 다녀오셨느냐구. 그런데 말이야, 그 앞을 지내오면서 가만히 생각하니까 썩 유쾌하겠지."

"진작 그러실 거지."

"응, 길을 피해서 돌지도 말구, 맘을 터억 놓구서, 고개를 늘

구서 팔을 커다랗게 치면서 그 앞을 어엿하게 지내왔단 말이야, 아주 당당히. 그래! 그게 해방이란 거야, 해방! 해방은 유쾌한 거야!"

사뭇 우줄거리는데* 얼굴은 보니깐 그새처럼 침울하기는 침울해두 말소리는 애기같이 명랑하겠지!

재야 말대루 통쾌하구 유쾌하구 한 덕분인지 모르겠어두, 닭국에다가 국수를 말어 주니깐 큰 바리*루 하나를 다 먹구 또 주발*루 반이나 먹더군.

그러니 말이우, 그게 요행 병을 돌려서 그리는 거라면 오죽 기쁠 일이우. 그렇지만 불행히 병이 도져 가는 징조라면 그 일을 장차 어떡헌단 말이우?

혈통? 없어요. 시방 당대구 선대구, 그런 일은 없어요. 아니야, 내가 글쎄, 그이허구 결혼한 지가 칠 년인데, 그이 학부 마칠 동안 삼 년허구 취직한 뒤에 살림 시작하기 전 이 년허구, 오 년이나 시댁에서 지냈는걸. 아무런들 그이 집안에 정신병 혈통이 있는지 없는지 몰랐겠수?

옳아, 언니 시방 하는 말이 맞았어. 나두 실상 그렇게 짐작은 했다우. 그러니 말이지. 사내 대장부가 어찌 그대지 못났수? 이건 과천(果川)서 뺨 맞구 서울 와서 눈 흘기기 아니우? 제엔장맞을, 차라리 뛰쳐 나서서 냅다 한바탕…… 응? 그럴 것이지, 그렇잖우?

그러구저러구간에 시방 나로서는 병 시초나 또 뿌렁구*나 그
게 문제가 아니야.

다만 그이가 정말루 못 쓰게 신경 고장이 생겼느냐, 요행 일시
적이냐. 만약에 중한 고장이라면은 어떻게 해야만 그걸 낫우어
주겠느냐, 이것뿐이지. 그 밖에는 아무것두 내가 참견할 게 아
니야. 날더러 그이를 이해를 못 한다구? 딴전을 보구 있네! 그
게 어디 이해를 못 허는 거유?

마침맞게 아저씨가 들어오시는군.

내친 걸음이니 아무러나 같이 앉어서 상의를 좀 해보구…….

치숙(痴叔)

"고생을 낙으로— 그놈 쓰라린 맛을 씹고 씹고 하면서 그놈에서 단맛을 알아내는 사람도 있느니라. 사람도 있는 게 아니라 사람마다 무슨 일에고 진정과 정신을 꼬박 거기다가만 쓰면 그렇게 되는 법이니라. 그러니까 그쯤 되면 그때는 고생이 낙이지. 너희 아주머니만 두고 보더라도 고생이 고생이면서 고생이 아니고, 고생하는 게 낙이란다."

치숙 痴叔

우리 아저씨 말이지요? 아따 저 거시기, 한참 당년*에 무엇이냐 그놈의 것, 머? 사회주의라더냐 막걸리라더냐, 그걸 하다가 징역 살고 나와서 폐병으로 시방 앓아 누웠는 우리 오촌 고모부 그 양반…….

머, 말두 마시오. 대체 사람이 어쩌면 글쎄……. 내 원!

신세 간데없지요.

자, 십 년 적공,* 대학교까지 공부한 것 풀어 먹지도 못했지요, 좋은 청춘 어영부영 다 보냈지요, 신분에는 전과자(前科者)라는 붉은 도장 찍혔지요, 몸에는 몹쓸 병까지 들었지요.

이 신세를 해 가지굴랑은 굴 속 같은 오두막집 단칸 셋방 구석에서 사시장철 밤이나 낮이나 눈 따악 감고 드러누웠군요.

재산이 어디, 집 터전인들 있을 턱이 있나요. 서 발* 막대 내저어야 짚검불 하나 걸리는 것 없는 철빈(鐵貧)*인데.

우리 아주머니가, 그래도 그 아주머니가 어질고 얌전해서 알량한* 남편 양반 받드느라 삯바느질이야, 남의 집 품빨래야, 화장품 장사야, 그 칙살스런* 벌이를 해다가 겨우겨우 목구멍에 풀칠을 하지요.

어디루 대나 그 양반은 죽는 게 두루 좋은 일인데 죽지도 아니해요.

우리 아주머니가 불쌍해요. 진작 한 나이라도 젊어서 팔자를 고치는 게 아니라 무슨 놈의 우난* 후분*을 바라고 있다가 끝끝

내 그 고생을 하는지.

근 이십 년 소박을 당했군요. 이십 년 설운 청춘 한숨으로 보내고서 다 늦게야 송장 여대치게* 생긴 양반을 그래도 남편이라고 모셔다가는 병수발 들랴, 먹고 살랴, 애가 진하고 다니는 걸 보면 참말 가엾어요.

그게 무슨 죄다짐*이람? 팔자 팔자 하지만 왜 팔자를 고치지를 못하고서 그래요. 우리 조선 구식 부인네들은 다 문명을 못하고 깨지를 못해서 그러지. 그 양반이 한시바삐 죽기나 했으면 우리 아주머니는 차라리 신세 편하리라. 심덕* 좋겠다. 솜씨 얌전하겠다 하니 어디 가선들 재가 일신* 못 가누고 편안히 못 지내요? 가만있자, 열여섯 살에 아저씨네 집으로 시집을 갔다니깐, 그게 내가 세 살 적이니 꼬박 열여덟 해로군. 열여덟 해면 이십 년 아니오. 그때 우리 아저씨 양반은 나이 어리기도 했지만, 공부를 하느라 서울로, 동경으로 십여 년이나 돌아다녔고, 조금 자라서 색시 재미를 알 만하니까는 누가 이쁘달까 봐, 이혼하자고 아주머니를 친정으로 쫓고는 통히 불고*를 하고…….

공부를 다 마치고 오더니만 그 담에는 그놈의 짓에 들입다 발광해 다니면서 명색 학생 출신이라는 딴 여편네를 얻어 살았지요. 그 여편네는 나도 몇 번 보았지만 상판대기라고 별반 쳐 줄 수도 없이 생겼습디다. 그 인물로 남의 첩이야? 일색 소박은 있어도 박색 소박은 없다더니, 사실 소박맞은 우리 아주머니가 그

여편네에다 대면 월등 이뻤다우.

그래 아무튼 그 양반은 필경 붙들려 가서 오 년이나 전중이*를 살았지요. 그 동안에 아주머니는 시집이고 친정이고 모두 폭 망해서 의지가지* 없이 됐지요. 그러니 어떻게 해요? 자칫하면 굶어 죽을 판인데.

할 수 없이 얻어먹고 살기도 해야 하려니와 또 아저씨 나오는 것도 기다려야 한다고 나를 반연*삼아 서울로 올라왔더군요. 그게 그러니까 아저씨가 나오던 그 전 해로군.

그때 내가 나이는 어려도 두루 납뛴 보람이 있어서 이내 구라다 상네 식모로 들어갔지요.

그 무렵에 참 내가 아주머니더러 여러 번 권면을 했지요. 그러지 말고 개가(改嫁)를 가라고. 글쎄 어린 소견에도 보기에 퍽 딱하고 민망합디다.

계제에 마침 또 좋은 자리가 있었고요. 미네 상이라고 미쓰꼬시 앞에서 바나나 다다끼우리* 하는 인데 사람이 퍽 좋아요.

우리 집 다이쇼[主人]도 잘 알고 하는데 그이가 늘 날더러, 조선 오깜상하구 살았으면 좋겠다고 중매 서 달라고 그래쌌어요.

돈은 모아 둔 게 없어도 다 벌어먹고 살 만하니까 그런 사람 만나서 살면 아주머니도 신세 편할 게 아니냐구요.

그런 걸 글쎄 몇 번 말해야 숭헌 소리 말라고 듣덜 않는 걸 어떡하나요.

아무튼 그런 것 말고라도 참 흰말이 아니라 이날 이때까지 내가 그 아주머니 뒤도 많이 보아 주었다우. 또 나도 그럴 만한 은공이 없잖아 있구요.

내가 일곱 살에 부모를 잃었지요. 그러고 나서 의탁할 곳이 없이 됐는데 그때 마침 소박을 맞고 친정살이를 하는 그 아주머니가 나를 데려다가 길러 주었지요. 그때만 해도 그 집이 그다지 군색하게* 지내진 않았으니깐요. 아주머니도 아주머니지만 종조할머니며 할아버지도 슬하에 딴 자손이 없어서 나를 퍽 귀애하셨지요.

열두 살까지 그 집에서 자랐군요. 4년이나마 보통학교도 다녔고. 아마 모르면 몰라도 그 집안이 그렇게 치패(致敗)*하지만 않았으면 나도 그냥 붙어 있어서 시방쯤은 전문학교까지는 다녔으리다.

이런 은공이 있으니까 나도 그걸 저버리지 않고 그래서 내 깜냥*에는 갚을 만큼 갚노라고 갚은 셈이지요.

허기야 요새도 간혹 아주머니가 찾아와서 양식 없다는 사정을 더러 하곤 하는데, 실토정(實吐情)* 말이지 좀 성가시기는 해요. 그러는 족족 그 수용을 하자면 내 일을 못 하겠는걸. 그래 대개 잘라 떼기는 하지요. 그러나 그 밖에, 가령 양 명절 때면 고깃근이라도 사낸다든지 또 오며가며 들러서 이야기 낱이라도 한다든지 그런 건 결단코 범연히 하든 않으니까요.

아무튼 그래서 아주머니는 꼬박 일 년 동안 구라다 상네 집 식모로 있으면서 월급 오 원씩 받는 걸 그대로 고스란히 저금을 하고, 또 틈틈이 삯바느질을 맡아다가 조금씩 벌어 보태고, 또 나올 무렵에 구라다 상네 양주가 퍽 기특하다고 돈 칠 원을 상급(賞給)으로 주고, 그런 게 이럭저럭 돈 백 원이나 존존히* 됐지요.

그놈으로 방 한 칸 얻고 살림 나부랭이도 조금 장만하고, 그래 놓고서 마침 그 알량꼴량한* 서방님이 놓여 나오니까 그리로 모셔 들였지요.

놓여나는 날, 나도 가서 보았지만 감옥 문 앞에 막 나서자 아주머니가 기다리고 있으니까 그래도 눈물이 핑— 돌던데요.

전에 그렇게도 죽을 둥 살 둥 모르고 좋아하던 첩년은 꼴도 안 뵈구요. 남의 첩년들이란 다 그런 게지요, 뭐.

우리 아저씨 양반은 혹시 그 여편네가 오지 않았나 하고 사방을 휘휘 둘러보던데요. 속이 그렇게 없다니까. 여편네는커녕 아주머니하구 나하구 그 외는 얼친 개새끼 한 마리 없어요.

마악 자동차를 올라타려다가 피를 토했지요. 나중에 들었지만 감옥소 안에서 달포 전부터 토혈을 했다나 봐요. 그래 다 죽어 가는 반송장을 업어 오다시피 해다가 뉘어 놓고, 그날부터 아주머니가 불철주야로, 할 짓 못 할 짓 다해 가면서 부리나케 날뛴 덕에 병도 차차로 차도가 있고, 그러더니 인제는 완구히 살아는

났지요. 뭐 참, 시방은 용꼴인걸요, 용꼴.

부인네 정성이 무서운 겝디다. 꼬박 삼 년이군. 나 같으면 돌아가신 부모가 살아 오신대도 그 짓 못 해요.

자, 그러니 말이지요. 우리 아저씨라는 양반이 작히나* 양심이 있고 다 그럴 양이면, 어—허 내가 어서 바삐 몸이 충실해지거들랑 돈을 벌어다가 저 아내를 편안히 거느리고 이 은공과 전날의 죄를 갚아야 하겠구나……, 이런 맘을 먹어야 할 게 아니나요?

아주머니의 은공을 갚자면 발에 흙이 묻을세라 업고 다녀야 할 것이지요.

그러잖더래도 자기도 인제는 속 차려야지요. 속을 차려서 무얼 하재도 전과자니까 관리나 또 회사 같은 데는 들어가지 못하겠지만 그야 자기가 저지른 일인 걸 누구를 원망할 일도 아니고, 그러니 막 벗어 붙이고 노동이라도 해야지요. 대학교 출신이 막벌이 노동이란 게 꼴 가관이지만 그래도 할 수 없지, 뭐.

그런 걸 보고 가만히 나를 생각하면, 만약 우리 종조할아버지네 집이 그렇게 치패를 안 해서 나도 전문학교나 대학교를 졸업을 했으면 혹시 우리 아저씨 모양이 됐을지도 모를 테니 차라리 공부 많이 않고서 이 길로 들어선 게 다행이다……, 이런 생각이 들어요.

사실 우리 아저씨 양반은 대학교까지 졸업하고도 인제는 기껏

해먹을 거라곤 막벌이 노동밖에 없으니, 보통학교 사 년 겨우 다니고서도 시방 앞길이 환히 트인 내게다 대면 고쓰까이*만도 못하지요.

아, 그런데 글쎄 막벌이 노동을 하고 어쩌고 하기는커녕 조끔 바시시 살아날 만하니까 이 주책꾸러기 양반이 무슨 맘보를 먹는고 하니, 내 참 기가 맥혀!

아아니, 그놈의 것하고는 무슨 대천지 원수가 졌단 말인지, 어쨌다고 그걸 끝끝내 하지 못해서 그 발광인고?

그러나마 그게 밥이 생기는 노릇이란 말이오? 명예를 얻는 노릇이란 말이오? 필경은 잽혀 가서 징역 사는 놀음?

아마 그놈의 것이 아편하구 딱 같은가 봐요. 그렇길래 한번 맛을 들이면 끊지를 못하지요.

그렇지만 실상 알고 보면요, 그게 그다지 재미가 난다거나 맛이 있다거나 그런 것도 아니더군 그래요. 불한당*패던대요. 하릴없이 불한당패들입디다.

저어 서양 어디선가 일하기 싫어하는 게으름뱅이 몇 놈이 양지쪽에 모여 앉아서 놀고 먹을 궁리를 했더라나요. 우리 집 다이쇼가 다 자상하게 이야기를 해줍디다 그려.

게, 그 녀석들이 서로 군호를 하기를, 자 이 세상에는 부자가 있고 가난한 사람이 있고 하니 그건 도무지 공평한 일이 아니다. 사람이란 건 이목구비하며 사지육신을 다같이 타고났는데

누구는 부자로 잘 살고 누구는 가난하다니 그게 될 말이냐, 그러니 부자가 가진 것을 우리 가난한 사람들하구 다같이 고르게 나누어 먹어야 경우가 옳다.

야아, 그거 옳은 말이다. 야아, 그 말 좋다. 자자, 나누어 먹자.

아, 이렇게 설도를 해 가지고 우우 하니 들고 일어났다는군요.

아아니, 그러니 그게 생 날불한당놈의 수작이 아니고 무어요?

사람이란 것은 제가끔 분지복이 있어서 기수*를 잘 타고나고 부지런하면 부자가 되는 법이요, 복록을 못 타고나고 게으른 놈은 가난하게 사는 법이요, 다 이렇게 마련인데 그거야말루 공평한 천리인 것을 됩다 불공평하다는 게 될 말이오? 그러고서 어거지로 남의 것을 뺏어 먹자고 들다니 그놈들이 불한당이지 무어요.

짓이 불한당 짓일 뿐 아니라, 또 만약에 그러기로 들면 게으른 놈은 점점 더 게으름만 부리고 쫓아다니면서 부자 사람네가 가진 것만 뺏어 먹을 테니 이 세상은 통으로 거지판이 될 게 아니요? 그나마 부자 사람네가 모아 둔 걸 다 뺏기고 더는 못 먹여내는 날이면 그때는 이 세상 망하는 날이 아니오?

제마다 남이 농사지어 놓으면 그걸 뺏어 먹으려고 일 않고 번둥번둥 놀 것이고, 남이 옷감 짜놓으면 그걸 뺏어다가 입으려고 번둥번둥 놀 것이고 그럴 테니, 곡식이며 옷감이며 그런 것이

다 어디서 나올 데가 있어야지요. 세상 망할밖에!

글쎄 그놈의 짓이 그렇게 세상 망쳐 놓을 화단*인 줄은 모르고서 가난한 놈들—그 중에도 일하기 싫은 게으름뱅이들이 우선 당장 부잣집 사람네 것을 뺏어 먹는다니까 거기 혹해 가지굴랑 너두나두 와— 하니 참섭*을 했다는구료.

바루 저 아라사*가 그랬대요. 그래서 아니나다를까 농군들이 곡식을 안 만들기 때문에 사람이 수만 명씩 굶어 죽는다는군요. 빠안한 이치지 뭐.

우선 먹기는 곶감이 달다고 그 지랄들을 했다가 잘코사니* 야—.

아, 그런데 그 못된 놈의 풍습이 삽시간에 동서양 각국 안 간데 없이 퍼져가지굴랑 한동안 내지*에도 마구 굉장히 드세게 돌아다녔고, 내지가 그러니까 멋도 모르는 조선 영감상들도 덩달아서 그 숭내를 냈다나요.

그렇지만 시방은 그새 나라에서 엄하게 밝히고 금하고 한 덕에 많이 너끔해졌고,* 그런 마음 먹는 사람은 별반 없다나 봐요.

그럴 게지 글쎄. 아, 해서 좋을 양이면야 나라에선들 왜 금하며, 무슨 원수가 졌다고 잡아다가 징역을 살리나요?

좋고 유익한 것이면 나라에서 도리어 장려*하고 잘 할라치면 상급도 주고 그러잖아요.

활동 사진이며 스모*며 만자이*며 또 왓쇼왓쇼랄지 세이레이

나가시*랄지 라디오 체조랄지 이런 건 다 유익한 일이니까 나라에서 설도도 하고 그러잖아요.

나라라는 게 무언데? 그런 것 다 잘 분간해서 이럴 건 이러고 저럴 건 저러라고 지시하고 그 덕에 백성들은 제가끔 제 분수대로 편안히 살두룩 애써 주는 게 나라 아니요?

그놈의 것 사회주의만 하더라도 나라에서 금하들 않고 저이가 하는 대루 두어 두었어 보아? 시방쯤 세상이 무엇이 됐을지…….

다른 사람들도 낭패 본 사람이 많았겠지만 우선 나만 하더래도 글쎄 어쩔 뻔했어! 아무 일도 다 틀리고 뒤죽박죽이지.

내 희망과 계획은 이렇거든요.

우리 집 다이쇼가 나를 각별히 귀여워하고 신용을 하니깐 인제 한 십 년 더 있으면 한 밑천 들여서 따루 장사를 시켜 줄 그런 눈치거는요.

그놈을 언덕삼아 가지고 나는 삼십 년 동안, 예순 살 환갑까지만 장사를 해서 꼭 십만 원을 모을 작정이지요. 십만 원이면 죄선 부자로 쳐도 천석꾼이니, 머 떵떵거리고 살 게 아니오?

그리고 우리 다이쇼도 한 말이 있고 하니까 나는 내지인 규수한테로 장가를 들래요. 다이쇼가 다 알아서 얌전한 자리를 골라 중매까지 서 준다고 그랬어요. 내지 여자가 참 좋지요.

나는 조선 여자는 거저 주어도 싫어요. 구식 여자는 얌전은 해

도 무식해서 내지인하구 교제하는 데 안 되고, 신식 여자는 식자나 들었다는 게 건방져서 못쓰고, 도무지 그래서 조선 여자는 신식이고 구식이고 다 제바리*여요.

내지 여자가 참 좋지 뭐. 인물이 개개 일자로 이쁘겠다, 얌전하겠다, 상냥하겠다, 지식이 있어도 건방지지 않겠다, 조옴이나 좋아!

그리고 내지 여자한테 장가만 들 뿐 아니라 성명도 내지인 성명으로 갈고, 집도 내지인 집에서 살고, 옷도 내지 옷을 입고, 밥도 내지 식으로 먹고, 아이들도 내지 이름을 지어서 내지인 학교에 보내고……. 내지인 학교래야지 조선 학교는 너절해서 아이들 버려 놓기 꼭 맞어요.

그리고 말도 조선 말은 싹 걷어치우고 내지어만 쓰고……요.

이렇게 다 생활 법식부텀도 내지인처럼 해야만 돈도 내지인처럼 잘 모으게 되거든요.

내 희망이며 계획은 이래서 이 십만 원짜리 큰 부자가 바루 내다뵈고 그리루 난 길이 환하게 트이고 해서 나는 시방 열심히 길을 가고 있는데 글쎄 그 미쳐삶이 같은 놈들이 세상 망쳐 버릴 사회주의를 하려 드니 내야 소름이 끼칠 게 아니라구요? 말만 들어도 끔찍하지!

세상이 망해서 뒤집히면 그래 나는 어쩌란 말이야? 아무것도 다 허사가 될 테니 그런 억울할 데가 있드람?

머 참, 우리 집 다이쇼 말이 일일이 지당해요.

여느 절도나 강도나 사기나 그런 죄는 도적이면 도적을 해 가는 그 당장, 그 돈만 축을 내니까 오히려 죄가 가볍지만, 그놈의 것 사회주의인지 지랄인지는 온 세상을 뒤죽박죽을 만들어 놓고 나라를 통째로 소란하게 하니까 도저히 용서할 수가 없대요.

용서라니! 나 같으면 그런 놈들은 모조리 쓸어다가 마구 그저 그냥…….

그런 일을 생각하면, 털어놓고 말이지, 우리 아저씬지 그 양반도 여간 불측스러* 뵈들 안 해요. 사실 아주머니만 아니면 내가 무슨 천주학이라고, 나쁜 병까지 않는 그 양반을 찾아다니나요. 죽는대도 코도 안 풀어붙일걸.

그러나마 전자의 죄상을 다 회개를 하고 못된 마음은 씻어 버렸을새 말이지, 머 개꼬리 삼 년*이라더냐, 종시 그 모양인걸요. 그러니깐 그게 밉광머리스러워서,* 더러 들렀다가 혹시 마주 앉아도 위정 뼈끝 저린 소리나 내쏘아 주고 말을 따잡아 가지굴랑 꼼짝 못 하게끔 몰아세우곤 하지요.

요전번에도 한번 혼을 단단히 내주었지요. 아, 그랬더니 아주머니더러 한다는 소리가 그 녀석 사람 버렸더라고, 아무짝에도 못 쓰게 길이 들었더라고 그러더라나요!

내 원, 그 소리를 듣고 하두 어처구니가 없어서!

대체 사람도 유만부동(類萬不同)*이지 그 아저씨가 날더러 사

람 버렸느니 아무 짝에도 못 쓰게 길이 들었느니 하더라니, 원 입이 몇 개나 되면 그런 소리가 나오는 구멍두 있누?

조선 벙어리가 다 말을 해도 나 같으면 할 말 없겠더구만서두, 하면 다 말인 줄 아나 봐?

이를테면 그게 명색 훈계 비슷한 거렷다? 내게다가 맞대놓고 그런 소리를 하다가는 되잡혀서 혼이 날 테니까 슬며시 아주머니더러 이르란 요량이던 게지?

기가 맥혀서! ……. 하느님이 인간 콧구멍 두 개로 마련하기 참 다행이야.

글쎄 아무려면 내가 자기처럼 다 공부는 못 하고 남의 집 고조〔小僧〕 노릇으로 반또〔番頭〕 노릇으로 이렇게 굴러먹을 값에 이래 보여도 표창을 두 번이나 받은 모범 점원이요, 남들이 똑똑하고 재주 있고 얌전하다고 칭찬이 놀랍고 앞길이 환히 트인 청년인데, 그래 자기 눈에는 내가 버린 놈이고 아무 짝에도 못 쓰게 길이 든 놈으로 보였단 말이지?

하하, 오옳지! 거참 그렇겠군. 자기는 자기 하는 짓이 다 옳으니까 남이 하는 짓은 다 글렀단 말이렷다? 그러니까 나도 자기처럼 그놈의 것, 사회주의인지 급살맞을 것인지나 하다가 징역이나 살고 전과자나 되고 폐병이나 앓고 다 그랬더라면 사람 버리지도 않고 아무 짝에도 못 쓰게 길든 놈도 아니고 그럴 뻔했군 그래!

흥! 참……..

　제 밑 구린 줄 모르고서 남더러 어쩌구저쩌구 한다는 게 꼭 우리 아저씨 그 양반을 두고 이른 말인가 봐.

　그날도 실상 이랬다우. 혼을 내주었더니 아주머니더러 그런 소리를 하더란 그날 말이오. 그날이 마침 내가 쉬는 날이길래 아주머니더러 할 이야기도 있고 해서 아침결에 좀 들렀더니 아주머니는 남의 혼인집으로 바느질해 주러 갔다고 없고, 아저씨 양반만 여전히 아랫목에 가 드러누웠어요.

　그런데 보니까 어데서 모두 뒤져냈는지 머리맡에다가 헌 언문 잡지를 수북이 쌓아 놓고는 그걸 뒤져요.

　그래 나도 심심삼아 한 권 집어들고 떠들어 보았더니 머 읽을 맛이 나야지요.

　대체 조선 사람들은 잡지 하나를 해도 어째 모두 그 꼬락서니로 해놓는지.

　사진도 없지요, 망가〔漫畵〕도 없지요. 그러구는 맨판 까달스런 한문 글자로다가 처박아 놓으니 그걸 누구더러 보란 말인고?

　더구나 우리 같은 놈은 언문도 그런 대로 뜯어 보기는 보아도 읽기에 여간만 폐롭지가* 않아요.

　그러니 어려운 언문하고 까다로운 한문하고를 섞어서 쓴 글은 뜻을 몰라 못 보지요. 언문으로만 쓴 것은 소설 나부랭이인데 읽기가 힘이 들 뿐 아니라 또 조선 사람이 쓴 소설이란 건 아무

재미도 없지요. 그래서 나는 조선 신문이나 조선 잡지하구는 담 쌓고 남 된 지 오랜걸요.

잡지야 머 『낑구』나 『쇼넹구라부』 덮어 먹을 잡지가 없지요. 참 좋아요.

한문 글자마다 가나를 달아 놓았으니 어떤 대문을 척 펴들어도 술술 내리읽고 뜻을 횅하니 알 수가 있지요. 그리고 어떤 대문을 읽어도 유익한 교훈이나 재미나는 소설이지요.

소설 참 재미있어요. 그 중에도 기쿠지깡 소설! ……. 어쩌면 그렇게도 아기자기하고 달콤하고도 재미가 있는지. 그리고 요시까와 에이찌, 그이 소설은 진찐바라바라*하는 지다이모노*인데 마구 어깻바람이 나지요.

소설이 모두 재미가 있지요. 망가가 많지요. 사진이 많지요. 그리구두 값은 조옴 헐하나요. 십오 전이면 바루 고 전달치를 사볼 수 있고, 보고 나서는 오 전에 도루 파는데요.

잡지도 기왕 하려거든 그렇게 해야지 조선 사람들은 제엔장 큰소리는 곧잘 하더구만서두 잡지 하나 반반한 거 못 만들어내니!

그날도 글쎄 잡지가 그 꼴이라 애여 글은 볼 멋도 없고 해서 혹시 망가나 사진이라도 있을까 하고 책장을 후루루 넹기느라니깐 마침 아저씨 이름이 있겠나요! 하두 신통해서 쓰윽 펴들고 보았더니 제목이 첫 줄은 경제…… 무엇 어쩌구 쇠눈깔만씩 한

글자로 박아 놓고 그 옆에다가는 사회…… 무엇 어쩌구 잔주를 달았더군요.

그것만 보아도 벌써 그럴 듯해요. 경제는 아저씨가 대학교에서 경제를 배웠다니까 경제 속은 잘 알 것이고, 또 사회는 그것 역시 사회주의를 했으니까 그 속도 잘 알 것이고, 그러니까 경제하고 사회주의하고 어떻게 서로 관계가 되는 것이며, 어느 편이 옳다는 것이며, 그런 소리를 썼을 게 분명해요.

머, 보나 안 보나 속이야 빠안하지요. 대학교까지 가설랑 경제를 배우고도 돈은 모을 생각은 않고서 사회주의만 하고 다닌 양반이라 경제가 그르고 사회주의가 옳다고 우겨댔을 게니깐요.

아무러튼 아저씨가 쓴 글이라는 게 신기해서 좀 보아 볼 양으로 쓰윽 훑어봤지요. 그러나 웬걸 읽어 먹을 재주가 있나요. 글자는 아주 어려운 자만 아니면 대강 알기는 하겠는데 붙여 보아야 대체 무슨 뜻인지를 알 수가 있어야지요!

속이 상하길래 읽어 보는 건 작파*하고서 아저씨를 좀 따잡고* 몰아셀 양으로 그 대목을 차악 펴놓았지요.

"아저씨?"

"왜 그러니?"

"아저씨가 여기다가 경제 무어라구 쓰구, 또 사회 무어라구 썼는데, 그러면 그게 경제를 하란 뜻이오, 사회주의를 하란 뜻이오?"

"뭐?"

못 알아듣고 뚜렛뚜렛해요.* 재갸가 쓰고도 오래 돼서 다 잊어버렸거나, 혹시 내가 말을 너무 까다롭게 내기 때문에 섬뻑 대답이 안 나왔거나 그랬겠지요. 그래서 다시 조곤조곤 따졌지요.

"아저씨……, 경제란 것은 돈 모아서 부자 되라는 거 아니오? 그런데 사회주의란 것은 모아 둔 부자 사람의 돈을 뺏어 쓰는 거 아니오?"

"이애가 시방!"

"아아니, 들어 보세요."

"너 그런 경제학, 그런 사회주의 어데서 배웠니?"

"배우나마나 경제란 건 돈 많이 벌어서 애껴 쓰구 나머지 모아 두는 게 경제 아니오?"

"그건 보통 경제한다는 뜻으로 쓰는 경제고, 경제학이니 경제적이니 하는 건 또 다르다."

"다른 게 무어요? 경제는 돈 모으는 것이고, 그러니까 경제학이면 돈 모으는 학문이지요."

"아니다. 혹시 이재학(理財學)이라면 돈 모으는 학문이라고 해도 근리할지* 모르지만 경제학은 그런 게 아니다."

"아아니, 그렇다면 아저씨, 대학교 잘못 다녔소. 경제 못 하는 경제학 공부를 오 년이나 육 년이나 했으니 그게 무어란 말이

오? 아저씨가 대학교까지 다니면서 경제 공부를 하구두 왜 돈을
못 모으나 했더니 이제 보니깐 공부를 잘못해서 그랬군요!"

"공부를 잘못했다? 허허, 그랬을는지도 모르겠다. 옳다, 네 말
이 옳아!"

이거 봐요. 글쎄, 단박 꼼짝 못 하잖아. 암만 대학교를 다니고,
속에는 육조를 배포했어도 그렇다니깐 뭐…….

"아저씨?"

"왜 그래?"

"그러면 아저씨는 대학교를 다니면서 돈 모아 부자되는 경제
공부를 한 게 아니라 모아 둔 부자 사람네 돈 뺏어 쓰는 사회주
의 공부를 했으니 말이지요……."

"너는 사회주의가 무얼루 알구서 그러니?"

"내가 그까짓 걸 몰라요?"

한바탕 주욱 설명을 했지요. 내 얼굴만 물끄러미 올려다보고
누웠더니 피쓱 한 번 웃어요. 그리고는 그 양반이 하는 소리겠
다요.

"그게 사회주의냐? 불한당이지."

"아—니 그럼 아저씨두 사회주의가 불한당인 줄은 아시는구
려?"

"내가 왜 사회주의가 불한당이랬니?"

"방금 그러잖았어요?"

“글쎄, 그건 사회주의가 아니라 불한당이란 그 말이다.”

“거 보시우! 사회주의란 것은 그렇게 날불한당이여요. 아저씨두 그렇다구 하면서 아니래시오?”

“이애가 시방 입심 겨룸을 하재나!”

이거 봐요. 또 꼼짝 못 하지요? 다 이렇대두 글쎄……

“아저씨?”

“왜 그래?”

“아저씨두 맘 달리 잡수시오.”

“건 어떻게 하는 말이야?”

“걱정 안 되시우?”

“나 같은 사람이 걱정이 무슨 걱정이냐? 나는 네가 걱정이더라.”

“나는 머 버젓하게 요량*이 있는걸요.”

“어떻게?”

“이만저만한가요!”

또 한바탕 쭈욱 설명을 했지요. 이야기를 다 듣더니 그 양반 한다는 소리 좀 보아요.

“너두 딱한 사람이다!”

“왜요?”

“……”

“아아니, 어째서 딱하다구 그러시우?”

“…….”

“네? 아저씨?”

“…….”

“아저씨?”

“왜 그래?”

“내가 딱하다구 그러셨지요?”

“아니다. 나 혼자 한 말이다.”

“그래두……?”

“이애?”

“네?”

“사람이란 것은 누구를 물론허구 말이다, 아첨하는 것같이 더
러운 게 없느니라.”

“아첨이오?”

“저 — 위로는 제왕……, 밑으로는 걸인……. 그 모는 사람
이 제가끔 제 분수대로 살가가는 데 있어서 말이다, 제 개성을
속여 가면서 생활에다가 아첨하는 것같이 더러운 것이 없고, 그
런 사람같이 가련한 사람은 없느니라. 사람이란 것은 밥 두 그
릇이 밥 한 그릇보다 더 배가 부른 건 아니니까.”

“그건 무슨 뜻인데요?”

“네가 내지인 여자와 결혼을 해서 성명까지 갈고 모든 생활
법도를 내지화하겠다는 것이 말이다.”

"네, 그게 좋잖아요?"

"그것이 말이다. 진실로 깊은 교양이나 어진 지혜의 판단에서 우러나온 것이라면 그도 함직한 노릇이겠지. 그렇지만 내가 보기에 네가 그런다는 것은 다른 뜻으로 그러는 것 같다."

"다른 뜻이라니오?"

"네 주인의 비위를 맞추고 이웃의 비위를 맞추고 하자고……."

"그야 물론이지요! 다이쇼 신용을 받아야 하고, 이웃 내지인들하고도 좋게 지내야지요. 그래야 할 게 아니겠어요?"

"……."

"아저씨는 아직두 세상 물정을 모르시오. 나이는 나보담 많구 대학교 공부까지 했어도 일찍 고생살이한 나만큼 세상 물정은 모릅니다. 시방이 어느 세상인데 그러시우?"

"이애?"

"네?"

"네가 방금 세상 물정이랬지?"

"네."

"앞길이 환하니 트였다구 그랬지?"

"네."

"환갑까지 십만 원 모은다구 그랬지?"

"네."

"네가 말하는 세상 물정하구 내가 말하려는 세상 물정하구 내용이 다르기도 하지만 세상 물정이란 건 그야말로 그리 만만한 게 아니다."

"네?"

"사람이란 건 제 아무리 날구 뛰어도 이 세상에 형적 없이 그러나 세차게 주욱 흘러가는 힘, 그게 말하자면 세상 물정이겠는데, 결국 그놈의 지배하에서 그놈을 따라가지 별수가 없는 거다."

"네?"

"쉽게 말하면 계획이나 기회를 아무리 억지로 만들어 놓아도 결과가 뜻대루는 안 된단 말이다."

"체? 아저씨두……, 아 요전 『낑구』라는 잡지에두 보니까 나폴레옹이라는 서양 영웅이 그랬답디다. 기회는 제가 만든다구. 그리고 불가능이란 말은 바보의 사전에서나 찾을 글자라나요. 아 자꾸자꾸 계획하구 기회를 만들구 해서 분투 노력해 나가면 이 세상 일 안 되는 일이 어데 있나요? 한번 실패하거든 곱절 용기를 내 가지구 다시 일어서지요. 칠전팔기 모르시오?"

"나폴레옹도 세상 물정에 순응할 때는 성공했어도 그놈에 거슬리다가 실패를 했더란다. 너는 칠전팔기해서 성공한 몇 사람만 보았지, 여덟 번 일어섰다가 아홉 번째 가서 영영 쓰러지구는 다시 일어나지 못한 숱한 사람이 있는 건 모르는구나?"

"그래두 인제 두구 보시우. 나는 천하 없어두 성공하구 말 테
니……. 아저씨는 그래서 더구나 못써요……. 일해 보기두 전
에 안 될 줄로 낙심 먼저 하구……."

"하늘은 꼭 올라가 보구래야만 높은 줄 아니?"

원, 마지막에 가서는 할 소리가 없으니깐 동에도 닿지 않는 비
유를 갖다가 둘러대는 것 보아요. 그게 어디 당한 말인고? 안 올
라가 보면 머 하늘 높은 줄 모를 천하 멍텅구리도 있을까?

그만 해두려다가 심심하길래 또 말을 시켰지요.

"아저씨?"

"왜 그래?"

"아저씨는 인제 몸 다 충실해지면 어떡허실려우?"

"무얼?"

"장차……."

"장차?"

"장차 어떡하실 작정이세요?"

"작정이 새삼스럽게 무슨 작정이냐?"

"그럼 아저씨는 아무 작정 없이 살아가시우?"

"없기는?"

"있어요?"

"있잖구?"

"무엇인데?"

"그새 지내오던 대로……."

"그러면 저 거시기 무엇이냐 도루 또 그걸……?"

"그렇겠지."

"……."

"……."

"아저씨?"

"왜 그래?"

"인젠 그만두시우."

"그만두라구?"

"네."

"누가 심심소일루 그런 줄 아니?"

"그러잖구요?"

"……."

"아저씨?"

"……."

"왜 그래?"

"아저씨, 올해 몇이지요?"

"서른셋."

"그러니 인제는 그만큼 해두고 맘 잡아서 집안일 할 나이두 아니오?"

"집안일은 해서 무얼 하나?"

"그렇기루 들면, 그 짓은 해서 또 무얼 하나요?"

"무얼 하려고 하는 게 아니란다."

"그럼 아무 희망이나 목적이 없으면서 그래요?"

"목적? 희망?"

"네, 네."

"개인의 목적이나 희망은 문제가 다르니까……. 문제가 안 되니까……."

"원, 그런 법도 있나요?"

"법?"

"그럼요!"

"법이라……."

"아저씨?"

"……."

"아저씨?"

"왜 그래?"

"아주머니가 고맙잖습니까?"

"고맙지."

"불쌍하지요?"

"불쌍? 그렇지. 불쌍하다면 불쌍한 사람이지!"

"그런 줄은 아시누만?"

"알지."

"알면서 그러시우?"

"고생을 낙으로— 그놈 쓰라린 맛을 씹고 씹고 하면서 그놈에서 단맛을 알아내는 사람도 있느니라. 사람도 있는 게 아니라 사람마다 무슨 일에고 진정과 정신을 꼬박 거기다가만 쓰면 그렇게 되는 법이니라. 그러니까 그쯤 되면 그때는 고생이 낙이지. 너희 아주머니만 두고 보더라도 고생이 고생이면서 고생이 아니고, 고생하는 게 낙이란다."

"그렇다고 아저씨는 그걸 다행히만 여기시우?"

"아—니."

"그러거들랑 아저씨두 아주머니한테 그 은공을 더러는 갚아야 옳을 게 아니오?"

"글쎄, 은공을 모르는 건 아니지만⋯⋯."

"그러니 인제 병 확실히 다 나신 뒤엘라컨⋯⋯."

"바뻐서 원⋯⋯."

글쎄 이 한다는 소리 좀 보지요? 시치미 뚜욱 떼고 누워서 바쁘다는군요!

사람 속 채릴 여망 없어요. 그저 어디루 대나 손톱만치도 쓸모는 없고 남한테 사폐만 끼치고 세상에 해독만 끼칠 사람이니, 머 하루바삐 죽어야 해요. 죽어야 하고 또 죽어서 마땅해요. 그런데 글쎄 죽지를 않고 꼼지락꼼지락 도루 살아나니 성화라구는, 내⋯⋯.

"우리 납순이는 죽어서 무엇이 되었

을꼬, 쑥국새가 되었으머는 우는 소리나 듣지!" 미럭쇠는 우두커니 쑥국새 우

는 곳을 바라보다가 소스라쳐 한숨을 내쉰다. "쑤꾸욱." "쑥쑤꾸욱." 마지막 소

리가 아즈란히 들리더니, 그 다음은 잠잠하다. 미럭쇠는 밥 먹기도 잊고 도로

넋이 나가서 우두커니 앉아 있다.

쑥국새

1

왼편은 나무 한 그루 없이 보이더니, 무덤들만 다닥다닥 박혀 있는 잔디 벌판이 밋밋이 산발을 타고 올라간 공동묘지. 바른편은 누리 붉은 사석*이 숭헙게* 드러나고 못생긴 왜송이 듬성듬성 늘어붙은 산비탈. 이 사이로 좁다란 산협 소로가 고불고불 깔그막져서 높다랗게 고개를 넘어갔다.

소복이 자란 길 옆의 풀숲으로 입하(立夏) 지난 햇볕이 맑게 드리웠다.

풀포기 군데군데 간드러진 제비꽃이 고개를 들고 섰다. 제비꽃은 자줏빛, 눈꼽만씩한 괴밥꽃은 노랗다. 하얀 무릇꽃도 한참이다. 대황도 꽃만은 곱다. 할미꽃은 다아 늦게야 허리를 펴고 흰 머리털을 날린다. 미럭쇠는 이 경사 급한 깔그막길을 무거운 나뭇짐에 눌려 끙끙 어렵사리 올라가고 있었다.

구름이 지나가느라고 그늘이 한때 덮였다가 도로 밝아진다.

솔푸덕에서 놀란 꿩이 잘겁하게* 울고 날아간다.

꾀는 없고 욕심만 많아, 마침 또 지난 장에 새로 벼러* 온 곡괭이가 알심 있는 손에 맞겠다. 한데 오기는 있어 산림 간수한테 들키면 경을 치기는 매일반이래서 들이닥치는 대로 철쭉 등걸이야 진달래 등걸이야 소나무 등걸이야 더러는 멀쩡한 웅근* 솔까지 마구 작살을 낸 것이 해놓고 보니 필경 짐에 넘치는 것

을 제 기운만 믿고 짊어진 것까지는 좋았으나, 산에서 내려오면서는 몇 번이고 앞으로 고꾸라질 뻔했고, 이 길을 올라가는 데도 여간만 된* 게 아니다.

게다가 사월의 긴긴 해에 한낮이 훨씬 겨워 거진 새때*나 되었으니 안 먹은 점심이 시장하기까지 하다.

끙끙 힘을 쓰는 소리에 지게가 삐이득삐이득 지게 밑에 매달린 밥바구니가 다그락다그락 서로 궁상맞게 대답을 한다. 중간에 한 번이나 두 번은 쉬어야 할 것이지만 고집이 그대로 떠받고 올라간다. 지게 밑으로 토옹통하니 알이 밴 새까만 두 다리가 퇴육살이 불끈불끈 터지기라도 할 것 같다.

고개 마루턱에 겨우겨우 올라서자 휘유우휘 쟁그랍게* 숨을 몰아 내쉬면서 한옆으로 나무지게를 받쳐 놓고 일어선다.

시원한 바람이 한아름 고개 너머로 몰려든다. 바라다보이는 고개 밑은 또 하나 산이 가렸고, 그놈을 넘어서 오릿길을 가야 집이다. 그러나……

"작것이 나는 저 때문에 이렇기……."

미럭쇠는 공동묘지께를 힐끔 돌아다보고는 두런두런 허리의 수건을 뽑아 땀 흐르는 얼굴을 쓰으쓱 씻는다.

"……존 질루(길로) 편허게 갈 것두 이렇게 고생하는디……작것이!"

웬만침 땀을 들인 뒤에 미럭쇠는 지게 밑에서 밥바구니를 떼

어 뒷짐져 들고 어슬렁어슬렁 공동묘지를 걸어간다. 할미꽃 터럭이 눈날리듯 허어옇게 덮여 날린다.

공동묘지는 풀도 바스락 소리 않고 대낮이 밤처럼 괴괴하다.

여새겨 찾지 않아도 저어편 산 밑으로 치우쳐 외따로 있는 게 아내의 무덤이다.

아직 잔디가 뿌리를 못 잡아 까칠하고 뗏장*과 뗏장 사이로는 검붉은 황토가 비죽비죽 비어져 나온다.

무덤 한옆으로 먹자국이 선명하게,

'密陽 朴氏之墓'

라고 쓴 말뚝이 섰다. 한편쪽에는 다시,

'戊寅 四月二日'

이라는 날짜를 썼다.

미럭쇠는 읽을 줄도 모르면서 말뚝을 한참이나 들여다보다가 그담에는 무덤을 한 바퀴 돈다. 뗏장도 벗겨진 데는 없고 구멍도 나지 않고 별일없다.

한 바퀴 둘러보고 나서는 무덤 앞에다가 밥바구니를 열고 숟갈을 꽂아 괴어 놓는다. 밥이래야 뉘*와 피*가 절반이나 섞인 현미(玄米) 싸라기 밥, 한옆으로 짠 무김치를 몇 쪽 곁들인 것뿐이다.

"처먹어라……. 너 생각허구서 배고픈 것두 안 먹구 애꼈다가 갖고 왔다."

마치 산사람한테 두런거리듯 한다.

밥바구니를 괴어 놓아 주고서는 운감*하기를 기다리면서 멀거니 앞을 바라보고 앉아 한눈을 판다. 앞은 산 밑에서부터 훤하니 퍼져나간 들판, 들판이 다다른 곳에는 암암한 먼 산이 그림 같다. 들 가운데 조그마한 산모퉁이를 지나 기차가 장난감같이 아물아물 기어간다.

미럭쇠는 넋을 잃은 듯 손으로 잔디풀을 또옥똑 뜯고 앉았는 동안 어느 곁에 눈에는 눈물이 글썽글썽한다.

"작것이 왜 죽어 빼릿어……. 가만히 있으면 괜찮헐 틴디……. 방정맞게 왜 죽어 뻐리어! 작것이."

목멘 소리로 중얼중얼, 주먹을 들어다가 눈물을 씻는다.

2

바로 지나간 삼월 초생이었다.

미럭쇠가 논에 두엄을 져 내다가 점심 먹으러 오는 길인데, 동네 우물의 동청나무 울타리 뒤에서 점녜가 해뜩해뜩 무슨 말을 하고 싶은 눈치로 웃고 섰었다.

"너 이 가시내, 왜 날 보고 웃냐?"

"망할년의 자식이네! 이년의 자식아, 내 이름이 가시내냐!"

“너 이 가시내, 나만 보면은 주둥이 시어서 해룽해룽하지.”

“애개개! 참 내 벨꼴 다 보겠네!”

말로는 시뻐해도* 속으로는 분명 아픈 자리를 건드렸던 것이다.

“……이년의 자식아, 내가 저 화상이 그리 좋아서? 아나 옛다!”

“이 가시내야, 너 암만 그리두 네까짓 건 일 없단다!”

“흥! 누구는 일 있다는디? 아이구 구역질이 마구 나오네! ……저 꼴에 그리두 새말 납순이한티 반하였다지? 참 똥싼 주제에 매화타령허네!”

“이년의 가시내, 주둥이를 찢어 놀라! 내가 납순이한티 반힛으니 니가 무슨 상관이여! 이년의 가시내…….”

미럭쇠는 슬그머니 골이 나서 커어다란 눈방울을 부라린다.

그러나 점녜는 조금도 무서워하덜 않는다.

“이년의 자식아, 누가 상관헌다냐? 그렇지만 되렌님! 속 좀 채리세유. 납순이한티는 암만 반히서 침을 지일질 힐리구 댕겨두 헛다방입니다─요.”

“걱정 말어, 이 가시내야…….”

“닭 쫓던 강아지는 지붕이나 쳐다보지! 종수허구 죽자사자 하는 납순이헌티 저 혼자 반헌 저 화상은 무얼 쳐다볼랑고?”

“이 가시내야, 거짓말허면 호랭이가 물어간다!”

“미안허시것네! 오널두 납순이는 취 뜯으러 간다구 건너와서 뒷산으루 올라가구, 종수는 나무하러 가는 체 어실렁어실렁 뒤따라 갔답니다―요……. 어떠냐? 헤쩍허지? 미이히!”

“참말이냐?”

“흥! 인제는 아숩지? ……몰라, 몰라.”

점네는 방정맞게 싹 돌아서서 두레박질을 시이시한다.

“빌어먹을 놈의 가시내! 샘에서 퐁당 빠져 죽어라!”

미럭쇠는 내뱉으면서 흐느적흐느적 걸어간다. 걸어가면서 생각이다.

점네 가시내가 노상 거짓말은 안했고 종수 자식이 워낙 눈치가 수상하기는 수상했어! 그러니 그놈의 새끼한테 납순이를 뺏기고 만담? 내가 요만할 적부터 내걸로 맡아 두었는데, 다아 자란 뒤에 뺏기어!

사람이 화가 나서 살 수가 있나!

하기는 종수 자식이 나보담 얼굴이 밴조고롬하니 예쁘기는 예쁫것다? 그거 원 참! …….

미럭쇠는 귀주머니에서 동강난 거울 조각을 꺼내 들고 제 얼굴을 들여다본다.

죽가래로 푹 찌른 것처럼 가로째진 입, 길바닥에 떨어진 쇠똥같이 지질펀펀한 코, 왕방울 같은 눈, 좁디좁은 이마, 부룩송아지* 대가리처럼 노오란 머리터럭이 곱슬곱슬 자지러붙은 대가

리…… 등속. 미상불 제가 보아도 그다지 쳐 줄 수 없는 인물이다.

젠장맞을! 워느니 이 화상을 누가 좋아한담! 눈깔이 삔 점네 가시내가 진짜로 반해서 그 지랄이지. 원 어쩌면 요렇게도 빌어먹게 갖다가 만들어 놓더람! 가만있자 이게 우리 어머니 아버지 잘못이겠다. 옳아! 아버지는 죽었으니 할 수 없고, 어머니를 졸라야지. 아 그래도 내가 기운은 세고, 또 사내자식이 머 인물 뜯어 먹고 사나? 빌어먹을 것, 들여다본다…… 눈 멀뚱멀뚱 뜨고서 뺏겨?

미럭쇠는 허둥허둥 집으로 달려들더니 저의 모친더러 시방 얼른 새말 납순네 집에 건너가서 혼인하자는 말을 하라고, 만일 납순이한테 장가를 못 가는 날이면 목을 매고 죽는다고, 어머니가 나를 이렇게 못나게 낳아 놓았으니까 그 대신 꼭 납순이한테 장가를 들어 주어야 한다고. 마치 미친놈 날뛰듯 주워 섬기고서는 도로 부리나케 뒷산으로 올라간다.

온 산을 다아 매고 다니던 끝에 으슥한 골짜구니의 양지바른 언덕 밑에서 둘이 나란히 누워 있는 종수와 납순이를 찾아냈다.

납순이는 질겁하게 놀래서 달아나고, 그러나 저만큼 가 서서 거춰*를 보고 있고, 종수는 여느 때 같으면 눈만 부릅떠도 비실비실 피하던 것이 오늘은 눈살이 패앵팽해 가지고 아그뚱하니 버티고 서서 있다.

미럭쇠는 그놈에 비위가 더 상했다.

"너, 이놈의 새끼!"

미럭쇠는 눈을 불군불군, 그 잘난 코를 벌심벌심 내리으깨어 버릴 듯이 종수 앞으로 바싹 다가선다.

"그리서?"

말소리며 몸은 떨려도 종수의 대답은 다구지다.

"아 요것 보게!"

"왜? 어찌서 그리어? 늬가 무슨 상관이여?"

"왜 상관이 없어? 내가 맡아 논 지집애를 늬가 왜 건디려? 그리두 상관이 없어?"

"머, 밭두덕의 개똥참외더냐. 맡어 놓구 어쩌구 허게? 그 녀러 자식, 생긴 것허구 넉살두 좋네!"

"아, 요년의 새끼가!"

말로는 암만해야 달리고,* 미럭쇠는 종수의 멱살을 움켜쥔다.

실상 진작에 그럴 것이었다. 종수도 마주 멱살을 잡는다.

"그리어? 어찌어?"

"요, 싹둥머리 없는 놈의 새끼! 사알살 돌아댕기면서 남의 집 지집애나 바람맞히구⋯⋯. 너 좀 죽어 봐!"

와락 잡아 나꾸는데, 종수는 휙 둘리면서도,

"웬 상관이어? 내가 늬 에미를 후려 냈더냐? 늬 할미를 후려 냈더냐?"

하고 입은 끄은이 놀린다.

그러나 그 말이 떨어지기 전에 둘이는 어우러져 뒹군다.

말은 없고 잠시 동안 식식거리면서 엎치락뒤치락했지만 악으로 덤빈 종수는 다 같은 스물한 살박이 장정이라도 미럭쇠의 황소 같은 힘을 당해내는 수가 없었다.

미럭쇠는 종수의 배를 타고 앉아서 주먹으로 가슴패기를 짓찧는다.

"요놈의 새끼, 다시두?"

"오오냐, 헐 대루 히여라!"

"요것이 그리두 산소리여!"

미럭쇠는 종수의 목을 내리누른다. 종수는 캑캑, 눈을 희번덕, 얼굴에 푸른 핏대가 선다.

그러자 마침 그때다.

등 뒤에서 작대기가 따악 하더니 미럭쇠의 정수리를 보기 좋게 후려 갈긴다.

"아이쿠!"

미럭쇠는 정신이 아찔해서 앞으로 넘어지려 하는데, 재우쳐 한 번 더 따악 내리갈긴다.

미럭쇠는 그대로 정신을 놓고 쓰러지고 납순이는 달려들어 종수의 손목을 잡아 일으켜 가지고 달아난다.

3

　납순네는 계집애가 못된 종수 녀석과 좋잖은 소문을 퍼뜨리고 다닌대서 걱정을 하던 판이라 미럭쇠네가 청혼을 하니까 마침 좋다고 납채* 삼십 원에 선뜻 혼인을 승낙했다. 미럭쇠네는 작년에 저의 부친이 제 장가 밑천으로 장만해 놓고 죽은 송아지가 중소나 된 것을 오십 원에 팔고 또 양돝* 새끼 여섯 마리를 삼십 원에 팔고 해서 납채 삼십 원을 치르고, 나머지 오십 원으로 혼인을 치렀다. 그게 바로 미럭쇠가 납순이한테 작대기를 맞던 날부터 겨우 열흘 만이다.

　혼인을 한 첫날 밤.

　미럭쇠는 달리느라고 맞은 발바닥이 아파서 절룸절룸 신방* 으로 들어온다.

　생전 처음으로 촛불이 환하게 켜져 있는 신방에는 불보다 더 환하게 연지 찍고 곤지 찍고 분단장한 신부 납순이가 소곳하니 앉아 있다.

　미럭쇠는 가뜩이나 큰 입이 귀 밑까지 째지면서, 느긋해라고 한참이나 웃고 섰다가 신부 앞에 가서 털썩 주저앉는다.

　"히히 작것! 늬가 작대기루 날 띠렸지?"

　납순이는 마치 눈이 오려는 겨울날처럼 새초옴해서 눈을 아래로 내리깔고 눈썹 한 개도 까딱 않는다.

"그때 혼났다. 야! ……원 그렇기루 사정없이 때린담 말이냐! 히히."

"……."

"그러닝개루……."

미럭쇠는 납순이의 두 손을 덥숙 쥔다. 그 손은 얼음같이 찼다.

"……너두 그전 일은 죄다 잊어 뻬리구서, 인제버텀은 우리 각시닝게루 응? 내 말 잘 듣고 그리라, 응?"

미럭쇠는 노염이 다아 풀려서 인제는 종수를 죽이지 않는다고 말을 냈고, 그래서 종수는 며칠 만에 도로 동네로 돌아왔고, 납순이는 그대로 까딱없이 눈오는 겨울날처럼 새초옴한 채 그날그날을 보내고.

그리한 지 보름이 되는 어느 날 석양.

미럭쇠가 등 너머 봄보리밭에 소마〔小便〕를 져 내고 있느라니까 난데없이 점녜가 미럭쇠— 미럭쇠— 불러대면서 헐레벌떡 달려오고 있었다.

미럭쇠는 웬일인지 가슴이 서늘해서 밭두덩으로 나오는데 점녜는 가빠하는 체하고 쓰러질 듯 팔에 가 매달린다.

"저어……."

"왜 그러냐?"

"저어, 시방 오다가 어머니더러두 일러 주었는듸……."

“무얼?”

“저어, 납순이가아…….”

“납순이가!”

“내가 망을 보닝개루우…….”

“그리서?”

“종수가아…….”

“종수가?”

“응, 종수허구우 납순이허구우, 방으루…….”

“멋?”

미럭쇠는 점네를 떠다 박지르고* 소처럼 내리뛴다. 등을 넘어서자 이녀언 이년, 모친의 게목 지르는 소리가 들린다.

단걸음에 사립문 안으로 들어서는데 모친은 납순이의 머리채를 감아 쥐고 마당 가운데서 이리저리 개 끌 듯 끌어 동댕이를 치고* 있다. 조그마한 보따리가 한편으로 굴러져 있다.

“어서 오니라…….”

노파는 더욱 기광이 나서 허어덕허덕 들렌다.*

“……이년이, 이년이 대낮에 응— 대낮에 그러구서두 그놈허구 도망을 갈라구 보따리를 싸구……. 이년! 이 찢어 죽일년!”

미럭쇠는 잡아먹을 듯 험한 얼굴을 휘휘 두르다가 토방*으로 우루루 절굿공이를 집어 들고 납순이에게로 달려든다.

“이이년을!”

방아 찧듯 절굿공이를 번쩍 쳐들어 단번에 골통을 칵 내리바수려는 순간 납순이와 눈이 딱 마주친다. 그것은 미럭쇠가 이뻐하는 납순이의 얼굴, 마주 말끄러미 올려다보는 그 눈이 어떻게도 액색한지* 그만 눈물이 날 것 같았다.

퍽 내리치는 절굿공이에 애꿎이 굳은 마당 바닥이 움푹 팬다.

"이년을 이렇게 쳐죽일 참인디……. 가만있자……."

미럭쇠는 절굿공이를 내던지고 허둥지둥 둘러본다.

"이놈으? 이년허구 한티다가 묶어 놓구서 한꺼번에 놈년을 쳐죽여야 할 틴디이……. 놈을 잡아와야지, 이놈을……. 어머니! 그년 놓치지 말구 꼭 붙들구 있수……. 내 이놈마저 잡아 갖구 울티닝개루……."

해 던지고는 쭈루루 사립문께로 달려나간다. 사립문 밖에서는 동네 아이들이 구경을 하다가 양편으로 좌악 길을 터 준다.

점네가 마침 배슥이 웃고 서서 눈을 찌긋찌긋한다. 미럭쇠는 짐짓 제 몸뚱이로 점네를 칵 떠받아(그것은 방금 납순이를 절굿공이로 내리찧으려던 욕심과 같았다) 그렇게 죽어라고 떠받아 나동그라뜨리고서 횡하니 뛰어간다. 종수를 잡는다고 선불 맞은 범처럼 뛰어나간 미럭쇠는 그 길로 용머리의 술집으로 가서 밤이 늦도록 술을 먹고 쓰러져 잤다.

이튿날 새벽에야 철럭거리고 집으로 돌아온 미럭쇠는 납순이가 부엌 서까래에 목을 매고 늘어진 시체를 제 손으로 풀어 내

려놓아야 했었다.

노파가 밤새도록 붙들고 지키다가 새벽녘에 잠깐 잠이 든 사이에 납순이는 빠져 나가서 그 거조*를 냈던 것이다.

서방 미럭쇠가 돌아오는 날이면 맞아죽고 말 것, 가령 죽지 않는다고 하더라도 병신이 될만치 얻어맞을 것(아까 내리치던 그 무서운 절굿공이!), 그러고서도 평생을 맘없이 매달려 살아야 할 테니 차라리 진작 죽는 것만 못하다고 생각하기도 예사일 것이었다.

"그년을 꼭 내 손으로 쳐죽일랬더니, 에잉 분하여!"

미럭쇠는 동네 사람들이 모여 섰는 데서 이렇게 장담을 하고 못내 분해하는 체했다. 눈물까지 쏟아졌다. 모두들 분해서 그러는 줄만 알았지 미럭쇠의 정말 슬픈 심정은 알지 못했다.

4

아내 납순이의 무덤 옆에 넋을 놓고 앉았던 미럭쇠는 이윽고 정신이 들어 무덤으로 고개를 돌린다. 숟갈을 꽂아 괴어 놓은 밥바구니에는 어디서 날아왔는지 파리가 서너 마리나 엉기었다.

"쪼개 먹었나?"

미럭쇠는 중얼거리면서 밥바구니를 지어든다.

"물이 없는디. 목 막혀서 어쩌꺼나!"

마디지게 한숨을 내쉰다.

"작것이 왜 죽어 삐리어! ……가만히 있으면 괜찮헐 틴디. 방
정맞게 왜 죽어 삐리어! ……작것이!"

두런두런, 눈물을 찔끔찔끔, 밥바구니를 차고 앉아서 숟갈을
뽑아든다.

"꼬시래!*"

조금 떠서 앞으로 던지고, 또 한 번은 뒤로 던지면서,

"꼬시래!"

양편 옆으로 한 번씩,

"꼬시래!"

"꼬시래!"

골고루 고사를 한다.

할 때에 마침 등 뒤의 산허리께서,

"쑤꾸욱."

"쑤꾸욱."

쑥국새(뻐국새) 우는 소리가 들린다.

미럭쇠는 마악 밥을 먹으려던 숟갈을 멈추고 돌려다본다.

"쑤꾸욱."

"쑤꾸욱."

형체는 안 보이고 울음소리만 들린다.

"쑥꾸욱."

"쑤꾸욱."

산을 돌아 넘어가는지 소리가 감가암하니 멀어간다.

미럭쇠는 옛이야기가 생각났다.

며느리가 해산을 했는데 야속한 시에미가 미역국을 안 끓여 주고 쑥국만 끓여 주었다. 며느리는 피가 걷히지 않고 속이 쓰리다 못해 삼칠일 만에 그만 죽었다.

그 며느리가 죽어 혼이 새가 되었는데, 쑥국에 원한이 서리어 그래서 밤낮 쑤꾸욱 쑤꾸욱 운다고 한다.

"우리 납순이는 죽어서 무엇이 되었을꼬, 쑥국새가 되었으며 는 우는 소리나 듣지!"

미럭쇠는 우두커니 쑥국새 우는 곳을 바라보다가 소스라쳐 한 숨을 내쉰다.

"쑤꾸욱."

"쑥쑤꾸욱."

마지막 소리가 아즈란히 들리더니, 그 다음은 잠잠하다. 미럭 쇠는 밥 먹기도 잊고 도로 넋이 나가서 우두커니 앉아 있다.

논 이야기

"일없네. 난 오늘부텀 도루 나라 없는 백성이네. 제에길, 삼십육 년두 나라 없이 살아왔을려드냐. 아아니 글쎄, 나라가 있으면 백성한테 무얼 좀 고마운 노릇을 해주어야, 백성두 나라를 믿구, 나라에다 마음을 붙이구 살지. 독립이 됐다면서 고작 그래, 백성이 차지할 땅 뺏어서 팔아먹는 게 나라 명색야?" 그러고는 털고 일어서면서 혼자말로,

"독립됐다구 했을 제, 내, 만세 안 부르기 잘 했지."

논 이야기

1

일인*들이 토지와 그 밖의 온갖 재산을 죄다 그대로 내어놓고 보따리 하나에 몸만 쫓겨가게 되었다는 이야기를 듣는 한 생원은 어깨가 우쭐하였다.

"거 보슈, 송 생원. 인전들, 내 생각 나시지?"

한 생원은 허연 탑삭부리*에 묻힌 쪼글쪼글한 얼굴이, 위아래 다섯 대밖에 안 남은 누런 이빨과 함께 흐물흐물 웃는다.

"그러면 그렇지, 글쎄 놈들이 제아무리 영악하기로서니* 논에 다 네 귀퉁이 말뚝 박구선 인도깨비*처럼, 어여차 어여차, 땅을 떠 가지구 갈 재주야 있을 이치가 있나요?"

한 생원은 참으로 일본이 항복을 하였고, 조선은 독립이 되었다는 그날—팔 월 십오 일 적보다도 신이 나는 소식이었다. 자기가 한 말〔豫言〕이 꿈결같이도 이렇게 와 들어맞다니⋯⋯. 그리고 자기가 한 말대로, 자기가 일인에게 팔아 넘긴 땅이 꿈결같이도 도로 자기의 것이 되게 되었다니⋯⋯. 이런 세상에 신기하고 희한할 도리라고는 없었다.

조선이 독립이 되었다는 팔 월 십오 일, 그때는 한 생원은 섬뻑* 만세를 부르고 싶은 생각이 나지 않았어도, 이번에는 저절로 만세 소리가 나와지려고 하였다.

팔 월 십오 일 적에 마을에서는 젊은 사람들이 설도*를 하여

태극기를 만들고, 닭을 추렴*하고, 술을 사고 하여 놓고, 조출히 만세를 불렀다.

한 생원은 그 자리에 참례를 하지 아니하였다. 남들이 가서 같이 만세를 부르자고 하였으나 한 생원은 조선이 독립이 되었다는 것이 별양* 반가운 줄을 모르겠었다. 그저 덤덤할 뿐이었다.

물론 일본이 항복을 하였으니 전쟁은 끝이 난 것이요, 전쟁이 끝이 났으니 벼 공출*을 비롯하여 솔뿌리 공출이야, 마초 공출이야, 채소 공출이야, 가지가지의 그 억울하고 성가신 공출이 없어지고 말 것이었다.

또, 열여덟 살배기 손자놈 용길이가 징용*에 뽑혀 나갈 염려가 없을 터이었다. 얼마나 한 생원은, 일찍이 애비를 여의고, 늙은 손으로 여지껏 길러 온 외톨 손자놈 용길이가 징용에 뽑히지 말게 하려고, 구장과 면의 노무계 직원과, 부락 담당 직원에게 굽은 허리를 굽실거리며 건사를 물고 하였던고. 굶는 끼니를 더 굶어 가면서 그들에게 쌀을 보내 주기. 그들이 마을에 얼씬하면 부랴부랴 청해다 씨암탉 잡고 술대접 하기. 한창 농사일이 몰릴 때라도, 내 농사는 손이 늦어도 용길이를 시켜 그들의 논에 모 심고 김매어 주고 하기. 이 노릇에 흰머리가 도로 검어질 지경이요, 빚은 고패*가 넘도록 지고 하였다.

하던 것이 인제는 전쟁이 끝이 났으니, 징용 이자는 싹 씻은 듯 없어질 것. 마음 턱 놓고 두 발 쭉 뻗고 잠을 자도 좋았다.

　이런 일을 생각하면 한 생원도 미상불 다행스럽지 아니한 것은 아니었다. 그러나 오직 그뿐이었다.

　독립?

　신통할 것이 없었다.

　독립이 되기로서니, 가난뱅이 농투성이*가 별안간 나으리 주사 될 리 만무하였다. 가난뱅이 농투성이가 남의 세토(貰土 : 小作) 얻어 비지땀 흘려 가면서 일 년 농사지어 절반도 넘는 도조* 물고, 나머지로 굶으며 먹으며 연명이나 해가기는 독립이 되거나 말거나 매양 일반일 터였다.

　공출이야 징용이야 하여서 살기가 더럭 어려워지기는 전쟁이 나면서부터였다. 전쟁이 나기 전에는 일 년 농사지어 작성한 도조 실수 않고 물면, 모자라나따나 아무 시비와 성가심 없이 내 것 삼아 놓고 먹을 수가 있었다.

　징용도 전쟁이 나기 전에는 없던 풍토였다. 마음놓고 일을 하였고, 그것으로써 그만이었지, 달리는 근심 걱정 될 것이 없었다.

　전쟁 사품*에 생겨난 공출이니 징용이니 하는 것이 전쟁이 끝이 남으로써 없어진 다음에야, 독립이 되기 전 일본 정치 밑에서도 남의 세토 얻어 도조 물고 나머지나 천신*하는 가난뱅이 농투성이에서 벗어날 것이 없을진대, 한갓 전쟁이 끝이 나서 공출과 징용이 없어진 것이 다행일 따름이지, 독립이 되었다고 만

세를 부르며 날뛰고 할 흥이 한 생원으로는 나는 것이 없었다.

일인에게 빼앗겼던 나라를 도로 찾고, 그래서 우리도 다시 나라가 있게 되었다는 이 잔주*도, 역시 한 생원에게는 시쁘듬한* 것이었다. 한 생원은 나라를 도로 찾는다는 것은, 구한국 시절로 다시 돌아가는 것으로밖에 달리는 생각할 수가 없었다.

한 생원네는 한 생원 아버지의 부지런으로 장만한 열서 마지기와 일곱 마지기의 두 자리 논이 있었다. 선대의 유업*도 아니요, 공문서(公文書＝無登記) 땅을 거저 주운 것도 아니요, 버젓이 값을 내고 산 것이었다. 허되 그 돈은 체계나 돈놀이(고리대금업)하여 모은 돈도 아니요, 품삯 받아 푼푼이 모으고 악의악식하면서 모은 돈이었다. 피와 땀이 어린 땅이었다.

그 피땀어린 논 두 자리에서, 열세 마지기를 한 생원네는 산 지 겨우 오 년 만에 고을 원〔郡守〕에게 빼앗겨 버렸다.

지금으로부터 오십 년 전, 갑오 을미 병신 하는 병신년(丙申年) 한 생원의 나이 스물한 살 적이었다.

그 안 해 을미년 늦은 가을에 김 아무〔金某〕라는 원이 동학란에 도망 친 원 대신으로 새로이 도임*을 해와서, 동학의 잔당*을 비질하듯 잡아 죽였다.

피비린내 나는 살육*이 이듬해 병신년 봄까지 계속되었고, 그리고 여름……. 인제는 다 지났거니 하여 겨우 안도를 한 참인데, 한태수(한 생원의 아버지)가 원두막에서 동헌으로 붙잡혀 가

옥에 갇혔다. 혐의는 동학에 가담하였다는 것이었다.

한태수는 전혀 동학에 가담한 일이 없었다. 그의 말대로 하면, 동학 근처에도 가보지 아니한 사람이었다.

옥에 가두어 놓고는, 매일 끌어내다 실토를 하라고, 동류*의 성명을 불라고 주리*를 틀면서 문초*를 하였다. 육십이 넘은 늙은 정강이가 살이 으깨어지고 뼈가 아스러졌다.

나중 가서야 어찌 될망정 당장의 아픔을 견디다 못 하여 동학에 가담하였노라고 자복을 하였다. 입에서 나오는 대로 아는 사람의 이름을 불렀다.

불리운 일곱 사람이 잡혀 들어와 같은 문초를 받았다. 처음에는 내뻗었으나 원체 아픔을 이기지 못하여 자복을 하였다.

남은 것은 처형을 하는 것뿐이었다.

하루는 이방이, 한태수의 아내와 아들(한 생원)을 조용히 불렀다.

이방은 모자더러, 좌우간 살려낼 도리를 하여야 않느냐고 하였다. 모자는 엎드려 빌면서, 제발 이방님 덕택에 목숨만 살려지이다고 하였다.

"꼭 한 가지 묘책이 있기는 있는데……. 그럼 내가 시키는 대로 할 테냐?"

"불 속이라도 뛰어 들어가겠습니다."

"논문서를 가져오너라. 사또께다 바쳐라."

"논문서를요?"

"아까우냐?"

"……."

"가장이나 애비의 목숨보다 논이 더 소중하냐?"

"그 땅이 다른 땅과도 달라서……."

"정히 그렇게 아깝거든 그만두는 것이고."

"논문서만 가져다 바치면, 정녕 모면을 할까요?"

"아니 될 노릇을 시킬까?"

"그럼 이 길로 나가서 가지고 오겠습니다."

"밤에 조용히 내아(관사)로 오도록 하여라. 나도 와서 있을 테니. 그리고 네 논이 두 자리가 있겠다?"

"네."

"열서 마지기와 일곱 마지기."

"네."

"그 열서 마지기를 가지고 오너라."

"열서 마지기를요?"

"아까우냐?"

"……."

"아깝거들랑 그만두려무나."

"그걸 바치고 나면 소인네는 논 겨우 일곱 마지기를 가지고 수다한* 권솔*에 살아갈 방도가……."

“당장 가장이나 애비의 목숨은 어디로 갔든지?”

“…….”

“땅이야 다시 장만도 할 수가 있는 것이 아니냐?”

모자는 서로 돌아보면서 말하였다.

“바칩시다.”

“바치자.”

사흘 만에 한태수는 놓여 나왔다. 다른 일곱 명도 이방이 각기 사이에 들어, 각기 얼마씩의 땅을 바치고 놓여 나왔다,

그 뒤 경술년(庚戌年)에 일본이 조선을 합방하여 나라는 망하였다.

사람들이 나라 망한 것을 원통히 여길 때, 한 생원은,

“그깐 놈의 나라, 시언히 잘 망했지.”

하였다. 한 생원 같은 사람에게 나라란 백성에게 고통이지, 하나도 고마운 것이 아니었다. 또 꼭 있어야 할 요긴한 것도 아니었다.

그런 나라라는 것을 도로 찾았다고 하여, 섬뻑 감격이 일지 아니한 것도 일변 의당한* 노릇이라 할 것이었다.

논 스무 마지기에서 열서 마지기를 빼앗기고 나니, 원통한 것도 원통한 것이지만, 앞으로 일이 딱하였다. 논이나 겨우 일곱 마지기를 가지고는 어림도 없었다.

하릴없이 남의 세토를 얻어 그 보충을 하여야 했다. 그러나 남

의 세토는 도조를 물어야 하는 것이라, 힘은 내 논을 지을 때와 마찬가지로 들면서도 가을에 가서 차지를 하기는 절반이 못 되는 것이었다. 그렇지만 그렇다고 남의 세토를 소작 아니할 수는 없었다.

이리하여 한 생원네는 나라 명색이 망하지 않고 내 나라로 있을 적부터 가난한 소작농이었다.

경술년 나라가 망하고, 삼십육 년 동안 일본의 다스림 밑에서도 같은 가난한 소작농이었다. 그리고 속담에 남의 불에 게 잡기로, 남의 덕에 나라를 도로 찾기는 하였다지만 한국 말년의 나라만을 여겨 그 나라가 오죽할 리 없고, 여전히 남의 세토나 지어먹는 가난한 소작농이기는 일반일 것이라고 한 생원은 생각하던 것이었다.

일본이 항복을 하던 바로 전의 삼사 년에, 공출이야 징용이야 하면서 별안간 군색함과 불안이 생겼던 것이지, 그 밖에는 나라가 망해 없어지고서 일본의 속국 백성으로 사는 것이, 경술년 이전 나라가 있어 가지고 조선 백성으로 살 적보다 별양 못할 것이 한 생원에게는 없었다. 여전히 남의 세토를 지어, 절반 이상이나 도지를 물고, 그 나머지를 천신하는 가난한 소작인이요, 순사나 일인이나 면서기들의 교만과 압박보다 못할 것도 없거니와 더할 것도 없었다.

독립이 된 이 앞으로도, 그것이 천지개벽이 아닌 이상, 가난한

농투성이가 느닷없이 부자 장자 될 이치가 없는 것이요, 원·아전·토반*이나 일본놈 대신에, 만만하고 가난한 농투성이를 핍박하는 '권세 있는 양반들'이 생겨나고 할 것이매, 빼앗겼던 나라를 도로 찾아 다시금 조선 백성이 되었다는 것이 조금도 신통하거나 반가울 것이 없었다.

원과 토반과 아전이 있어, 토색질*이나 하고 붙잡아다 때리기나 하고, 교만이나 피우고, 허되 세미*는 국가의 이름으로 꼬박꼬박 받아 가면서 백성은 죽어야 모른 체를 하고 하는 나라의 백성으로도 살아 보았다.

천하 오랑캐, 아비와 자식이 맞담배질을 하고, 남매간에 혼인을 하고, 뱀을 먹고 하는 왜인들이, 저희가 주인이랍시고서 교만을 부리고, 순사와 헌병은 칼바람에 조선 사람을 개돼지 대접을 하고, 공출을 내어라, 징용을 나가거라, 야미*를 하지 마라 하면서 볶아대고, 또 일본이 우리 나라다, 나는 일본 백성이다, 이런 도무지 그럴 마음이 우러나지를 않는 억지 춘향이* 노릇을 시키고 하는 나라의 백성으로도 살아 보았다.

결국 그러고 보니 나라라고 하는 것은 내 나라였건 남의 나라였건 있었댔자 백성에게 고통이나 주자는 것이지, 유익하고 고마울 것은 조금도 없는 물건이었다. 따라서 앞으로도 새 나라는 말고 더한 것이라도, 있어서 요긴할 것도, 없어서 아쉬울 일도 없을 것이었다.

2

신해년(辛亥年)…… 경술 합방 바로 이듬해였다. 한 생원은 —젊은 때의 한덕문은— 빼앗기고 남은 논 일곱 마지기를 불가불 팔아야 할 형편에 이르렀다.

칠팔 명이나 되는 권솔인데, 내 논 일곱 마지기에다 남의 논이나 몇 마지기를 소작해 가지고는 여간한 규모와 악의악식*이 아니고서는 도저히 현상 유지를 하기가 어려웠다.

한덕문은 그 부친과는 달라 살림 규모가 없었다. 사람이 좀 허황하고 헤픈 편이었다.

부친 한태수가 죽고, 대신 당가산(當家産)*을 한 지 불과 오륙 년에 한덕문은 힘에 넘치는 빚을 졌다.

이 빚은 단순히 살림에 보태느라고만 진 빚은 아니었다.

한덕문은 허황하고 헤픈 값을 하느라고, 술과 노름을 쏠쏠히* 좋아하였다.

일 년 농사를 지어야 일 년 가계가 번연히 모자라는데, 거기다 술을 먹고 노름을 하니, 늘어가는 건 빚밖에는 있을 것이 없었다.

빚은 갚아야 되었다.

팔 것이라고는 논 일곱 마지기, 그것뿐이었다.

한덕문이 빚을 이리 틀어막고 저리 틀어막고, 오늘로 밀고 내일로 밀고 하여 오던 끝에, 마침내는 더 꼼짝을 할 도리가 없어

논을 팔기로 작정을 대었을 무렵에, 그러자 용말(龍田) 사는 일인 길천(吉川)이가 요새로 바싹 땅을 많이 사들인다는 소문이 들렸다. 그리고 값으로 말하여도, 썩 좋은 상답이면 한 마지기(200평)에 스무 냥으로 스물닷 냥(20냥 이상 25냥=4원 이상 5원)까지 내고, 아주 박토*라도 열 냥(2원) 안짝은 없다고 하였다.

땅마지기나 가진 인근의 다른 농민들도 다들 그러하였지만, 한덕문은 그 중에서도 귀가 반짝 뜨였다.

시세의 갑절이었다.

고래실*논으로, 개똥배미 상지상답이라야 한 마지기에 열 냥으로 열두어 냥(2원~2원 4, 50전)이요, 땅 나쁜 것은 기지개 써야 닷 냥(1원)이었다.

'팔자!'

한덕문은 작정을 하였다.

일곱 마지기 논이 상지상답은 못 되어도 상답은 되니, 잘 하면 스무 냥(4원)은 받을 것. 스무 냥이면 이칠십사 일백마흔 냥(28원).

빚이 이럭저럭 한 오십 냥(10원) 되니, 그것을 갚고 나면 아흔 냥(18원)이 남아. 아흔 냥을 가지고 도로 논을 장만해. 판 일곱 마지기만한 토리의 논을 사더라도 아홉 마지기를 살 수가 있어.

결국 논 한번 팔고 사고 하는 노름에, 빚 오십 냥 거저 갚고도, 논은 두 마지기가 늘어 아홉 마지기가 생기는 판이 아니냐. 이

런 어수룩한 노름을 아니하잘 며리*가 없는 것이었다.

양친은 이미 다 없는 때요, 한덕문은 그가 대주(호주)였으므로, 혼자서 일을 결단하여도 간섭을 받을 일은 없었다.

곡우(穀雨)* 머리의 어느 날 한덕문은 맨발 짚신, 풀상투에 삿갓 쓰고, 곰방대 물고, 마을에서 십 리 상거*의 용말(龍田) 출입을 나갔다. 일인 길천이가 적실히 그렇게 후한 값으로 논을 사는지 진가를 알아보고자 함이었다.

금강(錦江) 어귀의 항구 군산(群山)에서 시작되어, 동북 간방(東北間方)으로 임피읍(臨陂邑)을 지나 용말로 나온 한길이, 용말 동쪽 변두리에서 솜리(裸里)로 가는 길과 황등 장터〔黃登市〕로 가는 길의 두 갈랫길로 갈리는, 그 샅*에 가, 전주집이라는 주모가 업을 하고 있는 주막이 오도카니 홀로 놓여 있었다.

한덕문은 전주집과는 생소치 아니한 사이었다.

마당이자 바로 한길인, 그 마당 앞에 섰는 한 그루의 실버들이 한창 푸르른 전주집네 주막, 살진 봄볕이 드리운 마루에 나란히 걸터앉아 세상 물정 이야기, 피차간 살아가는 이야기, 훨씬 한담*을 하던 끝에 한덕문이 지나가는 말처럼 넌지시 물었다.

"참, 저, 일인 길천이가 요새 땅을 많이 산다구?"

"많은 정도가 아니라, 그 녀석이 아마, 이 근처 일판을 땅이라구 생긴 건, 깡그리 쓸어 사자는 배폰가 봅디다!"

"헛소문은 아니로구먼?"

"달리 큰 배포가 있던지, 그렇잖으면 그 녀석이 상성〔發狂〕*을
했던지."

"……."

"한 서방 어른두 속내 아는배, 이 근처 논이 물 걱정 가뭄 걱
정 없구, 한 마지기에 넉 섬은 먹는 논이라야 열 냥(2원)이 상값
아니우? 그런 걸 글쎄, 녀석은 스무 냥 스물댓 냥을 퍼주구 사는
구랴. 제마석〔一斗落에 一石〕두 못 먹는 자갈 바탕의 박토라두,
논 명색이면 열 냥 안짝 잽히는 건 없구."

"허긴, 값이나 그렇게 월등히 많이 내야 일인한테 논을 팔지,
그렇잖구서야 누가."

"제엔장, 나두 진작에 논이나 시늉만 생긴 거라두 몇 섬지기
장만해 두었더라면, 이런 판에 큰 횡잴 했지."

"그래, 많이들 와 파나?"

"대가릴 싸구 덤벼든답디다. 한 서방 어른두 논 좀 파시구랴?
이런 때 안 팔구, 언제 팔우?"

"팔 논이 있나!"

이유와 조건의 어떠함을 물론하고, 농민이 논을 판다는 것은
남의 앞에 심히 떳떳스럽지 못한 일이었다. 번연히 내일 모레면
다 알게 될 값에라도, 되도록 그런 기색을 숨기려고 드는 것이
통정*이었다.

뚜벅뚜벅 말굽 소리가 나더니, 말 탄 길천이가 주막 앞을 지난

다. 언제나 그러하듯이, 깜장 됫박모자〔中山帽子〕에, 깜장 복장〔洋服—쓰메에리〕을 입고, 깜장 목 깊은 구두를 신고, 허리에는 육혈포*를 차고 하였다.

한덕문은 길에서 몇 차례 본 적이 있어 그가 길천인 줄을 안다.

"어디 갔다 와요?"

전주집이 웃으면서 알은체 하는 것을, 길천은 웃지도 않으면서,

"웅, 조—기. 우리, 나쁜 사람 잡으러 갔다 왔소."

길천의 차인꾼*이요, 통역꾼이기도 한 백남술이 밧줄로 결박*을 지은 촌 젊은 사람 하나를 앞장 세우고 뒤미처 나타났다.

죄수(?)는 상투가 풀어지고, 발기발기 찢기운 옷과 면상으로 피가 묻고 한 것으로 보아, 한바탕 늑신 두들겨 맞은 것이 역력하였다.

"어디 갔다 오시우?"

전주집이 이번에는 백남술더러 인사로 묻는다.

백남술은 분연히,

"남의 돈 집어 먹구 도망 댕기는 놈은 죽어 싸지."

하면서 죄수에게 잔뜩 눈을 흘긴다.

그리고 나서 전주집더러,

"댕겨오께시니, 닭이나 한 마리 잡구 해놓게나. 놈을 붙잡느

라구 한 승강했더니 목이 컬컬허이.”

그러느라고 잠깐 한눈을 파는 순간이었다. 죄수가 밧줄 한끝 붙잡힌 것을 홱 뿌리치면서 몸을 날려 쏜살같이 오던 길로 내뺀다.

“엇!”

백남술이 병신처럼 놀라다 이내 죄수의 뒤를 쫓는다.

길천이 탄 말이 두 앞발을 번쩍 들어 머리를 돌리면서 땅을 차고 달린다. 그러면서 길천의 손에서 육혈포가 땅……. 풀씬 연기가 나면서 재우쳐* 땅…….

죄수는 그러나 첫 한 방에 그대로 길바닥에 가 동그라진다*. 같은 순간 버선발로 뛰어내려간 전주집이 에구머니 비명을 지른다.

죄수는 백남술에게 박승* 한끝을 다시 붙잡혀 일어난다. 길천은 피스톨 사격의 명인(名人)은 아니었다.

일인에게 빚을 쓰는 것을 왜채(倭債)라고 하고, 이 젊은 친구는 왜채를 쓰고서 갚지 아니하고, 몸을 피해 다니다가 붙잡힌 사람이었다.

길천은 백남술이가,

‘이 사람은 논이 몇 마지기가 있소.’

하고 조사 보고를 하면, 서슴지 아니하고 왜채를 주곤 한다. 이 자도 항용* 체계*나 장변*보다 헐하였다.

빚을 주는 데는 무른 것 같아도, 받는 데는 무서웠다.

기한이 지나기를 기다려, 채무자를 제 집으로 데려다 감금을 하고, 사형(私刑)*으로써 빚 채근*을 하였다.

부형이나 처자가 돈을 가지고 와서 빚을 갚는 날까지 감금과 사형을 늦추지 아니하였다.

논문서를 가지고 오는 자리는 '우대'를 하였다. 이자를 탕감하고 본전만 쳐서 논으로 받는 것이었다. 논이 있는 사람은, 돈을 두어 두고도 즐겨 논으로 갚고 하였다.

한덕문은 다시 끌려가고 있는 죄수의 뒷모양을 우두커니 바라다보면서,

'제엔장, 양반 호랑이도 지질한데*, 우환중에 왜놈 호랑이까지 들어와서 이 등쌀이니, 갈수록 죽어나는 건 만만한 백성뿐이로구나.'

'쯧, 번연히 알면서 왜채를 쓰는 사람이 잘못이지, 누구를 원망하나.'

'참새가 방앗간을 거저 지날까. 이왕 외상술이라도 한잔 먹고 일어설까, 어떡할까?'

이런 생각을 하고 앉았는 차에, 생각잖이, 외가편으로 아저씨 뻘 되는 윤 첨지가 퍼뜩 거기에 당도하였다. 윤 첨지는 황등 장터에서 제 논 석지기나 지니고 탁신히 사는 농민이었다.

아저씨 웬일이시냐고. 조카 잘 있었더냐고. 항용 하는 인사가

끝난 후에, 이 동네 사는 길천이라는 일인이 값을 후히 내고 땅을 사들인다는 소문이 있으니 적실하냐고 아까 한덕문이 전주집더러 묻던 말을 윤첨지가 한덕문더러 물었다.

그렇단다는 한덕문의 대답에, 윤 첨지는 이윽히 생각을 하고 있더니 혼자말같이,

"그럼 나두 이왕 궐(厥)한테다 팔아야 하겠군."

하다가 한덕문더러,

"황등이까지 가서두 살까? 예서 이십 리나 되는데."

하고 묻는다.

"글쎄요…… 근데 논은 어째 파실 영으루?"

"허. 그거 온 참……. 저어 공주 한밭(大田)서 무안 목포(木浦)루 철로(鐵道)가 새로 나는데, 그것이 계룡산(鷄龍山) 앞을 지나 연산(連山)·팥거리(豆溪)루 해서 논메(論山)·강경(江景)으로 나와 가지고, 황등 장터를 지나게 된다네그려."

"그런데요?"

"그런데 철로가 난다 치면 그 십 리 안짝은 논을 죄 버리게 된다는 거야."

"어째서요?"

"차가 댕기는 바람에 땅이 울려 가지구 모를 심어두 뿌릴 제대루 잡지 못하구 해서, 벼가 자라질 못한다네그려!"

"무슨 그럴 리가……."

"건 조카가 속을 몰라 하는 소리지. 속을 몰라 하는 소린 것이, 나두 작년 정월에 공주 한밭엘 갔다, 그놈 차가 철로 위루 달리는 걸 구경했지만, 아 그 쇳덩이루 만든 집채더미 같은 시꺼먼 수레가 찻길 위루 벼락치듯 달리는데, 땅바닥이 사뭇 움죽움죽하더라니깐! 여승 지동〔地震〕이야……. 그러니, 땅이 그렇게 지동하듯 사철 들이 울리니, 근처 논이 모가 뿌리를 잡을 것이며, 자라기를 할 것인가?"

"……."

들고 보니 미상불 근리한 말이었다.

"몰랐으면이어니와 알구두 그대루 있겠던가? 그래 좀 덜 받더래두 팔아 넘길 영으루 하구 있는데, 소문을 들으니 길천이라는 손이 요새 값을 시세보담 갑절씩이나 내구 논을 산다데나그려. 정녕 그렇다면 철로 조간이 아니라두 팔아 가지구 딴 데루 가서 판 논 갑절 되는 논을 장만함직두 한 노릇인데, 항차……."

"철로가 그렇게 난다는 건 아주 적실한가요?"

"말끔 다 측량을 하구, 말뚝을 박아 놓구 한걸……. 황등 장터 그 일판은 그래, 논들을 못 팔아 난리가 났다니까."

3

일인 길천이에게 일곱 마지기 논을 일백마흔 냥(28원)에 판 것과, 그 중 쉰 냥(10원)은 빚을 갚은 것, 이것까지는 한덕문의 예산대로 되었다.

그러나 나머지 아흔 냥(18원)으로, 판 논 일곱 마지기보다 토리가 못 하지 아니한 논으로 두 마지기가 더한 아홉 마지기를 삼으로써 빚 쉰 냥은 공으로 갚고, 그러고도 논이 두 마지기가 붙게* 된다던 것은 완전히 허사가 되고 말았다.

아무도 한덕문에게 상답 한 마지기를 열 냥씩에 팔려는 사람은 없었다. 이왕 일인 길천이에게 팔면 그 갑절 스무 냥씩을 받는 고로 말이었다.

필경 돈 아흔 냥은 한덕문의 수중에서 한 반 년 동안 구르는 동안, 스실사실* 다 없어지고 말았다.

이리하여 한덕문은 논 일곱 마지기로 겨우 빚 쉰 냥을 갚고는, 아무것도 남은 것이 없이 손 싹싹 털고 나선 셈이었다.

친구가 있어 한덕문을 책하면서 물었다.

"어떡허자구 논을 판단 말인가?"

"인제 두구 보게나."

"무얼 두구 보아?"

"일인들이 다 쫓겨가면, 그 땅 도로 내 것 되지, 갈 데 있던

가?"

"쫓겨갈 놈이 논을 사겠나?"

"저희놈들이 천지 운수를 안다든가?"

"자네는 아나?"

"두구 보래두 그래."

한덕문은 혼잣속으로 아뿔싸, 논이라야 단지 그것뿐인 것을 팔고서, 인제는 송곳 꽂을 땅도 없으니 이 노릇을 어찌한단 말이냐고, 심히 후회하여 마지아니하였다.

그러면서도 남더러는 그렇게 배포 있는 장담을 탕탕 하였다.

한덕문은 장차에 일인들이 쫓겨가리라는 것을 확언할 아무런 근거도 가진 것이 없었다. 따라서 자신도 없었다. 오직 그는 논을 판 명예롭지 못함과 어리석음을 싸기 위하여, 그런 희떠운* 소리를 한 것일 따름이었다.

한덕문이, 일인들이 다 쫓겨가면 그 논이 도로 제 것이 될 터이래서 논을 팔았다고 한다더라, 이 소문이 한 입 두 입 퍼지자, 듣는 사람마다 그의 희떠움을, 혹은 실없음을 웃었다.

하는 양을 보느라고 위정—,

"자네 논 팔았다면서?"

한다 치면,

"팔았지."

"어째서?"

"돈이 좀 아쉬워서."

"돈이 아쉽다구 논을 팔구서 어떡허자구?"

"일인들이 다 쫓겨가면 그 논 도루 내 것 되지 갈 데 있나?"

"일인들이 쫓겨간다든가?"

"그럼 백 년 살까?"

또 누구는 수작을 바꾸어,

"일인들이 쫓겨간다지?"

한다 치면,

"그럼!"

"언제쯤 쫓겨가는구?"

"건 쫓겨가는 때 보아야 알지."

"에구 요 맹추야. 요 허풍선이*야. 우리 나라 상감님을 쫓어 내구 저희가 왕 노릇을 하는데 쫓겨가?"

"자넨 그럼 일인들이 안 쫓겨가구, 영영 그대루 있으면 좋을 건 무언가?"

"좋기루 할 말이야 일러 무얼 하겠나만, 우리 좋은 대루 세상 일이 돼 준다던가?"

"그래두 인제 내 말을 이를 때가 오느니."

"괜히 논 팔구선 할 말 없거들랑, 국으로* 잠자코 가만히나 있어요."

"체에. 내 논 내가 팔아먹는데, 죄 될 일 있나?"

“걸 누가 죄라니?”

“길천이한테 논 팔아먹은 놈이 한덕문이 하나뿐인감?”

“누가 논 판 걸 나무래? 희떤 장담을 하니깐 그러는 거지.”

“희떤 장담인지 아닌지 두구 보잔 말야.”

이로부터 한덕문은 그 말로 인하여 마을과 인근에서 아주 호가 났고,* 어느 겨를인지 그것이 한 속담(俗談)까지 되었다.

가령 어떤 엉뚱한 계획을 세운다든지 허랑한* 일을 시작하여 놓고서는, 천연스럽게 성공을 자신한다든지, 결과를 기다린다든지 하는 사람이 있을라치면,

“흥, 한덕문이 길천이에게다 논 팔아먹던 대 났구나.”

하고 비웃곤 하는 것이었다.

그후, 그 속담은 삼십오 년을 두고 전하여 내려왔다. 전하여 내려올 뿐만이 아니었다. 일본 제국주의의 조선에 있어서의 지반*이 해가 갈수록 완고한 것이 되어감을 따라, 너욱이 만주사변 때부터 시작하여 중일전쟁을 거쳐 태평양전쟁으로 일이 거창하게 벌어진 결과, 전쟁 수단으로써 조선의 가치는 안으로 밖으로, 적극적으로 소극적으로, 나날이 더 커감을 좇아, 일본이 조선에다 박은 뿌리는 더욱 깊이 뻗어 들어가고, 가지와 잎은 더욱 무성해서, 일본이 조선으로부터 물러간다는 것은 독립과 한가지로 나날이 더 잠꼬대 같은 생각이던 것처럼 되어 버려감을 따라, 그래서 한덕분의 장담하던 (일인들이 다 쫓겨가면……)

이 말이, 해가 가고 날이 갈수록 속절없이 무색하여 감을 따라, 그와 반비례하여 그 말의 속담으로서의 가치와 효과만이 멸하지 않고 찬란히 빛을 내었다.

바로 팔 월 십사 일까지도 그러하였다. 팔 월 십사 일까지도, '흥, 한덕문이 길천이한테 논 팔어먹던 대 났구나'는 당당히 행세를 하였다.

그랬던 것이, 팔 월 십오 일에 일본이 항복을 하고, 조선은 독립(실상은 우선 해방)이 되고 하였다. 그리고 며칠 아니하여 '일인들이 토지와 그 밖의 온갖 재산을 죄다 그대로 내놓고 보따리 하나에 몸만 쫓겨가게 되었다'는 데까지 이르렀다.

한 생원(한덕문)의,

'일인들이 다 쫓겨가면……'

은 이리하여 부득불 빛이 환해지고 반대로,

'한덕문이 길천이한테 논 팔아먹던 대 났구나'는 그만 얼굴이 벌게서 납작하고 말 수밖에 없었다.

4

"여보슈, 송 생원?"

한 생원이 허연 탑삭부리에 묻힌 쪼글쪼글한 얼굴이 위아래

다섯 대밖에 안 남은 누런 이빨과 함께 흐물흐물 자꾸만 웃어지는 웃음을 언제까지고 거두지 못하면서, 그러다 별안간 송 생원의 팔을 잡아 흔들면서 아주 긴하게,

"우리 독립 만세 한번 부르실까?"

"남 다아 부르구 난 댐에, 건 불러 무얼 허우?"

송 생원은 한 생원과 달라 길천이한테 팔아먹은 논도 없으려니와, 따라서 일인들이 쫓겨가더라도 도로 찾을 논도 없었다.

"송 생원, 접때 마을에서 만세를 부를 제, 나가 부르셨던가?"

"난 그날, 허리가 아파 꼼짝 못 하구 누웠었는걸."

"나두 그날 고만 못 불렀어."

"아따 못 불렀으면 못 불렀지, 늙은 것들이 만세 좀 아니 불렀기루 귀양살이 보내겠수?"

"난 그래두 좀 섭섭해서 그랬지요……. 그럼 송 생원 우리 술 한잔 자실까?"

"술이나 한잔 사주신다면."

"주막으루 나갑시다."

두 늙은이가 지팡이를 짚고 마을에 단 한 집밖에 없는 주막으로 나갔다.

"에구머니, 독립두 되구 볼 거야. 영감님들이 술을 다 자시러 오시구."

이십 년이나 여기서 주막을 하느라고, 인제는 중늙은이*가 된

주모 판쇠네가, 손님을 환영이라기보다 다뿍 걱정스러워한다.

"미리서 외상인 줄이나 알구, 술 좀 주게나."

한 생원이 그러면서 술청으로 들어가 앉는 것을, 송 생원도 따라 들어가 앉으면서 주모더러,

"외상 두둑히 드리게. 수가 나섰다네."

"독립되는 운덤*에 어느 고을 원님이나 한 자리 해 가시는 감?"

"원님을 걸 누가 성가시게, 흐흐……."

한 생원은 그러다 다시,

"거, 안주가 무어 좀 있나?"

"안주도 벤벤찮구 술두 막걸린 없구 소주뿐인 걸, 노인네들이 소주 잡숫구 어떡허시게."

"아따 오줌은 우리가 아니 싸리."

젊었을 적에는 동이술을 사양치 아니하던 영감들이었다. 그러나 둘이가 다 내일 모레가 칠십. 더구나 자주자주는 술을 입에 대지 않던 차에, 싱겁다고는 하지만 소주를 칠팔 잔씩이나 하였으니, 과음일 수밖에 없었다.

송 생원은 그대로 술청에 쓰러져 과연 소변을 저리기까지 하였다.

한 생원은 송 생원보다는 아직 기운이 조금은 좋은 덕에, 정신을 놓거나 몸을 가누지 못할 지경은 아니었다.

　"우리 논을 좀 보러 가야지, 우리 논을. 서른다섯 해 만에, 우리 논을 보러 간단 말야, 흐흐흐."

　비틀거리면서 한 생원은 술청으로부터 나온다.

　주모 판쇠네가 성화가 나서,

　"방으루 들어가 누셨다, 술 깨신 댐에 가세요. 노인네들 술 드렸다구 날 또 욕허게 됐구면."

　"논 보러 가, 논. 길천이게다 판 우리 논. 흐흐흐. 서른다섯 해 만에 도루 찾은, 우리 일곱 마지기 논, 흐흐흐."

　"글쎄, 논은 이담에 보러 가시면 되지 어디루 가요?"

　말은 혀꼬부라진 소리로, 몸은 위태로이 비틀거리면서, 한 생원은 지팽이를 휘젓고 밖으로 나간다. 나가다 동네 젊은 사람과 마주쳤다.

　"아, 한 생원 웬일이세요?"

　"논 보러 간다, 논. 흐흐흐. 너두 이 녀석, 한덕문이 길천이한테 논 팔아먹던 대 났구나, 그런 소리 더러 했었지? 인제두 그런 소리가 나오까?"

　"취하셨군요."

　"나, 외상술 먹었지. 논 찾았으니깐 또 팔아서 술값 갚으면 고만이지. 그럼 한 서른다섯 해 만에 또 내 것 되겠지, 흐흐흐. 그렇지만 인전 안 팔지, 안 팔아. 우리 용길이놈 물려줘야지, 우리 용길이놈."

“참, 용길이 요새 있죠?”

“있지. 길천이한테 팔아먹었을까?”

“저어, 읍내 사는 영남이가 산판(山坂)* 하날 사서 벌목(伐木)*을 하는데, 이 동네 사람들더러 와 나무 베어 주구, 그 대신 우죽(林葉)* 가져가라구 하니, 용길이두 며칠 보내서 땔나무나 좀 장만하시죠.”

“걸 누가……. 논을 도루 찾았는데.”

“논만 찾으면 땔나문 없어두 사시나요?”

“논두 없어두 서른다섯 해나 살지 않었느냐?”

“허허 참. 그러지 마시구 며칠 보내세요. 어서 다 베어 버려야 할 텐데, 도무지 사람을 못 구해 그러니, 절더러 부디 그럭허두룩 서둘러 달라구, 영남이가 여간만 부탁을 해싸야죠. 아, 바루 동네서 가찹겠다, 저 나르기 수월허구……. 요 위 가잿골 있는 길천농장 멧갓이래요.”

“무어?”

한 생원은 별안간 정신이 번쩍 나면서 대어든다.

“가잿골 있는 길천농장 멧갓이라구?”

“네.”

“네—라니? 그 멧갓이…… 가만있자, 아—니, 그 멧갓이 뉘 멧갓이길래?”

“길천농장 멧갓 아네요? 걸, 영남이가 일인들이 이번에 거덜

이 나는 바람에 농장 산림 감독 하던 강 서방한테 샀대요."

"하, 이런 도적놈들. 이런 천하 불한당놈들. 그래, 지금두 벌목을 하구 있더냐?"

"오늘부터 시작했다나 봐요."

"하, 이런 천하 날불한당놈들이!"

한 생원은 천방지축으로 가잿골을 향하여 비틀걸음을 친다.

솔은 잘 자라지 않고, 개간*하여 밭을 만들자 하니 힘이 부치고 하여, 이름만 멧갓이지, 있으나마나 한 멧갓 한 자리가 있었다. 한 삼천 평 될까 말까, 그다지 크지도 못한 것이었었다.

이 멧갓을 한 생원은 길천이에게다 논을 팔던 이듬해지 그 이듬해지, 돈은 아쉽고 한 판에 또한 어수룩이 비싼 값으로 팔아 넘겼었다.

길천은 그 멧갓에다 낙엽송을 심어, 삼십여 년이 지난 지금 와서는 아주 힌디 히는 산림이 되었다.

늙은이의 총기요, 논을 도로 찾게 되었다는 것에만 정신이 팔려, 깜빡 멧갓 생각은 미처 아직 못 하였던 모양이었다.

마침 전신주감의 쪽쪽 곧은 낙엽송이 총총들이 섰다. 베기에 아까워 보이는 나무였다.

한 서넛이나가 한편에서부터 깡그리 베어 눕히고, 일변 우죽을 치고 한다.

"이놈, 이 불한딩놈들. 이 멧깃 벌목한다는 놈이 이떤 놈이

냐?"

비틀거리면서 고함을 치고 쫓아오는 한 생원을, 사람들은 영문을 몰라 일하던 손을 멈추고 뻔히 바라다보고 섰다.

"이놈, 너로구나?"

한 생원은 영남이라는 읍내 사람 벌목 주인 앞으로 달려들면서, 한대 갈길 듯이 지팡이를 둘러멘다.

명색이 읍사람이래서, 촌 농투성이에게 무단히 해거*를 당하면서 공수하거나 늙은이 대접을 하려고는 않는다.

"아—니, 이 늙은이가 환장을 했나? 왜 그러는 거야, 왜."

"이놈. 네가 왜, 이 멧갓을 손을 대느냐?"

"무슨 상관어?"

"어째 이놈아 상관이 없느냐?"

"뉘 멧갓이길래?"

"내 멧갓이다. 한덕문이 멧갓이다, 이놈아!"

"허허 내 별꼴 다 보니. 괜시리 술잔 든질렸거들랑, 고이 삭히진 아녀구서, 나이깨나 먹은 것이, 왜 남 일하는 데 와서 이 행악*야 행악이. 늙은인 다리 뼉다구 부러지지 말란 법 있나?"

"오—냐. 이놈, 날 죽여라. 너허구 나허구 죽자."

"대체 내력을 말을 해요. 무엇 때문에 이 야룐*지, 내력을 말을 해요."

"이 멧갓이 그새까진 길천이 것이라두, 조선이 독립됐은깐 인

전 내 것이란 말야, 이놈아."

"조선이 독립이 됐는데, 어째 길천이 멧갓이 한덕문이 것이 되는구?"

"길천인, 일인들은, 땅을 죄다 내놓구 간깐, 그전 임자가 도루 차지하는 게 옳지, 무슨 말이냐?"

"오오, 이녁*이 이 멧갓을 전에 길천이한테다 팔았다?"

"그래서."

"그랬으니깐, 일인들이 땅을 다 내놓구 가니깐, 이녁은 팔았던 땅을 공짜루 도루 차지하겠다?"

"그래서."

"그 개 뭣 같은 소리 인전 엔간치 해두구, 어서 없어져 버려요. 난 뻐젓이 길천농장 산림 관리인 강태식이한테 시퍼런 돈 이천 환 주구서 계약서 받구 샀어요. 강태식인 길천이가 해준 위임장 가지구 팔구. 돈 내구 산 사람이 임자지, 저— 옛날 돈 받구 팔아먹은 사람이 임잘까?"

8·15 직후, 낡은 법이 없어지고 새로운 영이 서기 전, 혼란한 틈을 타서, 잇속에 눈이 밝은 무리들이 일본인 농장이나 회사의 관리자와 부동*이 되어 가지고, 일인의 재산을 부당 처분하여 배를 불린 일이 허다하였다. 이 산판 사건도 그런 것의 하나였다.

5

그 뒤 훨씬 지나서.

일인의 재산을 조선 사람에게 판다, 이런 소문이 들렸다.

사실이라고 한다면 한 생원은 그 논 일곱 마지기를 돈을 내고 사지 않고서는 도로 차지할 수가 없을 판이었다. 물론 한 생원에게는 그런 재력이 없거니와, 도대체 전의 임자가 있는데, 그것을 아무나에게 판다는 것이 한 생원으로 보기에는 불합리한 처사였다.

한 생원은 분이 나서 두 주먹을 쥐고 구장에게로 쫓아갔다.

"그래 일인들이 죄다 내놓구 가는 것을, 백성들더러 돈을 내고 사라구 마련을 했다면서?"

"아직 자세힌 모르겠어두, 아마 그렇게 되기가 쉬우리라구들 하더군요."

해방 후에 새로 난 구장의 대답이었다.

"그런 놈의 법이 어딨단 말인가? 그래, 누가 그렇게 마련을 했는구?"

"나라에서 그랬을 테죠."

"나라?"

"우리 조선 나라요."

"나라가 다 무어 말라 비틀어진 거야? 나라 명색이 내게 무얼

해준 게 있길래, 이번엔 일인이 내놓구 가는 내 땅을 저희가 팔아먹으려구 들어? 그게 나라야?"

"일인의 재산이 우리 조선 나라 재산이 되는 거야 당연한 일이죠."

"당연?"

"그렇죠."

"흥, 가만 둬두면 저절루 백성의 것이 될걸, 나라 명색은 가만히 앉았다, 어디서 툭 튀어 나와 가지구, 걸 뺏어서 팔아먹어? 그 따위 행사가 어딨다든가?"

"한 생원은, 그 논이랑 멧갓이랑 길천이한테 돈을 받구 파셨으니깐 임자로 말하면 길천이지 한 생원인가요?"

"암만 팔았어두, 길천이가 내놓구 쫓겨갔은깐, 도루 내 것이 돼야 옳지, 무슨 말야. 걸, 무슨 탁에 나라가 뺏을 영으루 들어?"

"한 생원한테 뺏는 게 아니라, 길천이한테 뺏는 거랍니다."

"흥, 둘러다 대긴 잘들 허이. 공동묘지 가 보게나. 핑계 없는 무덤 있던가? 저—병신년에 원놈[郡守] 김가가 우리 논 열서 마지기 뺏을 제두 핑곈 다 있었더라네."

"좌우간, 아직 그렇게 지레 염렬 하실 게 아니라, 기대리구 있노라면 나라에서 다 억울치 않두룩 처단을 하겠죠."

"일없네. 난 오늘부팀 도루 나라 없는 백성이네. 제에길, 삼십

육 년두 나라 없이 살아왔을려드냐. 아아니 글쎄, 나라가 있으면 백성한테 무얼 좀 고마운 노릇을 해주어야, 백성두 나라를 믿구, 나라에다 마음을 붙이구 살지. 독립이 됐다면서 고작 그래, 백성이 차지할 땅 뺏어서 팔아먹는 게 나라 명색야?"

그러고는 털고 일어서면서 혼자말로,

"독립됐다구 했을 제, 내, 만세 안 부르기 잘 했지."

민족의 죄인

“죽기만 많이 못한

가 보이.” 그랬더니 김군은 고개를 가로 여러 번 저으면서, “이왕 깨끗했을 때 분사(憤死)를 못 했을 바엔, 때가 묻어 가지구 괴사(愧死)라니 더욱 치사스러이.” 듣고 보니 적절하였다. 빈틈없이 적절하였다. 그 빈틈없이 적절한 말을 해 버리는 김군이, 나는 문득 원망스러웠다. “자네가 오히려 시어미로세.” 거리에 나서니 가벼운 현기가 났다. 흐렸던 하늘에서는 어느덧 심란스런 비가 내리고 있었다. 사람과 건물과 거리로 된 세상이, P사를 들르던 한 시간 전과는 어디인지 달라져 보였다.

민족의 죄인

1

그 동안까지는 단순히 나는 하여커나 죄인이거니 하여 면목 없는 마음, 반성하는 마음이 골똘할 뿐이더니, 그날 김(金)군의 P사에서 비로소 그 일을 당하고 나서부터는 일종의 자포적인 울분과 그리고 이 구차스런 내 몸뚱이를 도무지 어떻게 주체할 바를 모르겠는 불쾌감이 전면적으로 생각을 덮었다. 그러면서 보름 동안을 머리 싸고 누워 병 아닌 병을 앓았다.

2

항용 문필하는* 사람의 마음 한가로움이라고 할까, 누그러진 행습*이라고 할까, 가까운 친구가 간여*하고 있는 잡지사고 출판사고 하면 일이야 있으나마나 달리 소간*이 긴급한 때 외에는 그 앞을 그대로 지나치지는 않게 되고, 들어가 앉아서는 신문 잡지도 뒤척이고 많이 잡담하고 조금 문담(文談)*하고 방담(放談)*도 싫도록은 하고 하기에 세월을 잊고.

하는 것을 주인 편에서는 흔연히* 맞이하여 주고 같이 섭쓸려 이야기하고 하되, 한결같이 폐로워하는 법이 없고 출판사나 잡지사의 사무실은 문필하는 사람에게 이런 이를테면 동네 쇠물

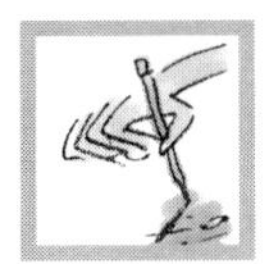

방처럼 임의롭고 무관함이 있어 김군이 주간하는 P사도 나의 그런 임의롭고 무관한 자리의 하나였다.

하루 거리엘 나가면 그래서 출판사나 잡지사를 몇 곳씩은 자연 들르게 되고, 그날도 남대문 밖까지 나갔다 집으로 돌아오는 길에 역시 별 볼일이 있던 것이 아니요, 지날 녘이고 해서 푸뜩 P사를 들렀던 것인데, 무심코 들르느라고 들렀던 것인데……김군의 말마따나 일수가 매우 좋지 못했던 모양이었다.

점심 나절부터 끄무릇까무릇하던 하늘이 정녕 보슬비라도 내릴 듯 자욱이 다 흐리어 가지고 있는 사월 그믐의 저녁 무렵이었다.

남대문 거리의 잡답한* 보도에서 가로수의 나붓나붓한 잎사귀가 거리의 잡답함과는 대조적으로 조용히 무엇인지를 숙명처럼 기다리는 듯싶은 그런 가벼운 침울이 흐르는 시간이었다.

김군의 P사는 바로 길 옆의 빌딩이었다.

비둘기장처럼 사층 꼭대기의 한 방에 들어 있는 빌딩의 마흔 몇 개나 되는 층계를 숨차 하면서 올라가다 마침 맨머리로 내려오고 있는 김군과 마주 만났다.

"장차에 조선 출판계의 왕좌 될 꿈은 꾸면서, 사무소가 이게 무어람? 사람이 숨이 차구 다리가 맥이 풀려."

인사 대신 이렇게 구박을 하는 것을 김군은 그 커다란 눈과 코와 입과 얼굴에다 한꺼번에 웃음을 흐뜨리면서,

"P가 사무실이 가난한 것은 자네가 그 흔한 왜놈의 집 한 채
접술 못 하구서 쓰러져 가는 셋집살이 하는 것허구 내력이 어슷
비슷하니 피차 막설*하구……. 그리잖어두 기다리던 참인데
잘 왔네. 내 이 아래층에 가서 전화 좀 걸구 오께시니 올라가세
나."

P사에는 먼저 온 손이 있었다.

윤(尹)이라고 나이는 나보다 두어 살 아래나 일찍이는 세대를
같이한 사람이었다.

나는 윤과 인사를 하면서 그의 눈치가 먼저 보여졌다.

윤은 내가 어려워하는 사람 가운데 한 사람이었다.

윤과 나는 친구는 아니었다. 길에서 만나든지 하면 서로 한마
디씩,

"안녕하십니까?"

"안녕하십니까?"

하고 마는 것이 고작이요, 그렇지 않으면 아무 소리 없이 모자
만 들었다 놓는 시늉을 하면서 지나쳐 버리고 하는, 그저 거기
어데 흔히 있는 '아는 사람'의 하나일 따름이었다.

나는 윤이라는 사람에 대해 아는 것이 별로 많지 못하였다. 일
찍이 일본 동경서 어느 사립대학의 정경과를 마쳤다는 것, 학업
을 마치고 돌아와서는 고향에서 잠시 동안 신문 지국을 경영한
경력이 있다는 것, 중일전쟁(中日戰爭)이 일어나기 전후 2, 3년

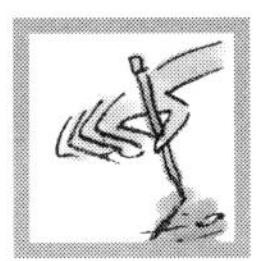

은 서울 어느 신문사의 정치부 기자로 있으면서 논설도 쓰고 하였다는 것, 그리고 그가 잡지에 발표한 당시의 구라파 정세에 관한 정치 논문을 두 편인가 읽은 일이 있고. 그 문장과 구성이 생경*하고 서투른 혐의는 없지 않으나 사상만은 대단히 진보적인 것을 엿볼 수가 있었고. 대강 이런 정도의 것이었다. 그 밖에 사람이 성질이 어떠하다든가 가정이나 주위 환경이 어떠하다든가 하는 것은 알지를 못하였고 알 기회도 없었다. 공적으로 혹은 사사로이 생활상의 교섭 같은 것도 물론 없었다.

이렇게 나는 윤에 대하여 아는 것도 많지 못하고, 친구로서의 사귐도 없고 하기는 하지만 꼭 한 가지 매우 중대한 것을 잘 안다는 것을 나는 스스로 인정치 않아서는 아니 되었다. 윤은 대일 협력(對日協力)을 하지 아니한 사람이라는 것이었다.

중일전쟁이 일던 아마 그 이듬해부터인 듯싶었다. 잡지나 또는 신문의 기명 논설(記名論說)에서 윤의 이름은 씻은 늣 없어지고 말았다. 신문 기자와 직업도 버려 버리고 서울을 떠났는지 거리에서도 통히 볼 수가 없었다.

만일 윤이 무엇을 쓴다면 그의 전문에조차 정치와 시사에 관계된 것일 것이요, 정치와 시사에 관계된 것이면 반드시 세계 신질서 건설(世界新秩序建設)의 엉뚱한 명목으로 침략 전쟁을 일으킨 동서의 전체주의 파시즘*을 합리화시킨 논문이 아니고는 용납을 못 하였을 것이었다. 안으로는 내선 일체를 승인하는

것이었어야 하고, 밖으로는 추축군*의 승리와 미영의 몰락의 필연성을 예단*하는 것이어야 할 것이었다.

또 신문사원으로의 직업을 버리지 아니하였다면 신문이라는 대일 협력체(對日協力體)의 수족 노릇을 싫어도 하였어야만 할 것이었다.

윤은 그러나 일체로 붓을 멈추고 신문사원의 직업도 버리고 함으로써 대일 협력의 조그만한 귀퉁이에도 참여를 하지 아니하였다. 아니한 것이 분명하였다. 이렇게 대일 협력을 하지 아니한, 그래서 지조가 깨끗한 윤에 대하여, 많으나 적으나 대일 협력을 한 것이 있음으로 해서 민족 반역자 혹은 친일파의 대열에 들어야 할 민족의 죄인(民族의 罪人), 나는 그에게 스스로 한 팔이 꺾이지 아니할 수가 없고, 따라서 그가 어려운 사람이 아닐 수가 없던 것이었다. 동시에 죄지은 사람의 약한 마음이라고 할까, 섬뻑 그를 만나자니 눈치가 먼저 보여지지 아니할 수가 또한 없던 것이었다.

과연 내가,

"안녕하십니까?"

하는 인사에 같은 말로,

"안녕하십니까?"

하고 대답하는 윤의 말 억양과 표정에는 역력히 경멸하는 빛이 머금어 있었다.

　한참을 있다 윤이 뒤척이던 신문축을 내려놓으면서 생각잖이 붙임성 있게,

　"오래간만입니다."

하여 나도 달가이,

　"퍽 오래간만입니다."

하였다.

　미상불 우리는 퍽 오래간만이었다. 중일전쟁이 일던 그 이듬해 윤은 문필 행동을 정지하고, 신문 기자의 직업을 버리고 하였을 뿐만 아니라 서울 거리에서 자취마저 사라지고 말았기 때문에 근 십 년 만에 오늘 이 자리가 처음이었다.

　윤이 그러나 인사상으로만 오래간만이라는 말을 한 것이 아닌 것은 그 다음 수작으로써 바로 드러났다.

　"시골루 소개(疏開)* 가셨더라구."

　"네."

　"호박이랑 옥수수랑 많이 수확하셨습디까?"

　그의 독특한 시니컬한 입초리로 빙긋 웃기까지 하면서 하는 아주 노골적인 경멸과 조롱이었다. 생각하면 윤으로는 충분한 근거가 있는 경멸과 조롱이었다.

　지나간(1945년) 4월에 나는 소개를 하여 고향으로 내려갔었다.

　표면의 이유는 지방으로 소개를 하여 스스로 폭격을 피하며,

그리 함으로써 소위 국토 방위에 소극적 협력을 하기 위한 이른바 당국의 방침에의 순응이었지만, 실상은 구실이요, 소개를 빙자하여 도피행(逃避行)을 한 것이었다.

구라파에서 독일이 연합군의 육중한 공세를 바워내지 못해 연방 뒷걸음질을 치다 어느덧 독 안의 쥐가 되었을 때는 동쪽에 있어서 일본의 패전도 거의 결정적인 것이 된 느낌이었다. 거기에는 물론 일본이 패하였으면 하는 희망적 예측이 다분히 가미되지 아니한 것은 아니었으나 아무튼 일본이 질 날이 머지 아니할 것으로 나는 생각하고 있었다.

일본의 패전 그 뒤에 오는 것은?

나는 8·15의 그런 편안한 해방을 우리가 횡재할 것은 전혀 생각지 못하였다. 일본이 눌러서 우리의 지배를 할 것이냐, 혹은 새로운 지배자가 나설 것이냐, 또 혹은 우리가 요행 우리의 주인이 될 것이냐 이 판단은 막상 깜깜하였다. 그러나 오직 한 가지 일본이 패전을 하는 그날 그 순간부터 그 동안까지의 치안과 사회 질서는 완전히 무능한 것이 되는 동시에 세상은 걷잡을 수 없는 혼란과 무질서의 구렁이 되고 말리라는 것, 이것만은 확실한 것으로 나는 믿고 있었다. 허되 그것은 새로운 주권이 서고 새로운 질서가 생기는 그 기간까지는 제 마음껏 계속이 될 것이었다. 그 기간이라는 것이 한 달일는지 두 달 석 달일는지 반 년이나 일 년일는지 그 이상 더 오랠는지 그것은 짐작을 할

수가 없으나—.

일본이 패전을 하는 그날 그 순간부터 치안과 질서가 무능한 것이 됨에 따라 칼 찬 순사와 기관총 가진 패잔* 일병과 주먹심 있는 평민이 강도와 폭도질을 함부로 하고, 일변 필연적인 사태로써 식량 부족으로 인한 대규모의 기근이 오고 하여 거리는 삽시간에 살육과 약탈, 능욕과 방화, 질병과 기아의 구렁으로 변하고 그 죽음과 공포의 거리에서 아무 구원의 능력도 주변도 없는 약비한* 아비를 그래도 아비라고 떨면서 울고 매달리는 나의 어린것들을 데리고 서서 속절없이 죽음을 기다리기나 할 따름일 나 자신의 그림자를 환상할 적마다 나는 등골이 서늘함을 금치 못하였다.

대처*가 그러한 데 비하여 고향은 차라리 안전하였다. 우선 당장은 각다분하겠지만* 일을 당한 마당에서는 역시 고향이 나을 터였다.

누대* 살아온 고향이요, 일가 친척이 여러 집이 있어 생소하지 않았었다.

사람들이 다 아는 사람들이 되어 난세를 당하여 제일 두려운 '사람' 그 '사람'을 두려워 아니하겠으니 좋았다.

박토나마 조금은 있으니 하다못해 감자 포기를 심어 먹어도 주려 죽기는 면할 수가 있으니 더욱 안심이었다.

나는 드디어 고향으로 내려갈 결심을 하였다.

나는 나만 그럴 뿐이 아니라 몇몇 친지들더러도 그런 소견과 실토정을 말하면서 반드시 서울에 머물러 있어야만 할 특별한 사정이 없는 바엔 각기 고향으로 내려가기를 권하기까지 하였었다.

민족 해방의 돌발적인 변화를 겪고 난 지금에 이르러 지금의 심경을 가지고 그때 당시의 나의 그러던 심경이나 행동을 곰곰이 객관을 하자면 지배자의 압력이 약하여진 그 계제에 떨치고 일어나 해방의 투쟁을 꾀할 생각을 적극적으로 하는 것이 아니고서, 오직 저 일신의 안전을 도모하는 데까지밖에는 궁리가 뚫리지 못한 것은 적실히 나의 약하고 용렬한 사람 됨됨이의 시킴이었음엔 틀림이 없었다. 그러나 나는 나 혼자만이 유독 그렇게 약하고 용렬하였는지, 혹은 대체가 개인적이며 소극적이요, 퇴영*적이기가 쉬운 망국 민족의 본성의 소치였는지 그 분간은 막시 모르되, 하여커나 그처럼 약하고 용렬하였던 것이 사실이요, 겸하여 무가내한* 노릇이었다. 그렇다고 시방은 제법 굳세고 용맹스러워졌다는 자랑이나 하면 물론 아니었다. 지금도 여전히 나는 약하고 용렬한 지아비였다.

일본의 패전 그 다음에 오는 혼란과 무질서에 대한 불안과 공포 이것말고서 그 이전에 또 한 가지의 절박한 위협이 있었다.

나는 서울 시내에서 동쪽으로 삼십 리나 나간 경충가도(京忠街道)의 한강 기슭 광나루[廣津]에 우거*하고 있었다.

　광나루는 서울 시내로부터 소개를 하여 나오는 곳이지, 그래서 소개령이 내리자 집값이 연방 오르던 곳이지, 이곳으로부터 다른 곳으로 소개를 가도록 마련인 곳은 아니었다. 이것만 하여도 나는 실상 소개를 간다고 나설 터무니 없는 사람이었다.

　B29가 처음으로 서울 하늘에 나타나던 날이었다.

　이날 나는 마침 시내에 들어가지 않고 집에 있다가 언덕의 솔숲을 거닐던 중에 공습 사이렌이 울렸다.

　산이라고 하기보다는 강가에 가 바투* 오뚝이 솟은 조그마한 구릉*이었다. 그 깎아지른 낭떠러지 바로 아래로는 시퍼런 강물이 바위를 스치고 흘러 흡사 평양의 청류벽을 연상함직한 곳이었다. 그뿐 아니라 강을 건너서는 퍼언한 벌판이요, 벌판이 다한 곳에 먼산이 암암히* 그려져 있는 것이랑은 “대야동두점점산(大野東頭點點山)”이라고 읊어낸 그것과 많이 비슷한 것이 있었다.

　꼭대기에는 당집*이 있고, 주위로 솔과 참나무가 울창하여 그늘이 짙었다. 잔디도 좋았다. 그런 그늘 아래 앉아서 장강을 굽어보고 먼산을 바라보면서, 혹은 잔디에 누워 창공을 올려다보면서 끝없는 시간을 지우기란 울적하고 삭막한 나의 생활 가운데 만만치 아니한 위안의 하나였었다.

　그때 나는 마침 이조사(李朝史)를 읽다가 병자호란(丙子胡亂)의 대문에 이르렀던 참이라, 병자란 당시에 조선군이 국왕과 함

게 최후의 농성을 하던 남한산성(南漢山城)이며, 그러다 국왕이 마침내 청병의 군문*에 무릎을 꿇어 항복을 한 삼전도(三田渡)며, 그리고 양방의 수없는 장졸이 화살과 창끝에 고혼으로 스러진 풍남리의 토성(風南里土城)이며를 멀리 바라보기가 이날 따라 감개 저으기 깊은 것이 없지 못하였다.

그러한 흥폐*의 모양을 보았으면서 못 본 체 이날이 한갈같이* 유유히 흐르기만 하였으며, 앞으로도 얼마든지 되풀이할 세상과 인사의 변천을 보면서 그러나 못 본 체 몇천 년 몇만 년이고 유유히 흐르고만 있을 저 강을 무심타고 할까 부럽다고 할까……, 이런 생각에 잠겨 있는 참인데 그 몸서리가 치이는 공습 사이렌이 별안간 울리는 것이었다.

나는 꿈에서 깨어난 것처럼 퍼뜩 정신이 들었다.

보나마나 아내는 물통을 들고 쫓아나갔어야 했을 것. 어린것들이 걱정이 되어 집으로 달려갈 생각은 급하나 가던 중로에서 경방단 서방님네들한테 붙잡혀 부역을 하지 않으면 대피호로 끌려 들어가기가 십상일 판이었다.

초조하다 보니 잠자리보다도 더 적게 비행기(B29) 한 대가 흰 가스로 꼬리를 길게 쌍으로 끌면서 유유히 까마득한 창공을 날고 있었다.

그 호젓하고 초연함이라니. 그 고요하고 점잖스럼이라니.

좋은 완상(玩賞)*거리일지언정 그가 털끝만큼도 적의(敵意)를

발산하는 것이 있다거나 항차 비행기의 폭격의 전주(前奏)인 바 야흐로 강렬한 위협과 공포감 같은 것은 전혀 느낄 수가 없었다.

덕분에 마음을 가라앉히고 기다리는 동안 이윽고 공습 경보는 해제가 되었다. 나는 일종 섭섭한 마음으로 행길로 내려왔다. 그러자 군용 화물차 한 대가 기운차게 달려오더니 동네 한복판인 행길 가운데에 가 멈추어 서면서 경기관총을 가지고 잔뜩 긴장한 이삼십 명의 길병이 차로부터 뛰어내렸다.

공습 경보를 듣고 강 건너 송파(松坡)의 병영으로부터 이 광나루 지구를 경계하러 온 일대였다. 그러나 그 경계라는 것은 그들이 가지고 온 무기가 하다못해 고사 기관총도 아니요, 보통 산병전*에 쓰는 경기관총인 것과 그것을 동네 복판에다 맞추어 놓고서 대기를 하는 것과로 미루어 적기를 쏘자는 것이 아니고서 폭격의 혼란을 틈타 폭동이라도 일으킬 염려가 있는 주민— 조선 사람을 약차하면 쏘아대자는 것임은 말하지 않아도 번연하였다.

나는 지휘하는 자를 비롯하여 병정들의 눈을 똑똑히 보았다. 곧 사람을 살상하여 마지않겠는 독기가 뻗쳐나오는 눈들이었다. 나는 소름이 쪽쪽 끼쳤다.

공습을 당하면서 적기를 쏠 방비를 해주기보다는 센징을 쏘아 죽일 차부를 차리는 그들의 앙심과 살기를 머금은 그 눈 눈

눈……. 앞에(B29)의 폭격이 있다면 등 뒤에는 일병의 기관총 부리가 있는 그 기관총을 또한 피하기 위해서도 나는 하루바삐 비교적 안전한 곳으로 자리를 옮겨 앉아야 하였다.

나는 1945년 4월 마침내 집을 팔고—게딱지 같은 초가집이었으나 설리 장만한 집이었다. 그것을 헐값으로 팔아넘기고—세간도 대부분 팔고서 짐 가벼운 것만 꾸려 가지고 고향으로 소개랍시고 하여 오고 말았다.

나에게는 그러나 일본의 패전 그 다음에 오는 것의 불안과 공포랄지 눈에 살기를 머금은 일본 병정들의 등덜미를 겨누는 기관총 부리의 위협이랄지 이런 것 외에도 멀찍이 궁벽한 시골로 낙향을 하여야만 할 사정이 따로 또 있는 것이 있었다.

1943년 2월 황해도로 강연을 간 것이 나로서는 아마 대일 협력의 첫걸음이라고도 할 만한 것이었다.

총독부와 총력연맹이 설도를 하여 경향의 종교 사상 예술 언론 조고 교육 등 각계의 사람 2백여 명을 그러모아 전 조선 각 군(郡)의 면(面)으로 하여금 제각기 면 단위(面單位)로 열게 한 소위 미영격멸국민총궐기대회에 몇 개 면씩을 찢어 맡겨 보내어 전쟁 기세를 돋우는 그 중에도 미영에 대한 적개심을 조발하는—강연을 하게 한 그 강사의 하나로 나도 뽑혔던 것이었다.

대일 협력도 첫걸음이려니와 40 평생에 여러 사람을 모아 놓고 강연이라고 하는 것을 해본 적이 도대체 없었다.

　일어가 서툴러 못 나가겠다고 하였더니 조선말도 무방하다고, 실상은 상대들이 시골 농민들인 만큼 '국어 상용'의 본의에는 어그러지나 조선말이 더 효과적일 것인즉, 이번만은 되도록 조선말로 하게 하기로 이미 방침을 세웠노라고 하였다.

　생후에 한번도 연단에 서본 경험이 없어 강연이 하여질 것 같지 않다고 하였더니 경험은 없더래도 열(熱) 하나면 되는 것이라고, 생전에 한 번도 연단에 서 보지 아니한 사람이 이 기회에 분연히 일어서서 강연을 하게 되었다는 그 사실이 벌써 청중을 감격케 할 사실이 아니냐고, 그러니 너야말로 빠져서는 아니 될 사람이라고 하였다.

　그러거나 말거나 누웠고, 나아가지 아니하였으면 그만일 것이었다. 나중이야 앙화*가 와닿겠지만 그 당장은 새끼로 목을 얽어 끌어내지는 못하였을 것이었다. 그러나 나는 내 발로 걸어 나아갔었다. 영을 어기지 아니하여야만 미움을 받지 않고 일신이 안전하고 한 것을 알기 때문이었다.

　개성서 살고 있을 때요, 태평양전쟁이 일던 전전해인 1938년이었던 듯싶으다.

　삼월 그믐인데 볼일로 서울을 왔다 삼사 일 만에 내려갔더니 가족들이 초상난 집처럼 근심에 싸여 있었다. 조금 전에 개성경찰서의 형사 두 명이 와서 내가 거처하는 방을 수색하고, 서신과 몇 가지의 원고와 잡지 얼러 몇 가지의 서적을 가져갔고, 그

러면서 물어볼 말이 있으니 돌아오는 대로 곧 고등계로 오도록 이르라는 부탁을 하더라는 것이었다.

그러고 그날 아침 ○○○ 군과 ×××군이 붙들려 갔다는 말을 하였다. ○○○ 군과 ×××군은 내한테를 종종 다니는 20살 안팎의 문학 청년들이었다.

신경이 과민한 정비례로 무식하고 그와 반비례로 일거리는 없어 상관 앞이 민망하고 한 시골 경찰의 고등계 형사들이 정히 무류하다* 못하면 더러 그런 짓을 하는 행투를 짐작치 못하지 않는 터라 치안유지법에 걸릴 아무 내력이 없는 것은 번연한 노릇이요, 하여 설마 어떠랴고쯤 심상히 여기고 선길에 경찰서로 가 보았다.

보기만 하여도 마치 뱀을 쭈쩍 만난 것처럼 섬찍한 것이 경찰서의 사람들이었다. 들어서기가 무엇인지 모를 무시무시한 것이 경찰서였다. 아무렇지도 않은 신고서 한 장을 들이러 가기에도 들어서면 벌써 눈부라림과 호통과 따귀가 올라 붙거니만 싶어 덮어놓고 공포증과 불안을 주는 것이 경찰서요, 그곳의 사람들이었다.

그런지라 비록 치안유지법에 걸릴 아무 내력이 없다고는 하여도, 그래서 심상히 여겼다고는 하여도 노상 태연한 마음일 수가 없었음은 물론이었다.

이윽히 기다리게 한 후에 일인 형사가—빼빼 야윈 몸과 얼굴

과 눈과 심지어 수족에서까지 사나움이 줄줄 흐르는 자로 얼굴만은 진작부터 알음이 있었다—그자가 별실로 데리고 들어가더니 ○군과 ×군과 나와의 상종에 대한 것을 묻는 것이었다. 언제부터 어떤 반연으로 알았으며, 한 달이면 몇 번씩이나 찾아오며, 만나서 하는 이야기와 하는 일은 무엇이며 하냐고.

만나기는 한 반 년 전에 그들이 찾아와서 비로소 처음 만났고, 하는 이야기나 하는 일은 문학을 공부하는 초보에 관한 것으로 쓰는 공부는 어떻게 하며, 읽기는 어떠한 책을 읽어야 하며, 어떤 작가는 어떤 작품을 썼고, 어찌해서 그것이 좋은 작품인 것이며, 또 그들이 책을 읽다가 이해치 못하는 대문이 있어 가지고 와 묻는 것이 있으면 설명을 하여 주기도 하고 하노라고 말썽 아니 될 범위에서 대답을 하였다.

"그것뿐인가?"

마주막 형리는 딱 어르면서 표독한* 눈매로 눈을 부라리었다.

나는 속으로는 떨리나 태연히,

"대강 그렇습니다."

"더 생각해 봐."

"더 생각하나마나 그렇습니다."

"정녕?"

"네."

"이 자식."

소리와 함께 따귀를 따악 거퍼서 따악 따악 따악 따악…….

"꿇어앉어, 이 자식아."

걸상으로부터 내려가 꿇어앉았다.

"바른 대로 대지 못해?"

"바른 대로 댔습니다."

"너 이번 지나사변에 대해서 한 이야기두 있잖어?"

"지나사변의 어떤 이야기 말입니까?"

"너, 일본이 아무리 무력으루는 한때 지나를 정복을 한다더래두 결국에 가서는 실패를 하구 만다구 그런 말을 했잖었어?"

"그건 일본을 두고 한 말이 아니라 한민족(漢民族)은 이상한 동화력(同化力)을 가진 민족이 되어 놔서 그 동안 누차 변방 족속한테 무력 정복을 당했으면서도 그런 족족 정복자를 문화적으로 사회적으로 동화·흡수를 하군 해서 어느 시간이 경과한 후에 가선 정복자요, 지배자였던 변방 족속이 피정복자요, 피지배자였던 한민족한테 먹혀 버리고서 존재가 없어지고 존재가 없어지고 했느니라구 단순히 역사적 사실을 이야기한 일밖에 없습니다."

"그러니깐 이번 지나사변두 결국은 일본이 실패를 한다는 그 뜻으루다 한 소리가 아냐?"

"그렇게 억지루 가져다 댄다면 못, 못 댈 것은 없지만서두 내 본의는……."

　"요 앙뚱스런* 자식 같으니로고. 네 따위가 어따 대구 고따위루…… . 이 자식아, 대일본제국의 흥망이 달린 앞에서 너희 조선놈 몇 마리쯤 땅바닥으루 기는 버러지만치나 명색이 있을 줄 알아? 그런 것들이 어따 대구 감히 그런 발칙한 소릴."

　이번에는 구둣발이 내 몸뚱이를 함부로 짓이긴다.

　매는 미상불 아픈 것이었다.

　"너 이 자식 좀 곯아 봐."

　인하여 나는 생후 두 번째로 유치장이라는 것을 들어가 보았다.

　집어처넣어 놓고는 달포를 아무 소리 없이 저의 말대로 곯리기만 하였다.

　그 동안 ○군과 ×군과 그리고 또 한 사람 붙잡혀 들어와 있는 △군과 이 세 사람만은 가끔가다 하나씩 끌어내다가는 노글노글하게 매실을 하여 들여보내곤 하였다.

　아무 소리도 없이 처박아 두기만 하는 것은 당하는 사람으로는 무위한 유치장의 하루씩을 지우기의 답답하고 고통스럼과 일이 장차 어찌 되려는가의 불안 초조와 이런 것으로 하여 악형이야 당할 값에라도 차라리 자주 끌려나가기만 못한 노릇이었다.

　정복자와 및 그의 수족 노릇을 하는 일부 원주민으로 이루어진 지배자가 피정복자를 닦달함에 있어서 인간으로서 인간을

학대하기에 경찰서의 유치장 이상 가는 곳은 아마도 없을 것이 었다.

물통에다 냉수를 한 통씩 길어다 놓고 국자를 담가 놓고 그 물을 떠 간수들이 저희들의 차도 달여 먹고 죄인들이 물을 청하면 한 국자씩 떠주고 하되 죄인들은 방방이 한 개씩 두어 둔 양재기에다 물을 받아서 마시도록 마련이었다.

일 전 내기 투전을 하다 붙잡혀 들어온 촌 농부 하나가 있었다. 지극히 가벼운 죄인이요, 또 생김새도 어리숙하게 생긴 젊은 친구였다.

가벼운 죄인이면 감방으로부터 불러내어 유치장 바닥의 비질도 시키고 죄인들의 잔시중—물을 떠준다거나 휴지를 들여 준다거나 하는 심부름을 간수들 자기네 대신 시키기도 하였다.

일 전 내기 투전꾼은 유치장 바닥을 다 쓸고 나서 마침 목이 말랐는지 물통에서 국자로 물을 떠 벌컥벌컥 시원히 마시고 있었다.

그러자 별안간,

"고라. 이노무 자식이!"

하고 벽력 같은 고함과 더불어 간수가 저의 자리로부터 쫓아 내려오더니 뺨을 치고 구둣발길로 걷어차고 하였다.

죄인은 국자를 놓치고 회사무리 바닥에 쓰러져 미처 다 못 삼킨 물과 볼이 터져 나오는 피를 함께 흘리면서 연방 아이구머니

소리만 질렀다.

간수는 죄인의 몸뚱이를 옆구리고 머리고 상관없이 퍽퍽 걷어지르기를 그치지 않았다. 그러면서 꾸짖는 것이었다. 국자에다 왜 더러운 주둥이를 대느냐고. '요보'*는 도야지보다 더 더러운 놈들이라고.

도야지보다 더 더러운지 어쩐지 그것은 막시 모르나 정복자란 것이 피정복자의 앞에서는 도야지만치도 명색이 없는 것만은 이 한 가지로 미루어서도 분명하였다.

나는 유치장에 들어가던 날의 첫번 식사인 저녁밥을 먹지 않았다. 흥분이 되어 식욕이 없는 것도 없는 것이었지만, 그다지 입이 호강스럽지는 못한 나로서도 차마 그것을 밥이라고 입에 떠넣을 뜻이 나지 아니하였다. 찌그러지고 오그라지고 시꺼멓게 때꼽자기가 끼이고 한 양은 벤또*에다 골싹하게 담은 밥이라는 것은 쌀알갱이는 눈 씻고 잘 보아야 하나씩 둘씩 섞였을 뿐의 노오란 조밥이요, 찬이라는 것은 산에 가서 되는 대로 그럴싸한 풀잎을 뜯어다 슬쩍 데쳐서 소금을 뿌려 주무럭주무럭한 두어 젓가락의 소위 산나물 한 가지로 하였다. 밥에는 그러나마 만주좁쌀의 고유한 그 세모지고 얄따란 다갈색의 잔모래가 얼마든지 그대로 섞여 있고.

내 밥이 젓가락도 대이지 않은 채 그냥 도로 나가게 된 것을 알자 옆에 있던 절도범이 혼자말처럼,

"그럼 내가 먹을까."

하고 슬며시 집어가더니 볼퉁이가 미어지도록 퍼넣는 것이었다. 그것을 여남은이나 되는 동방(同房)의 죄인 대부분이 너도 나도 하고 덤벼들어 단 한 젓가락이라도 빼앗어 먹으려고 다투고 불뚝거리고 욕질을 하고, 거기에 밥에 대한 인간의 동물적인 싸움이 잠시 동안 벌어지고 있었다.

이튿날도 나는 온종일 먹지 아니하였다.

두툼한 솜바지 저고리에다 솜버선에다 차입*한 담요까지 지니고 지내고 사식(私食)을 차입받아 먹고 하는 사기 죄인―그가 이 5호 방에서는 제일 고참으로 열여섯 달째 되는 사람이었다. 그가 점심때에는 나더러 간수한테 말을 하면 사식을 들여 주니 이따 저녁부터라도 받아 먹도록 하라고 권고하였다.

나는 글쎄…… 하고 애매히 대답하고 말았다. 나는 한 끼에 일 원 오십 전씩, 하루에 사 원 오십 전이나 드는 사식을 들여 먹을 형편이 되들 못했었다.

저녁 역시 나는 관식 벤또를 동방의 사람들에게 그대로 내주었다.

사기 죄인이 저의 사식에서 부연 쌀밥을 절반이나 덜고 굴비랑 군고기랑 곁들여 내 앞으로 밀어 놓으면서,

"이거라두 좀 자시우. 보아허니 그렇게 함부로 지내든 아녀시든 분네 같은데 그렇다구 사뭇 저렇게 굶기로만 들어서야 쓰겠

수."

하고 권을 하는 것이었다.

미상불 나는 현기증이 나도록 시장하였다.

보드라운 흰 밥과 맛있는 반찬에 어금니에서 신침이 흐르고 회가 동하였다.* 그러나 나는 세 번 네 번 권하여서야 겨우 두어 젓가락 밥을 뜨는 시늉이라도 하고 말았다.

사식은 들여 먹을 터수*가 못 되면서 입만 가져 가지고 관식을 먹지 않고 앉아서 남이 덜어 주는 사식덩이를 멀쩡히 얻어먹다니 염치가 아니요, 양반 거지의 주접이었지 갈데없는 짓이었다.

"그래두 자셔야지 별수없습넨다. 노형두 지끔은 첨이라 다 심사두 편안치 않구 해서 그렇겠지만서두 인제 두구 보시우. 배고픈 걱정 외에 더 걱정이 없을 테니. 어서 나가구픈 생각, 집안일 죄다 잊어버리구 그저 먹을 것 생각밖엔 나는 게 없는걸."

사기 죄인은 이런 말을 하였다.

나는 설마 그러랴 하였으나 이래가 못 가서 그 말이 옳았음을 나는 깨닫지 아니치 못하였다.

쌀알갱이래야 눈 씻고 보아야 하나씩 둘씩 섞였을 뿐의, 불면 알알이 다 날아갈 듯 퍼슬퍼슬한 노오란 조밥, 씹으면 모래와 흙이 지금지금하는 그 알뜰한 조밥과 쓰디쓴 산나물이 아니면 시꺼멓게 썩은 세 조각의 짠무 조각 반찬이 어떡하면 그렇게도

입에 회회 감기고 맛이 나는지 35년의 반생을 두고 나는 일찍이 그런 맛있는 밥을 먹어 본 적이라고는 없었다.

납작한 양은 벤또에다 골싹하니 푼 그 밥이 아무리 양이 적은 나에게일망정 양에 찰 이치가 없었다. 가에 붙은 좁쌀 한 알갱이까지 깨끗이 다 씻어 먹고 나서 젓가락을 놓으면 젓가락을 놓으면서 바로 배가 고프고 다음 끼니가 기다려졌다.

아침 일곱 시면 밥 구루마가 떨걱거리면서 온다.

아침을 먹고 나서는 열두 시 점심이 올 때까지 간수의 앉았는 등 뒤에 걸린 시계를 백 번도 더 내다보면서 떨걱거리는 밥 구루마 소리를 기다린다.

가까스로 점심을 먹고 나서는 이내 또 백 번도 더 시계를 내다보면서 여섯 시 저녁을 기다린다.

이렇게 오직 밥을 기다리기를 일삼으면서 하루하루를 지우곤 하는 것이었다.

내가 나를 생각하여도 천박하기 짝이 없었다. 하루 종일 먹을 것만 탐하는 도야지나 다름이 없는 상싶었다.

모처럼의 기회는 기회겠다, 가만히 앉아서 정신을 집중시켜 사색 같은 것이라도 하염직한 것이 아니냐고 스스로를 책망은 하여 보나, 첫째는 본시가 그런 유유스런 성격이 되들 못하였고, 겸하여 형(刑)이 결정된 감옥의 죄수가 아니어 놓아서 도저히 안존할 수가 없었다.

아무튼 조금은 자제력(自制力)이 있다고 할 내가 그러할 제 여느 잡범(雜犯)들이야 말할 나위가 없었다.

누가 밥을 남기든지 통째로 안 먹는 것이 있든지 하면 서로들 먹으려고 다투는 양이란 차마 보기에 민망한 것이 있었다.

규칙이 남는 밥은 도로 내보내되 아무도 함부로 먹지 못하도록 마련이었고, 그래서 그 규칙을 범하였다 발각이 나면 죽을 매를 맞고라야 말았다. 그러므로 남는 밥은 몰래 먹어야 하였고, 큰 모험이 아닐 수 없었다. 하건만 그들은 감히 모험하기를 주저치 아니하였다.

제3호 방에 밥 하나가 더 들어간 것이 드러났다.

사 월이라지만 유치장의 감방은 겨울 진배없이 추웠다. 간수는 제3호 방에다 밥 하나를 더 먹은 벌로 물을 세 통이나 끼얹었다. 그리고 밥을 나눠 먹은 네 사람은 창살 밖으로 손목을 묶어 매달아 놓고 한나절이나 격섬채로 두들겨댔다.

해방 후의 경찰서와 그 유치장의 범절이 어떠한지는 막시 모르나 일본식 경찰은 피의자(被疑者)에서부터 이렇게 잔학하고 동물적인 대우를 하였다.

저네의 소위 '도야지울'에서 과연 도야지의 대우를 받으면서 나 자신 역시 도야지 이상을 못 하는 채 한 달을 무류히 썩히었고 한 달 만에 비로소 취조실로 불려나갔다.

그 몸과 얼굴과 눈과 심지어 수속까지 사나움이 질질 흐드는

일인 형사였다.

"독서회를 조직한 사실을 ○○○가 자백을 했는데, 너는 그래도 모른다고 버틸 테냐?"

형리는 쩡쩡 울리는 목소리로 이렇게 다잡았다.

"독서회를 조직했다구요?"

나는 섬뻑 무어라고 대답할 말이 없어 뚜렛거리다 반문하였다.

"그래, 자백을 했어."

"나는 없습니다."

사실로 없었다.

모르면 몰라도 ○군이 매에 부대끼다 못해 허위의 자백을 하였거나 그렇지 않으면 그들의 상투 수단인 넘겨짚기일 것이었다.

이날의 문초에서 나는 그들이 무엇을 꾀하고 있는가를 비로소 알아채었다.

여기에 좀 반지빨러* 보이는 녀석이 있어 그 주위에 역시 주의거리의 젊은 아이놈들이 모여 문학을 공부한답시고서 책도 나눠 읽고 의견도 교환하고 시국에 대하여 방자스런 방담을 더러 하는 모양이여…… 이만한 건덕지면 혹시 잘만 납뛰면 독서회쯤 사건 하나를 뚜드려 만들 수가 있을는지도 모르는 것이었다. 마치 대장장이의 마치*가 두드리는 곳에 아무것도 아니던

녹슨 헌 쇳덩이가 뻐젓이 도끼며 식칼이 되어 나오듯이 저 전라 북도 경찰부가 두드려 만든 카프 사건도 그런 솜씨의 요술이었을 것이었다.

한 열흘 후에 나는 두 번째 끌려나갔다. 그 동안 ○군은,

"독서회 일건은 절대 부인하시요. 그들은 저더러 선생님이 벌써 자백을 하였다고 하지만 저는 믿지 않습니다. 일기책을 뺏겼는데 거기에 더러 선생님한테 불리한 것을 쓴 것이 있어서 저는 그것만이 걱정입니다."

하는 쪽지를 연필로 감방 휴지에 적어 보낸 것을 받았고, 그것으로 나의 추측이 한편치가 틀리지 않았음을 알았다.

이번에는 그 일인 형사의 짝패인 머리통이 엄청나게 크고, 짧은 다리로 여덟팔자 걸음을 아기작아기작 걷는 김(金)가라는 조선 형사였다. 사납고 가혹하기로 개성 일판에서 이름이 난 형리였다.

그런 김가가 뜻밖에 부드러운 얼굴로 공대하는 말까지 쓰면서 문초를 하였다.

"그 왜 고집을 부리구 생고생을 하슈?"

"고집이 아니라 없는 사실을 부르라니 어떡합니까?"

"독서회라는 이름은 짓지 아녔드래두 독서회의 행동을 했으면 사건은 성립이 되게 마련인 법인 줄 알면서 그러슈?"

"무얼 독서회의 행동을 한 것이 있어야지요?"

"가사* 또 사건은 성립이 아니 된다구 치더래두 당신이 시방 미움을 받구 있는 것만은 사실인데 미움을 주기루 들면 한정이 없는 걸 모르슈? 일 년이구 이태 삼 년이구 처가둬 두구서 곯리면 곯았지 별수 있나?"

고문보다도 또는 감옥으로 가서 징역을 살기보다도 가장 두려운 악형은 민두룸히* 그대로 경찰서 유치장에다 가두어 두고 생으로 사람을 썩히는 것이었다.

사상 관계자로 붙잡혀 들어갔다 이렇다 할 사건도 없는 사람이면서 몇 해씩을 현재 그렇게 생으로 썩고 있는 사람이 전 조선의 경찰서 유치장을 턴다면 얼마든지 나올 수 있는 사실이었다.

또 사상 관계자만이 아니요, 멀리 다른 곳에 실례를 찾을 것이 없이 당장 내가 갇혀 있는 한 방에도 사기 횡령으로 몰려 붙잡혀 들어와 가지고 일 년과 넉 달이 되는 사람이 있지 않은가.

나는 무쇠의 탈을 쓰지 아니한 '무쇠탈'을 연상하고 속으로 전율하였다.

김가는 짐짓 부드러운 얼굴과 공순한 말로써 회유를 하는 한편, 무형의 '무쇠탈'로써 은근히 위협을 하자는 심담인 모양이었다.

나는 없는 죄를 자백하고 가서 징역을 사느냐, 경찰서 유치장에서 장차 얼마일지도 모를 세월을 썩느냐 두 가지 중에서 하나

를 택하여야 하였다.

이때에 나를 구원하여 준 것이 생각지도 아니한 한 장의 엽서였다.

다시 열며칠인가 지나서였다.

일인 형사가 끌어내 가더니 무슨 마음에서인지 빈들빈들 웃으면서,

"나가구푼가?"

하고 물었다.

나는 섬뻑 무어라고 대답을 못 하고 눈치만 보았고 했더니 재차,

"나가구퍼?"

그제서야 나도,

"있구퍼서 있나요?"

"음……."

그러고는 한참이나 내 얼굴을 여새겨보고 나서,

"조선문인협회라구 하는 것이 있나?"

"있습니다."

"무엇 하는 단첸구?"

"조선 사람 문인들이 모여서 문학으루 나랏일을 도웁자는 것입니다."

"어떤 반연으루 생긴 단첸가?"

"총독부와 민간의 유력한 내지인들이 서둘러 주었습니다."

"회원은 전부 센징이겠지?"

"찬조 회원이나 명예 회원은 내지인이 많습니다."

"조선문인협회에서 북지 방면으루 황군 위문대를 파견한다구?"

"그렇습니다."

"이것이 그 통첩인가?"

그러면서 한 장의 엽서 편지를 내어놓았다.

문인협회로부터 북지 방면으로 황군 위문대를 회원 중에서 파견하고자 하는데, 그 구체적 협의회를 아무 날 아무 곳에서 열겠으니 참석하라는 엽서가 지난번 서울을 가기 조금 전에 온 것이 있었다. 바로 그 엽서였다. 나중 놓여 나가서 알았지만 내가 놓여 나가던 십여 일 전에 두 번째 와서 수색을 하였고, 그때에 잡지 틈사구니에 끼었다 떨어지는 이 엽서를 가져가더라고 집안 사람이 말하였다.

"거기 보면 삼 월 이십팔 일인가 위문대 파견하는 협의회를 열겠다고 했는데 참석했는가?"

"했습니다. 실상 지난번에 서울 간 것도 그 때문이었습니다."

"어떤 결정을 했는가?"

"회원 중에서 명망이 있는 사람으로 몇 사람을 뽑아 파견하기로 했습니다."

"누구누구가 뽑혔는가?"

"그것은 전형 위원에서 맡아 하기로 했습니다."

"비용은?"

"당국의 보조로 쓰기로 했습니다."

"음……."

그자는 이윽고 얼굴과 음성을 준절히* 하여 가지고,

"이번 사건이 그대들은 암만 그렇게 부인을 해도 증거가 역력히 있고 하니깐 성립을 시키자면 충분히 시킬 수가 있단 말야, 응?"

"네."

"그렇지만 첫째는 고의로 그런 것이 아니라 무의식중에 그렇게 된 모양 같고, 또 일변 조사를 한 결과 그대는 조선문인협회의 회원으로 대단히 열심히 있는 사람으로 판명이 되었고 해서 이번 일은 특별히 용서를 하는 것이니, 응?"

"네."

나는 실상 서울에 가 있었으면서도 그 협의회에는 참석을 아니하였다. 회의 경과도 그래서 길 가다가 우연히 ○○○를 만나서 이야기로 들었을 따름이었다.

또 형리는 조사를 해본 결과 어쩌고 하였지만 내가 그 뒤에 서울로 가서 알아본 것에는 개성경찰서로부터 문인협회로 나에 대한 신분 조회 같은 것은 온 것이 전혀 없었던 모양이었다.

"또 다른 세 사람은 나이가 아직들 어리고 한데 전과자의 신분을 가져서는 정상이 가긍할 뿐 아니라 장차 나라를 위해 일을 할 때에도 상처가 될 것이요 해서 십분 용서를 하는 것이니, 응?"

"네."

"앞으로 각별히 주의를 하고 더욱더욱 나랏일에 충성을 해야 해."

"네."

"이 다음 만일 무슨 불미한 일이 있으면 그때는 일호* 용서 없다?"

"네."

돈의 힘으로 경찰서를 쥐락펴락하고 형사나 순사 나부랭이를 하인 부리듯하는 개성 제일 갑부의 젊은 자제가 나의 가형과 친구의 청을 받고 그 두 형사를 불러 술을 먹이는 길에 이 꺽지 같은 자식들아 할 일이 없거든 발바닥이나 긁고 앉었지 그 사람이 무슨 죄가 있다고 때려 가두어 놓고는 지랄들이냐고 시퍼렇게 지청구*를 해주더라는 소식을 뇌여 나와서 들었다.

그것이 보람이 있기도 하였겠지만 결정적인 것은 역시 문인협회의 한 장 엽서였던 듯싶었다.

문인협회에 대한 대답 가운데 요긴한 것은 임시로 그 자리에서 나에게 유리하도록 꾸며댄 대문이 많았으나 아무튼 대일 협

력이라는 주권(株券)의 이윤(利潤)이 어떠하다는 것을 실지로 배운 것이 이 개성 사건이었다.

나중 가서야 어찌 되었든 우선 당장은 나아가지 않더라도 새끼로 목을 얽어 끌어내지는 아니할 것이며, 누워서 배길 수가 없잖아 있는 소위 미영격멸국민총궐기대회의 강연을 피하려 않고서 내 발로 걸어 나갔던 것은 그처럼 대일 협력의 이윤이 어떻다는 것을 안 것이 있었기 때문이었다.

많은 수효의 영리한 사람들이 저의 이익과 안전을 도모하기 위하여 진심으로 일본 사람을 따랐다. 역시 적지 아니한 수효의 사람이 핍박을 받을 용기가 없어 일본 사람에게 복종을 하였다.

복종이 싫고 용기가 있는 사람은 외국으로 달리어 민족 해방의 투쟁을 하였다. 더 용맹한 사람들은 외국으로 망명도 않고 지하로 숨어 다니면서 꾸준히 투쟁을 하였다.

용맹하지도 못한 동시에 영리하지도 못한 나는 결국 본심도 아니면서 겉으로 복종이나 하는 용렬하고 나약한 지아비의 부류에 들고 만 것이었다.

3

눈이 쌓이고, 한창 춘2월 초생이었다.

송화군(松禾郡)에서 맡은 곳을 다 마치고 마지막 풍천읍(豊川邑)에서의 길이었다.

강연을 마치고 나니, 다음 예정지로 가는 버스가 두 시간 후에 떠나는 것이 있었다.

주인 편의 여러 사람과 점심을 먹고 있는데, 밖에서 손님이 찾는다는 전갈이 들어왔다.

이 고장에 알 사람이라고는 없는데 하고 의아해 하면서 나가 보았더니, 처음 보는 두 청년이었다. 하나는 건장하고, 하나는 그와 정반대로 얼굴이 병적으로 창백하고 몸이 파리한 대조적인 두 사람이었다.

나는 그들이 모르는 사람인 것을 발견하는 순간 가슴이 더럭 하였다. 그러나 한편으로는 반가웠다. 그 동안 다섯 차례를 강연을 하였는데, 청중 가운데 밀끔밀끔하니 땟물이 벗고, 표정이 다부진 청년들이 한 패씩 들어와 있지 않은 자리가 없었건만, 내가 강연이랍시고 맨 멀쩡한 소리를 지껄이고 섰어도, 단 한 번인들,

"개수작 집어치워라."

하고 고함치는 사람이 있는 것을 보지 못하였다.

항차, 밤 같은 때 사처로 달려들어 몰매질을 하고 하는 따위는 싹도 볼 수가 없었다.

안전과 무사가 물론 다행치 아니한 것은 아니었다. 그러나 젊

은 사람들까지 이다지도 기운이 죽었는가 하면 적막하고 슬펐다.

그러던 차라, 미지의 젊은 사람네의 찾음을 만나니, 가슴 더럭한 것과는 따로이, 여기는 그래도 기개 있는 젊은이가 있는 것이 아닌가. 노백린(盧伯麟) 씨의 생지가 그래도 다른가 보다 싶어, 그래 반가운 생각이 들던 것이었다.

그러나 나는 그들이 너무도 적의가 없어 보이고, 말투도 공손하며, 또 몰매질을 하러 온 것치고 단둘이라는 것이 과히 단출한 것이라는 데에, 이내 도로 안심과 실망을 함께 느꼈다.

건장한 편이 노(盧)군, 창백하고 파리한 편이 이(李)군이었다.

수인사가 끝난 후, 노군이 물었다.

"선생님, 언제 떠나시죠?"

"이따, 오후 버스로 떠나기루 했습니다."

나의 대답에 둘이는 문득 절망을 하면서, 다시 노군이,

"웬만하시면 낼 아침 버스로 떠나시구, 오늘 저녁 저희들허구 좀 만나 주셨으면……."

"예정이 있어 놔서 그럽니다."

둘이는 서로 보면서 못내 섭섭해 하다가, 이군이 이번엔 묻는다.

"정 그러시다면, 단 한 시간이나 삼십 분이라두. 여기서 점심이 끝나시는 대루 저희하구 좀……."

"그럭허십시요."

주먹이 나올지 팥죽이 나올지 그것은 나중 보아야 할 일이요, 나는 나로서 지방의 젊은이들이 이 판국에 바야흐로 무엇을 생각하며 무엇을 바라며 하는지를 아는 것도 일종의 의무처럼 생색 있는 일이었다.

첩경* 그러기가 쉬웁듯이, 점심 자리가 술자리로 벌어지는 것을 속히 속히 끝내게 하느라고 하기는 하였지만, 워낙 시간의 여유가 많지 못했던 소치로, 젊은이들이 기다리는 자리는 가서 앉았다 그대로 일어서야 할 만큼 시간은 촉박하였다.

사과와 과실과 차를 준비하여 놓은 자리에, 노군과 이군 외에 한 또래의 청년이 두어 사람과 하나는 음악을, 하나는 문학을 각기 좋아한다는 소녀도 둘이 와서 있었다.

다시 초면 인사를 하고, 둘러앉아서 한 잔씩의 차를 마시기가 바쁘게 버스는 떠날 시간이 되었다.

노군과 이군이 서로가람, 내일 아침에 떠나도록 하고, 하룻밤 자기들과 이야기를 해주어 달라고, 지방에서는 선배들을 항상 그리워하는데 모처럼 기회를 그냥 놓치기가 여간 섭섭지 않다고 간곡히 만류를 하였다.

나는 그날 풍천읍을 떠나 송화 온천까지 가, 거기서 장연(長淵)으로부터 나를 맞으러 오는 사람과 만나, 다음날 장연으로 가서, 준비를 해 가지고 그 다음날부터 강연을 하기로 다 배비*

가 되어 있었다. 그러나 나는 장연 편과 연락이 어긋나고, 가사 그래서 장연에서의 예정에 상치*가 생기는 한이 있다더래도 이 젊은이들의 만류를 뿌리치고 일어설 수는 없었다.

밤에는 열둘인가로 사람이 더 불었다.

20으로부터 24, 5세까지의, 대개는 중등 이상의 학력을 가진, 모두가 준수한 젊은이들이었다.

한 청년이 말하였다.

"우리는 시방 앞날이 깜깜합니다. 자꾸만 비관이 됩니다. 어떻게 하면 좋을지 모르겠어요."

나는 단박에 대답이 막혔다.

그야 대답을 하기로 들면, 시원히 해줄 말이 없는 것은 아니었다. 그러나 십여 명 이상이나 모인 사람들이, 그 사람들은 막상 다 미더운 사람들이라고 하더래도, 내가 이 자리에서 한 말이 한 집 건너고 누 입 건너, 필경엔 경찰의 귀에까지 늘어가지 말란 법이 없다는 것을 어떻게 보장할 것인고.

명색이 선배라고, 믿고서 그들은 진심의 호소를 하던 것이었다.

모인 전부가 낮에 강연회에도 와서 들었다고 한다. 그러니, 낮에 강연회에서 지껄인 소리는 본의가 아니고 할 수 없이 그런 것이요, 진심은 그렇지 않거니 이렇게 나를 믿고서, 자기네도 진심을 토로하는 것이었다.

소문이 퍼질까 저어하여,* 경찰의 형벌이 두려워, 이 나를 믿고서 와 안기어 고민을 호소하는 젊은이들의 진심에 대하여 한 가지로 진심이지 못하는 나의 비겁함 그 용렬스러움.

나는 나 자신이 야속하고 또한 슬펐다.

"너무 범위가 막연한데…… 가령 어떤 방면으루 말이지요?"

나는 아무려나 우선 이렇게 반문을 하였다.

"여기 모인 우린 태반이, 징병이나 학병으루 끌려나가야 할 사람입니다. 끌려나가서 개죽음을 해야 합니까?"

나는 등에 찬물을 끼얹는 것 같았다.

여럿은 먹기를 멈추고, 긴장하여 나의 대답을 기다렸다.

"우리가 앞으로 살아가는데, 일본 사람과 똑같은 권리를 주장하자면, 피도 좀 흘려야 아니할까요? 피를 흘리면 흘린 피의 대가를 요구할 권리가 생기지 아니합니까?"

"네…… 그렇지만……."

그는 불만인 눈치였다.

그 불만스러워하는 것이, 만족하여 하느니보다 얼마나 다행스런지 몰랐다.

이어서 다른 사람이 말을 하였다.

"도무지 차별 대우가 아니꼬워서 못 견디겠어요."

"차별 대우를 받지 않도록, 우리두 실력을 가져야 하겠지요. 문화적으로나 경제적으로나, 그 사람네보다 떨어지지 않는 수

준에 도달해야 하겠지요. 우리 전체가 노력을 해서, 그만한 실력을 가지는 다음에야 언감히* 우리를 하시*하겠습니까?"

"같은 학교를 같은 해에 일본 아이는 꼴찌루, 조선 사람은 첫찌루 졸업을 했는데, 한날 한시에 들어간 회사에서 월급이 우선 다르지요. 일본 아이는 조금 있으면 승차를 하는데, 조선 사람은 만날 그 자리지요. 실력두 별수가 없잖아요?"

"개인으로는 우리가 일본 사람보다 나을 사람이 있다지만, 전체로야 어디 그렇습니까? 우리 전체가 일본 사람 전체보다 나은, 적어도 같은 수준에 이르도록 실력을 가져야 하고, 그때를 기다려야 하겠지요."

이 실력론이나 먼저의 피의 대가의 주장론, 친일파 가운데에서도 제소위 진보적이라고 하고, 내선 일체주의자라는 이름으로 불리는, 극단파에서 하는 주장이었다. 그러기 때문에 그들은, 진일파는 진일파이면서노 총독부와 군부의 미움과 주목을 받는 패들이었다.

나는 목마른 젊은이들이 바라는 한 그릇의 시원한 냉수를 주는 대신, 그런 친일파의 괴설을 빌려, 결국 한 숟갈의 쓰디쓴 소태를 주고만 셈이었다.

뼉다귀가 부러지거나 골병이 들도록 늑신 몰매를 맞느니보다도 더 아픈 마음을 안고 사관으로 돌아가 누웠다.

잠을 이루지 못해 하는데 이군이 혼자 찾아왔다.

"사람을, 이 사람 저 사람 너무 여럿을 오게 해서, 선생님 퍽 거북하셨을 줄 압니다. 그러나 사람들은 다 안심할 수 있는 사람들입니다."

이군은 두 무릎을 단정히 꿇고 앉아서, 사과 겸 변명을 한 후에,

"어떡허면 좋겠습니까, 선생님?"

하고 침통히 묻는 것이었다. 징병이며 학병에 대한 것이었다.

나는 서슴지 않고 대답하였다.

"되도록 나가지 말라고 권하고 싶습니다, 무슨 수단을 써서든지."

"……."

말없이 나를 보는 이군의 그 창백한 얼굴은 빛났다. 눈에는 눈물이 고였다. 고인 눈물이 인하여 넘쳐흘렀다.

나도 눈가가 뜨거웠다.

"이왕 한마디 부탁이 있소이다. 꿋꿋한 정신을 길르구 지켜 주십시요. 강한 자에게 굽혀 목전의 구차한 안전을 도모하는 타협 생활보다, 핍박을 받을지언정 굽히지 않고 도리어 그와 싸워 물리치겠다는 꿋꿋한 정신을 길르구 이겨 주십시요. 우리가 과거 수천 년래 대륙 민족의 압제를 받은 것이나, 오늘날 일본의 종 노릇을 하게 된 것이나, 우리를 침해하고 우리를 억누르는 외적과 마주 싸워내는 꿋꿋한 정신이 모자랐기 때문입니다. 강

한 자에게 굽히고 아첨하여 구차한 일시일시의 안전만을 도모하는 타협주의, 이것이 우리 민족성의 큰 결함입니다. 오늘의 우리의 불행은 이 민족성의 결함에서 온 것이요, 그 결함을 고치지 않는 이상 우리는 민족적으로 멸망을 당하거나, 내일도 오늘처럼 영원히 불행할 것입니다. 시방 우리한테, 특별히 젊은이들한테 절절하게 필요한 것은, 굴치 않고 싸워내는 꿋꿋한 정신입니다. 그렇지만 그것도 한 사람 한 사람이 따로따로 꿋꿋해 봤자 아무 소용도 닿지 않습니다. 여럿이 모이는 데서 비로소 힘이 생기는 것입니다."

"……."

이군은 머리를 소긋하고 듣고만 있었다.

나는 음성을 고치어 그 다음 말을 하였다.

"그러나, 조심하십시오. 첫째, 서로 친하다는 것과, 믿고서 속을 줄 수 있는 사람이라는 것과는 다른 것입니다. 둘째, 혈기를 삼가하시오. 혈기는 경솔과 상거가 항상 가차운 것이니까요."

"……."

"그러고 또 한 가지 내 소견을 말하라면, 시방 이 야만된 폭력주의가 아무래두 인류 역사의 노멀한 현상은 아닐 것입니다. 정녕 한때의 변조 같습니다. 과히 암담해 하거나 실망인들 하지 마십시오. 수히 정상 상태로 돌아갈 날이 올 듯두 합니다."

"고맙습니다, 선생님. 하신 말씀 명심하겠습니다. 믿겠습니

다.”

이군은 고개를 들고, 아직도 흐르는 눈물을 주먹으로 씻으면서, 목멘 소리로 숨가쁘게 그러던 것이었다.

이 밤에 나는 조금은 속이 후련하고 짐이 덜리는 것 같았다. 그러나 계속하여 뭇사람을 모아 놓고, 미국 영국은 나쁜 놈들이요, 일본이 옳고, 전쟁은 시방이 한 고패요, 조선 사람은 어서 바삐 증산을 하고 저축을 많이 하고 하여, 이 전쟁을 일본의 승리로 빨리 끝내도록 협력해야 한다는 강연을 하고 다니는 사람—보기 싫은 양서 동물(兩棲動物)이 아니 되지 못하였다.

그 뒤 1944년 5월에는, 작가 다섯 사람과 화가 다섯 사람을 추려, 소설가 하나에다 화가 하나를 껴 다섯 패를 만들어 가지고, 전라남도 목포의 목조조선소(木造造船所), 강원도 영월 무연탄광, 평안북도 강계의 무수 알코올(無水酒精) 공장, 같은 평안북도 용천의 불이농장, 역시 평안북도 양시의 알루미늄 공장이 다섯 곳 생산 현장으로 그 한 패씩을 파견하는 한 패에 뽑히어, 나는 양시의 알루미늄 공장으로 갔었다. 할 일이라는 것은, 가서 한 일 주일 가량씩 묵으면서 생산 현장의 실지 견문을 얻어 가지고 돌아와, 화가는 증산하는 그림을, 소설가는 증산 소설을 각각 쓰는 것이요, 주최와 발안은 총력연맹 문화과였다.

나는 다녀와서, 2백 자 스무 장인가를 써내 놓았고, 일어로 번역을 누구에겐지 맡겨서 시킨다고 하더니, 그대로 우물쭈물 발

표는 되지 않았다. 다시 그해 가을에는 강원도 김화(金化)로, 전년의 황해도 적과 비슷한 강연을 갔었다. 이보다 조금 앞서 매일신보에다 연재 소설을 쓰기 시작한 것이 있었다.

검열이, 신문사의 편집자를 시켜 작자에게 다짐을 요구하였다. 반드시 시국적인 소설이어야 할 것과, 소설의 경개*를 미리 제출할 것과, 그 경개대로 충실히 써나갈 것 등속의 다짐이었다.

유일한 생화(生貨)*가 그때나 지금이나 매문(賣文)*이요, 매문을 아니하고는 2합 2작의 배급쌀조차 팔 길이 없는 철빈……. 요구대로 다짐을 두고, 쓰기를 시작하였다.

쓰면서 가끔 배신을 하다가, 두어 차례나 불려 들어가 검열관—퇴직 순검한테 꾸지람도 듣고, 문학 강의도 듣고 하였다. 잘 하나 못 하나 이십 년 소설을 썼다는 자가 늙마*에 와서 순검한테 분학 강의의 일석을 듣고…….

그러나 일변 생각하면, 받아 싼 욕이었다.

바이런인지는 자다가 아침에 깨어 보니 제가 그렇게 유명해져 있더라고 하였다지만, 나는 하루아침 잠이 깨어 수렁 가운데에 들어섰는 나 자신을 발견하였다. 한정 없이 술술 자꾸만 미끄러져 들어가는 대일 협력자라는 수렁.

정강이까지는 벌써 미끄러져 들어가 있었다. 그러나 시방이라면 빠져 나올 수 없는 것도 아니었다.

만일 이때에 빠져 나오지 않는다면, 정강이에서 그 다음 너벅다리로, 너벅다리에서 배꼽으로, 배꼽에서 가슴패기로, 모가지로 이마로, 그러고는 영영 퐁당…… 하고 마는 것이었다.

몸의 터럭이 있는 대로 죄다 곤두설 노릇이었다.

서울서 떠나 궁벽한 시골로 가 있기만 한다면, 강연 같은 것을 하라고 불러내는 '곶감'의 미끼에 반겨 응하고 나설 기회가 태반 봉쇄될 것이었다.

시골로 가서 있으면, 한 가락의 호미가 보리밥의 반량이나마 채워 주어 창녀 못지 아니한 그 매문질은 아니할 수가 있을 것이었다.

일본의 패전, 그 다음에 오는 것의 불안과 공포랄지, 눈에 살기를 머금은 일본 병정들의 등덜미를 겨누는 기관총 부리의 위협이랄지, 이런 것 외에도, 멀찍이 궁벽한 시골로 낙향을 해야만 할 또 한 가지의 다른 사정이란, 곧 이 대일 협력의 수렁으로부터의 도피행 그것이었다.

그러고, 그렇게 하였다.

그러나 결코 용감히 뿌리치고서 일어서고 하였던 배는 아니었다. 역시 나다웁게 용렬스런, 가만한* 도피행일 따름이었다.

새삼스럽게 무슨 지조(志操)가 우러나는 것이 있었음도 아니었다.

후일에 혹시 문죄(問罪)라도 당하는 날이 있을까 보아, 그날

에 벌을 가볍게 하자는 계책인 것도 아니었다.

지금까지의 행적을 사는 고장을 옮김으로써 남에게 숨기기라도 하자는 것은 더욱이 아니었다. 그런 점으로는 차라리 객지인 광나루가 더 유리하였다.

오직 그 대일 협력이라는 사실에서 풍기어 나오는 악취, 그것이 못 견디게 불쾌하였고, 목전에 그것을 면하고 싶은 지극히 당면적인 간단한 욕망으로서일 뿐이었다.

아무리 정강이께서 도피하여 나왔다고 하더라도, 한번 살에 묻은 대일 협력의 불결한 진흙은 나의 두 다리에 신겨진 불멸의 고무 장화였다. 씻어도 깎아도 지워지지 않는 영원한 '죄의 표지'였다. 창녀가 가정으로 돌아왔다고 그의 생리(生理)가 숫처녀로 환원되어지는 법은 절대로 없듯이.

또 정강이께서 미리 도피를 하여 나왔다고, 배꼽이나 가슴패기까지 찼던 이보다 자랑스럴 것도 없는 것이었다. 가사 발목께서 도피를 하여 나오고 말았다고 하더라도 대일 협력이라는 불결한 진흙이 살에 묻었기는 일반인 것이었다. 그러므로 정강이까지 들어갔으나 발목까지만 들어갔으나 훨씬 가슴패기까지 들어갔으나 죄상의 양에 다소는 있을지언정, 죄의 표지에 농담(濃淡)이 유난히 두드러질 것은 없는 것이었다.

4

소개랍시고 고향으로 내려오기는 하였으나 막막하기 다시 없었다.

사월이면 여느 때에도 춘궁이니 보릿고개니 하여 넘기가 어려운 고패인데, 지나간 해가 연사가 좋지 못했었다. 그런데다 거두지도 못한 벼를 공출로 닥닥 긁어 갔었다.

그러고는 명색이 배급입네 환원미입네 하고, 한 달이면 한 집에 쌀 한두 되에다 썩은 강냉이 몇 되씩을 약 주듯이 주고 있었다.

백성들은 태반이 하루 한때 풀잎죽으로 아사를 면할락 말락 하면서 누렇게들 떠 가지고, 춘경*이 돌아왔건만 파종*할 기운을 내지 못하고 있었다. 우환 중에 보리가 흉년이었다. 백성들은 장차 시월까지 이 봄과 여름을 살아나갈 방도가 막연했다. 나의 고향집에는 80 넘은 노모와 60의 장형 내외가 있었다. 거기에다 나에게 딸린 가솔이 넷.

이 여덟 식구를 나는 내가 책임을 져야만 하였다.

쌀은 사기도 어려웠거니와, 내가 몽뚱거려 가지고 내려간 삼천 원의 돈으로 쌀을 사서 먹자면, 한 달을 지탱할까 말까 한 것이었다. 그러나마 나는 그 돈 삼천 원으로 농자(農資)를 삼아 금년 농사를 지어야 하였다. 붓을 꺾어 버린 이상, 서울서처럼 원

고료의 수입은 전혀 없을 터이었다. 죽으나 사나 농사 한 가지에다 생도(生途)를 의탁하는밖에 없고, 그리하자면 그 돈 삼천 원을 당장 아쉽다고 먹어 없애는 수는 없었다. 나는 하릴없이 80 넘은 노모에게 그림자 보이는 나물죽을 드렸다.

배탈이 난 네 살배기 어린 놈을, 썩은 배급 강냉이밥을 먹였다.

논[水田]농사는 숙련된 기술과 나로서는 감당치 못할 울력*이 드는 것이라 부득이 비싼 삯꾼을 사 대어야만 하였지만, 밭농사는 아내와 함께 둘이서 하기로 하였다.

가을에 논의 신곡*이 날 때까지 보태어 먹을 것으로, 서속*도 심고 감자도 심었다. 밭벼도 심었다. 채마도 가꾸었다.

그런 중에도 제일 빨리, 제일 손쉽게 먹을 수 있는 것으로 강냉이와 호박을 구석구석이 돌아가면서 많이 심어 놓았다.

아내나 나나 일찍이 해보지 못한 노릇이라 대단히 힘에 겨웠다. 일쑤 코피를 쏟았다. 가끔 몸살이 나 앓기도 하였다.

몸 고단한 것보다도 더 어려운 것은 시장이었다.

조반은 뜨는 둥 마는 둥, 점심은 없는 날이 많았다. 4, 5월 기나긴 해를 허리띠 졸라매어 가면서 땅을 파고 풀을 뽑고 하노라면, 석양 때에는 깜박 현기증이 나곤 하였다.

그렇지만 편안히 있다 굶어 죽느냐, 밭고랑에 쓰러져 가면서라도 심고 가꾸어 먹고 살아나느냐 하는 단판 씨름인지라, 괴로

움을 상관할 계제가 아니었다.

5월로 들어 일이 조금 너끔한 틈을 타 서울 걸음을 하였다. 짐을 꾸리어 남의 집에다 맡겨 둔 채, 내려오지 못한 것을 가 운송 편으로 띄우고자 함이었다.

매일신보에 들렀더니, 사회부원이 마침 잘 만났다면서 소개를 가서 지내는 형편을 말하라고 하였다.

무엇보다도 식량 사정이 핍절*하노라고, 내 손으로 강냉이를 3, 4백 포기, 호박을 5, 60포기 심어 놓고, 그것이 자라서 열매가 열어서 익어서 마침내 시장한 배를 채워 줄 날을 침 삼키며 기다리면서, 일심으로 매 가꾸노라고 이런 의미의 대답을 하였다.

그 다음날 지면엔 '소개의 변(疎開의 辨)' 제2회째던가로, 나의 사진과 함께 내가 소개를 가 붓을 드는 여가에 괭이를 들고 땅을 파며 강냉이를 3, 4백 포기나, 호박을 5, 60포기나 심고 하여, 시국하 식량 증산 운동에 크게 이바지를 하는 동시에, 농민들에게도 모범을 보이고 있다는 요령의 기사가 잘 씌어졌다. 고마웠다. 그것으로 징용도 면하고, 주재소의 주목 대신 '존경'도 받고 하였다. 윤의 그,

"호박이랑 옥수수랑 많이 수확하셨습니까?"

하고, 빙긋 웃기까지 하면서 하던 노골한 경멸과 조롱은, 이 매일신보의 기사 '소개의 변'에다 두고 한 것이었다.

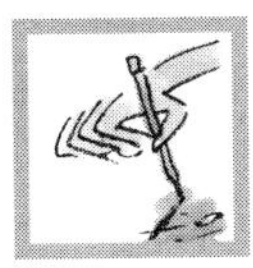

그러므로 그것은,

"이놈아, 이 민족 반역자야."

타매(唾罵)*와도 다름이 없는 것이었다.

5

주인 김군이 돌아왔다.

그는, 출판을 하자면 선전 소용으로도 부득불 잡지를 조그맣게나마 하나 가져야 하겠다는 것과, 그 첫 호를 쉬이 내고자 하니 누구보다도 자네들 두 사람이 편집 방침으로든지, 원고로든지, 적극적으로 도와주어야 하겠다는 것을 간단히 이야기한 후에, 나더러 먼저,

"우선 자넬랑은 소설을 한 편. 짤막하구두 썩 이쁘장스런 걸루다 한 편. 기한은 이 주일 안으루⋯⋯. 이건 '명령적 성질을 가진' 것이야. 위반을 했단 괜히."

"어떻게 생긴 소설이 그, 이쁘장스런 소설인구?"

나는 농담삼아서라도 이렇게 반문할밖에.

"가령 예를 든다면, 자네가 이번에 ××에다 쓴 「맹 순사」 같은 소설은 도저히 이쁘장스런 소설이 아니니깐."

"그렇다면, 다른 사람더러 부탁하는 게 쉬울걸."

"이왕 말이 났으니 말이지, 8·15 이후 여지껏 침묵하구 있다 첫 작품이 그런 거라 좀 섭섭하데이."

"재주가 그뿐인 걸 어떡허나?"

나는 차라리 그 자리에 윤이 있지 않았다면,

"대작을 쓰느라구 침묵했던 줄 알았던감?"

하였을 것이었다.

"인전 소설두들 쓰기 편허죠?"

윤이 거닫고 묻는 말이었다.

"노상 그렇지두 않은 것 같습니다. 검열이 없어지구 보니깐, 인력거꾼이 마라송은 잘 못하듯기."

"아, 내선 일체 소설들두 썼을랴드냐 지금야."

"……."

검열이 없어지기 때문에 긴장이 풀려서 도리어 쓰기가 헛심이 쓰인다는 말에 대한 반박이,

'내선 일체 소설도 썼을랴드냐."

라니, 당치도 아니한 소리였다.

자못 탈선이었다.

나를 욕하고 싶어 생트집을 잡는 노릇이었다.

나는 속에서 뭉클하고 가슴으로 치닫는 것을 삼키고 참았다. 아니 참고 대들었자, 무엇 뀐 놈이 성낸다는 꼴이요, 치소*나 더 할 따름이었다.

험해지는 공기를 눈치채고 김군이 얼른 말머리를 돌려 놓는다.

"소설은 아무튼 그럭허기루 허구. 윤군 자네랑은 이걸 좀 써 주겠나? 패전을 통해 본 일본인의 민족 기질."

"내 영역두 아니지만, 그런 게 무슨 제목거리가 되나?"

"삼기루 들면 크지. 난 그래 좌담회라두 열까 했지만 그럴 것 꺼진 없구. 아, 학생들이, 심지어 중학생까지두 십 년 후에 보자면서 요새 여간 긴장과 열심들이 아니래잖아? 그런데 한편으루 재밌는 모순은 딱 전쟁에 지구 나니깐 그 흘게 빠지구 비굴하던 꼬락서닐 좀 보란 말야. 세상 앙칼지구 기승스럽구 도고허구* 하던 거, 그거 일조에 다 어디루 가구서들 그따위루 비굴하구 반편스럽구* 겁 많구 하느냔 말야. 난 사실 일본이 전쟁에 져 항복을 하는 날이면 굉장히 자살들을 하구 나가 자빠지려니 했었는데, 웬걸……. 더구나 지도자놈들, 고런 얌체 빠지구 뻔뻔스럽더군. 그 중에서두 조선 나와 있던 놈들, 그 기강, 그 교만 다 어떡허구서……. 무엇이냐 고천(古川) 이놈은 함북지사루 갔다 게서 붙잽힌 채 경찰서 고쓰까이질을 하구 있더라구?"

"흥, 남 말을 왜 해."

윤은 그러면서 입을 삐쭉,

"명색이 지도자놈들이 얌체 빠지구 뻔뻔스러운 건 하필 왜놈들뿐이던가? 조선놈들은 어떻길래?"

"조선 사람 문젠 그 제목에 관계가 없으니깐 잠깐 보류하

구……."

　김군이 나의 낯꽃을 살피면서 그러던 것이나, 윤은 묵살하고 그대로 계속하여,

　"왜놈들의 주구(走狗)*가 돼 가지구 온갖 아첨 다 하구, 비위 맞추구 하면서 순진한 청년, 어리석은 백성을 모아 놓군 구린내 나는 아굴찌루다 지껄인닷 소리가, 소위 예술가니 평론가니 하는 놈들은 썩어빠진 붓토막으루 끼적거려낸닷 소리가, 황국 신민이 되라 하기, 내선 일체를 하라 하기. 미국 영국은 도둑놈이요, 불의하구 전쟁에는 반드시 지구 멸망할 운명에 있구, 일본은 위대하고 정의요, 전쟁엔 반드시 이기구 영원토록 번영할 터이구 하다면서. 그러니 지원병에 나가구 학병에 나가구 징병에 나가, 일본을 위해 개죽음을 하라구 꼬이구 조르기. 굶어 죽더라두 농사한 건 있는 대루 죄다 공출해 바치라구 꼬이구 조르기. 가족은 유리*하고 집안은 망하더라두 징용에 나가라구 꼬이구 조르기……."

　"너무 과격해. 너무 과격해. 잡지 편집 회의룬 탈선야."

　"개중에두 제 소위 소설가니 시인이니 하는 놈들……."

　그러다 윤은 나를 힐끗 돌려다보면서—그것은 차마 정시하기 어려운, 적의와 증오로 찬 얼굴이었다—그런 얼굴로 나를 돌려다보면서,

　"비단 당신 하나를 두구서 하는 말이 아니니, 어찌 생각은 마

슈."

하고는 도로 김군더러,

"잘 하나 못 하나, 소설이니 시니 해서 예술일 것 같으면 양심의 활동이요, 진리(眞理)의 탐구와 그 표현이 아니냐 말야. 물론 소설가나 시인두 사람인 이상, 입으룬 거짓말을 한다구 하겠지만, 붓으룬 거짓말을 하길 싫어하는 법인데, 또 해필 아니 되는 법인데, 그래, 멀쩡한 거짓말루다 황국 신민 소설, 내선 일체 소설을 쓰구, 조선 청년이 강제 모병에 끌려나가 우리의 해방에 방해되는 희생을 하구 한 걸 감격하구 영웅화하는 걸 쓰구 했으니, 그게 예술가야? 예술과 예술가의 이름을 똥칠한 놈들이요, 뱃속에 진실과 선과 미를 찾아 마지않는 양심 대신 구더기만 움덕거리는 놈들이 아니구 무어야?"

"대관절 이 사람, 패전을 통해 본 일본인의 민족 기질을 써줄 심인가, 말 심인가?"

"그랬거들랑 저으기 인간적 양심의 반 조각이라두 남은 놈들이라면, 8·15를 당해 조금이라두 뉘우치는, 부끄러워하는 무엇이 있어야 할 거 아냐? 제법 보꾹*에다 목을 매구 늘어지던 못한다구 할 값에라두, 죽은 듯이 아무 소리 말구 처박혀 있기나 했어야 할 게 아냐? 그런데 글쎄, 그러기는커녕, 팔일오 소리가 울리기가 무섭게 정말 나서야 할 사람보담두 저이가 먼점 나서가지구—진소위 선가(船價) 없는 놈이 배 먼저 오른다는 격이

었다—그래 가지군, 바루 그 전날까지, 그 전날까지가 무어야, 그날 아침꺼지두 총독부루 군부루 총력연맹으로 쫓아댕기구 일본을 상전처럼 어미아비처럼 떠받치구, 미국 영국을 불공대천 지원수루 저주 공격하구, 백성들더러 어째서 황국 신민이 아니 되느냐구, 어째서 징병이며 징용을 꺼려 하느냐구, 어째서 공출을 잘 안 내느냐구 꾸짖구 호령하구 하던 그 아굴찌, 그 붓토막 으루다, 온 아무리 낯바닥이 쇠가죽같이 두껍기로서니 몇 시간이 못 돼 그 아굴찌, 그 붓토막 으루다 눌러 그대루 악독한 우리의 원수 왜놈은 굴복했다, 우리를 피 빨아먹던 강도 왜놈은 물러갔다, 우리의 민족 정신을 말살하려 황국 신민이니 내선 일체니 하던 기만의 통치와 지배는 무너졌다. 강제 모병, 강제 징용, 강제 징벌의 온갖 압박과 착취의 쇠사슬은 끊어졌다. 자, 해방이다. 사천 년의 유구한 역사와 찬란한 문화와 독자한 전통으로 빚어진 삼천만 겨레의 민족혼은 제국주의 일본과 삼십육 년 꾸준히 싸워 왔다. 그러고 지금이야 삼천리 강산에 해방이 왔다. 자, 건국이다. 너도나도 다투어 건국에 몸을 바치자. 그러나 친일파와 민족 반역자를 처단하라. 그놈들은 왜놈에게 민족을 팔아먹은 놈들이다. 왜놈들이다. 왜놈보다 더 악독하게 우리를 괴롭힌 놈들이다. 오오, 우리의 해방의 은인이 온다. 위대한 정의의 사도 연합군을 맞이하자. 이런 소리가, 아무려면 그래, 제 얼굴이 간지러워서라두, 제 계집 자식이 면괴스러워서라두 차마

지껄여지며 써지느냐 말야. 오늘은 이가의, 내일은 김가의 품으루 굴러 댕기는 매춘부는 차라리 동정할 여지나 있지. 고따위루 비루하구 얌체 빠지구 뻔뻔스러운 것들이 그게 사람야? 개도야지만두 못한 것들이지. 도둑놈의 개두 제 주인은 섬길 줄은 안다구 아니해?"

"자, 인전 엔간치 막설하는 게 어때? 그만하면 자네란 사람이 얼마나 박절한 사람이란 건 넉넉히 설명이 됐으니."

김군은 조금 아까부터 신문을 오려 스크랩에 붙이고 있었다.

김군의 음성은 자못 준절하였다. 얼굴도 그러하였다.

김군은 졸연히 흥분을 하거나, 분노를 겉으로 드러내거나 하는 사람이 아니었다. 그러므로 시방 그만한 정도의 준절한 음성과 얼굴은, 다른 사람의 웬만침 성이 난 것이나 일반으로 보아도 무방하였다.

윤은 상관 않고 하던 말을 최후까지 계속한다.

"난 그러니깐, 그런 개도야지만 못한 것들이 숙청*이 되기 전엔, 건국사업이구 무엇이구 나서구 싶질 않아. 도저히 그런 더러운 무리들과 동석은 할 생각이 없어."

"사람이 자네처럼 그렇게, 하찮은 자랑을 가지구, 분수 이상으루 남한테 가혹해선 자네 일신상두 이롭지가 못하구, 세상에두 용납을 못 하구……."

"무어? 하찮은 자랑이라구? 분수 이상이라구?"

윤은 퍼르퉁해서 대든다.

김군은 일하던 것을 놓고, 두 팔로 턱을 고이고 탁자 너머로 윤을 마주 보면서 응한다.

"윤군 자네, 나를 대일 협력을 했다구 보나? 아니했다구 보나?"

"했지, 그럼 아니해?"

"적실히 했다구 보지? 그런데, 자네 일찍이, 조선 사람 지도자나 지식층에 대한 일본의 공세—총독부의 소위 고등 정책이라는 거 말일세. 거기 대해서 반격을 해본 일이 있는가?"

"……."

"손쉽게, 총력연맹이나 시골 경찰서에서 자네더러 시국 강연을 해달라는 교섭 받은 적 있었나?"

"없지."

"원고는?"

"없지. 신문사 고만두면서 이내 시골루 내려가 있었으니깐."

"몰라 물은 게 아닐세. 그러니 첫째 왈, 자넨 자네의 지조의 경도(硬度)를 시험받을 적극적 기횔 가져 보지 못한 사람. 합격품인지 불합격품인지 아직 그 판이 나서지 않은 미시험품. 알아들어?"

"그래서?"

"나무루 치면, 단 한 번이래두 도끼루 찍힘을 당해 본 적이 없

는 나무야. 한 번 찍어 넘어갔을는지, 다섯 번 열 번에 넘어갔을는지 혹은 백 번 천 번을 찍혀두 영영 넘어가지 않았을는지, 걸 알 수가 없지 않은가?"

"그래서?"

"그러니깐 자네의 지조의 경도란 미지수거든. 자네가 혹시, 그 동안 꾸준히 투쟁을 계속해 온 좌익 운동의 투사들이나, 민족주의 진영의 몇몇 지도자들처럼, 백 번 천 번의 찍음에 넘어가지 않구서 오늘날의 온전을 지탱한 그런 지조란다면, 그야 자랑두 하자면 하염직하겠지. 그러지 못한 남을 나무랄 계제두 있자면 있겠지. 그러나, 어린아이한테 맡기기두 조심되는 한 개의 계란일는지, 소가 밟아두 깨지지 않을 자라등일는지, 하여튼 미시험의 지조를 가지구 함부루 자랑을 삼구 남을 멸시하구 한다는 건, 매양 분수에 벗어나는 노릇이 아닐까?"

"내가 무슨, 자랑으루 그런대나?"

"의식적이건 무의식적이건……. 그리구 둘째루, 자넨 자네의 결백을 횡재한 사람."

"결백을 횡재하다니?"

"자네와 나와, 한 신문사의 같은 자리에 있다가, 자넨 사직을 하구 나가는데, 난 머물러 있지 않았던가?"

"그래서?"

"그것이 난, 신문 기사의 직업을 버리구 나면, 이튿날버틈 목

구멍을 보전치 못할 테니깐, 그대루 머물러 있으면서 신문을 맨
들어냈구, 그 신문을 맨드는 데에 종사한 것이, 자네의 이른바
나의 대일 협력이 아닌가?"

"그렇지."

"그런데 자넨 월급 봉투에다 목구멍을 틀었지 않드래두, 자네
어른이 부자니깐, 먹구 사는 걱정은 없는 사람이라, 선뜻 신문
기자의 직업을 버리구 말았기 때문에, 자넨 신문을 맨든다는 대
일 협력을 아니한 사람, 그렇지 않은가?"

"그래서?"

"그렇다면, 걸 재산적 운명이라구나 할는지, 내가 결백할 수
가 없다는 건 가난했기 때문이요, 자네가 결백할 수 있었다는
건 부잣집 아들이었기 때문이요, 그것밖엔 더 있나? 자네와 나
와를 비교·대조해서 볼 땐 적어두 그렇잖아? 물론 가난하다구
서 절개를 팔아먹었다는 것이 부끄런 노릇이야 부끄런 노릇이
지. 또 오늘이라두 민족의 심판을 받는다면, 지은 죄만치 복죄
(伏罪)*할 각오가 없는 바도 아니구. 그렇지만 자네같이, 단지
부자 아버질 둔 덕분에 팔아먹지 아니할 수가 있었다는 절개두
와락 자랑거린 아닐 성부르이."

"그건 진부한 형식 논리요, 결국은 억담. 월급쟁이가 반드시
신문사 밥만 먹어야 한다는 법은 있던가? 신문 기자말구, 달리
얼마든지 월급쟁이질을 할 자리가 있지 않아?"

"가령? 은행원?"

"은행이든지, 보통 영리 회사든지."

"은행은 대일 협력 아니하구서 초연했던가?"

"하다못해, 땅은 못 파먹어?"

"……."

김군은 어처구니가 없다고 뻐언히 윤을 바라보다가,

"철이 아직 덜 났단 말인가? 일부러 우김질을 하자는 심인가?"

"말을 좀 삼가는 게 어때?"

"진정이라면 나두 묻거니와, 나랄지 혹은 그 밖에 자네와 가차운 친구루, 불쾌한 세상을 버리구 시골루 가 땅이라두 파먹을까 하구서, 자네더러 얼마간의 토지를 빌리라구 했을 경우에, 선뜻 그것을 받아 줄 마음의 준비가 있었던가?"

"누가 그런 계획은 했으며, 나더러 와 토질 달라구 한 사람은 있어?"

"옳아. 달란 말을 아니했으니깐, 주지 아니했다. 그럼 그건 불문에 넘기구. 자네 말대루, 시골루 가 땅을 파……. 농민이 되는 거였다?"

"그렇지."

"신문 기자가 신문을 맨드는 건 대일 협력이구, 농민이 농사해서 벼를 공출해서 왜놈과 왜놈의 병정이 배불리 먹ᅮ 전쟁을

하게 한 건, 대일 협력이 아닌가?"

"지도자와 피지도자라는 차이가 있지 않아? 신문은 대일 협력을 시키구, 농민은 따라가구 한 그 차이가 적은 차일까?"

"농민들이 벼 공출을 한 것이나, 젊은 사람들이 지원병과 학병에 나간 것이나 완전히 조선 사람 선배랄지 지도자의 말만을 듣구서 비로소 공출을 하구, 병정에 나가구 한 거라면, 지식층의 대일 협력자만은 백이면 백, 천이면 천 죄다 목을 잘라야지. 그렇지만 여보게 윤군. 농민 만 명더러 일일이 물어본다구 하세. 구장과 면 직원의 등쌀에, 순사들이 들끓어 나와 뒤져 가구, 숨겨 둔 걸 내노라구 유치장에 가두구서 때리구 하는 바람에 공출을 했느냐. 모모한 사람들이 연설루, 소설루 신문에서 공출을 해야 한다구 하는 말을 듣구, 그런가 보다 여기구서 자진해 공출을 했느냐. 아주 곧이곧대루 대답을 하라구 한다면 모르면 모르되, 나는 구장이나 면 직원의 등쌀에, 순사와 형벌이 무서워서 억지루 공출을 낸 것이 아니라, 어떤 조선 양반의 강연을 듣구 옳게 여겨서, 어떤 소설을 읽구 감동이 돼서, 아모 때의 신문을 보구 좋게 생각이 들어서, 그래 우러나는 마음으루 공출을 했소 대답할 농민은 만 명에 한 명두 어려우리. 지원병이나 학병두 역시 같은 대답일 것이구……. 도대체가 당년의 조선 사람들이, 더욱이 청년들이, 대일 협력을 하구 댕기는 지도자란 위인들이 하는 소릴 신용을 한 줄 아나? 신용은 고사요, 자네 말

마따나, 개도야지만두 못 알았더라네. 그런 지도자 명색들의 말을 듣구서 공출을 했을 게 어덨으며, 지원병이니 학병이니 나갔을 게 어덨어? 왜놈이나 공관리들의 강제에 못 이겨 했기 아니면, 저희는 저희대루 호신지책으루 한 거지."

"자네 논법대루 하자면, 그럼 친일파나 민족 반역잔 한 놈두 없구 말겠네나그려?"

"지끔 이 방 안에만 해두, 사람이 셋이 모인 가운데 둘이 민족 반역잔데, 없어?"

"처단할 놈 말야."

"많지. 그렇지만, 벌이라는 건 그 범죄가 끼친 영향을 참작*하구, 범죄자의 정상을 참작하구, 그리구 범죄 이후의 심리와 행동을 참작하구, 그래 가지구 처단에 경중이 있어야 하는 법이지, 자네 같을래서야 삼천만 가운데 장정의 태반은 죽이자구 할 테니, 그야말루 뿔을 바루잡으려다가 소를 죽이는 격이 아니겠는가?"

"웬만한 놈은 죄다 쓸어 숙청을 해야지, 관대했다간 건국에 큰 방해야. 삼팔 이북에서 하듯이 해야만 해. 그리구 난 누가 무슨 말을 하거나, 그 비루하구 얌체 빠지구 뻔뻔스럽구 한 인간성, 그게 싫여. 소름이 끼치두룩 싫구 얄미워. 그런 것들과 조선 사람이라는 이름을 같이한다는 것까지두, 욕스럽고 불쾌해."

김군은 노상히 김군 자신의, 일제 시대에 신문이나 맨들었다

는 실상 문제 이하의 대일 협력 사실을 구구히 발명하자는 의사라느니보다두, 하도 민망하던 나머지, 그의 두루춘풍*식의 처세법을 잠시 훼절*을 하고, 나를 위해 윤에게 싸움을 걸었던 것이었다.

그러나 김군의 대일 협력자에 대한 변호는, 윤의 말이 아니라도, 억지스런 형식 논리에 기울어진, 그래서 대체가 모두 옹색스럽고 공극*투성이였다.

가사 완전히 변호가 되었다고 하더라도, 피고 격인 내가 우선,

"아니, 검사의 논고가 옳고, 변호인의 주장은 아무 소용도 없어."

이런 심리 상태인데야 더욱 말할 나위도 없었다.

또 윤의 지조나 결백 문젠데, 이것은 더구나 문제가 아니었다. 윤의 지조가 아무리 미시험의 것이기로니, 결백이 재산의 덕분이기로니, 죄인을 공격할 자격이 없으란 법은 없는 것이었다.

이윽히 기다려도, 윤은 더는 말이 없었다.

나는, 이 자리에서의 나의 의무를 다한 것으로 알고, 김군과 윤을 작별한 후 P사를 나왔다.

나의 얼굴에 한 점의 핏기도 없어지고 만 것을, 나는 거울은 보지 아니하고도 진작부터 알 수가 있었다.

김군이 뒤미처 따라나와 아래층까지 배웅을 해주었다.

"일수가 나빴나 보이."

김군이, 작별로 잡았던 손을 풀고, 웃으면서 하는 말이었다.

나도 웃으면서 한마디 하였다. 그러나 김군에게는 울음같이 보였을는지도 몰랐다.

"죽기만 많이 못한가 보이."

그랬더니 김군은 고개를 가로 여러 번 저으면서,

"이왕 깨끗했을 때 분사(憤死)*를 못 했을 바엔, 때가 묻어 가지구 괴사(愧死)라니 더욱 치사스러이."

듣고 보니 적절하였다. 빈틈없이 적절하였다.

그 빈틈없이 적절한 말을 해버리는 김군이, 나는 문득 원망스러웠다.

"자네가 오히려 시어미로세."

거리에 나서니 가벼운 현기가 났다.

흐렸던 하늘에서는 어느덧 심란스런 비가 내리고 있었다.

사람과 건물과 거리로 된 세상이, P사를 들르던 한 시간 전과는 어디인지 달라져 보였다.

6

집으로 돌아와, 병난 사람처럼 오늘까지 보름을 누워 있었다.

조반보다도 점심에 가까운, 나 혼자의 밥상을 받고 앉아서 아

내더러 밑도 끝도 없이 말을 내었다.

"도루 시굴루 내려갑시다."

"……"

아내는 놀라지 않는다.

아무렇지도 않게 출입을 나갔던 사람이, 별안간 죽을상이 되어 가지고 돌아와. 처음엔 병인가 하였으나, 보아하니 병은 아니어. 그러면서도 여러 날을 앓는 사람처럼 누워 있어.

정녕 밖에서 무슨 사단이 있었거니 하였다. 그러자, 불쑥 그런 말을 내어. 일변 해방 후로부터 더럭 동요가 된 심경은 모르지 않는 터이라, 그 사단이라는 것이 어떠한 성질의 것이었음을 짐작할 수 있었을 것이었다.

아내는 한참 만에야 대답이다. 그는 언제고, 나보다는 침착하고 현실적인 사람이었다.

"내려가야 할 사정이면 내려가는 것이지만서두……. 내려가니, 가서 살 도리가 있어야 말이죠."

"……"

"낯모르구 아무 반연 없는 고장으룬 갈 수가 없구, 가자면 매양 고향 아녜요? 그 벽강궁촌에서 취직 같은 거래두 할 기관이 있어요? 천생 농사밖엔 없는데, 작년 일 년 지나 본 바, 어디……."

작년 일 년 가 있으면서 농사라고 해본 경험의 결론은, 우리

같은 사람은 도저히 농사를 해먹고 살 수 있는 사람이 아니라는 것이었다. 우리의 체력이, 우리의 가족을 먹일 만한 농사를 해내기엔 너무도 빈약한 것이기 때문이었다.

우리 내외가 밭을 기를 쓰고 가꾸어도, 밭농사로 오백 평을 벗지 못한다. 밭농사 오백 평이면, 채마와 마늘, 고추, 호박 따위의 울 안 농사에 불과한 것이다.

채마 등속의 울 안 농사 외에, 보리니 콩이니 고구마니 하는 것은 순전히 농군을 사 대어야만 한다.

칠팔 명의 한 가족이, 소작농으로서 일 년 계량의 벼를 확보하자면, 적어도 삼천 평의 논을 소작하여야 한다.

이 삼천 평의 논농사와, 보리며 콩 같은 밭농사를 하자면, 줄잡아 연인원(延人員)* 이백 명의 농군을 사 대어야 한다.

바로 최근 시세로, 나의 고향에서 농군 한 명에 대하여 점심 저녁 두 때와 술 한 차례 먹이고 품삯이 하두 6, 70원이다.

먹이는 것과 품삯을 치면, 이백 명 삯꾼을 대이는 데 이만 오천 원이 든다.

그 2만 5천 원이 있어야 나는 시골로 가서 농사를 하고 사는 것이다. 옛날 돈으로 250원이라고 하지만, 나에게는 2만 5천 원이 결코 쉬운 돈이 아니다. 그러나마 금년에 2만 5천 원의 농자(農資)를 들여 놓으면, 언제까지고 그것이 밑천으로 살아 있느냐 하면, 아니다. 명년 가서는 또다시 그만한 농자를 들여야 하

는 것이다.

농사란 결국, 제 가족이 먹을 것을 제 손발로 농사할 수 있는 사람—농민만이 하기로만 마련인 것이었다.

따사한 햇빛이 드리운 마루에서 다섯 살배기 세 살배기의 두 어린것이 재깔거리면서 무심히 놀고 있다.

오래도록 어린것들에 가 눈이 멎었던 아내는, 한숨을 내쉬면서 말한다.

"정히 서울이 싫구 하시다면, 가 살다 못 살 값에라두, 가기가 어려우리까만, 저 어린것들이 가엾잖아요? 제일에 교육을 어떡 허겠어요? 내명년 우선 하날 소학꼴 보내야 하는데 학교까지 십 리 아녜요? 일곱 살배기가 매일 십 리 왕복이 무리두 무리지만, 그렇게라두 해서 소학꼴 마쳐 준다구 중학 이상은 가량이 없잖 아요? 무슨 수에 학잘 대서, 서울로든 공불 보내게 되진 못할 것이구……."

"……."

"시골서 길러 소학교나 마쳐 주구 만다면 천생 농민인데, 농민이 구태라 나쁠 며리야 없지만, 그래두 천품*을 보아 예술 방면으루든 과학 방면으루든, 재주가 있는 게 있다면, 그 방면으루 발전을 시켜 주는 것이 어미아비 도리가 아녜요?"

"……."

"여보?"

“…….”

“우린 다 죽은 셈 칩시다.”

“…….”

“죽은 셈 치면, 못 참을 건 있으며, 못 견딜 건 있어요?”

“…….”

“당신, 죄지셨잖아요? 그 죄, 지신 채 그대루, 저생 가시구퍼
요?”

아내가 나를 죄인이라 부르기는 처음이었다. 그는 울면서 그
말을 하였다.

나를 죄인이 아니라 여기려고 아니하는 이 낡아빠진 아내가,
나는 존경스럽고 고마웠다.

“당신이야 존재가 미미하니깐 이 다음에 민족의 심판을 받지
두 못하실는진 몰라두, 가사 받아서 벌을 당한다구 하더래두,
형벌이 죄를 속량해 수는 건 아니잖아요?”

“…….”

“이를 악물구, 다른 것 돌아볼랴 말구서, 저것들 남매 잘 길
러, 잘 교육시키구, 잘 지도하구 해서 바른 사람 노릇 하두룩,
남의 앞에 떳떳한 사람 노릇 하두룩 해줍시다. 아버지루서 자식
한테 대한 애정으루나, 죄인으루서 민족의 다음 세대에다 속죌
하는 정성으루나.”

“…….”

"어미애비의 허물루, 그 어린 자식한테까지 미쳐 가서야 어린 것들을 위해 너무두 슬픈 일이 아네요?"

"……."

"원고 쓰실랴 마세요. 차라리 영리 회사 같은 데 취직이래두 하세요. 것두 싫으시거든, 얼마 동안 집안에 들앉어 기세요. 내가 방물 보퉁이래두 이구 나서리다."

"……."

"……."

"그런 것 저런 것을 모르는 바 아니오마는, 하두 인생이 구차스러 못 하겠구려. 구차스럽구, 울분이, 도무지 어따 대구 풀 길이 없는 울분이, 가슴속에가 뭉쳐 가지구 무시루 치달아오르구."

마악 이러구 있을 즈음에 조카아이가 푸뜩 당도하였다. ××서 중학 상급 학년에 다니는, 넷째 형의 아들이었다. 조카라지만 정이 자별하여 친자식이나 다름없는 조카였다.

일요일도 아닌데 올라온 연유를 물었더니, 주저하다가 대답이었다.

"아이들이 동맹 휴학을 했대요. 전 그래, 거기 들기두 싫구 해서, 일 해결될 때꺼정 여기서 공부나 할 영으루……."

"동맹 휴학은 어째?"

"선생 배척이래요."

"선생이 어쨌길래?"

"선생 하나가 새루 왔는데, 일정 시대 서울 어떤 학교에 있을 적버틈 유명한 친일패였더래요."

"어떻게?"

"창씨 아니한 학생 낙제시키기. 사알살 뒤밟다 조선말 하는 거 붙잡아다 두들겨 주기. 저희 학교루 와서두 연성 일본말루다 지껄이구, 머 여간만 건방진 거 아녜요."

"그 선생이 적실히 친일파요, 그런 나쁜 짓을 했다는 건 어떻게 알았어?"

"그 학교 댕기던 아이가 몇이 전학을 해 왔어요."

"그애들 말만 듣구?"

"그애들 말 듣구서 다시 조살 했대나 봐요."

"그러면…… 너두 인전 나이 이십이요, 중학 졸업반이니, 그런 시비 곡직은 혼자서 판단할 힘이 있어야 할 거야. 없다면 전치구."

"……."

"그래, 그런 선생을 배척하는 학생 편이 옳으냐? 잘못이냐?"

"학생이 옳아요."

"옳은 줄 알면서, 어째 넌 빠지구 아니 들어?"

"……."

"응?"

"낼 모레가 졸업인데, 공불 해야 상급 학교 입학 시험을 치죠. 조행*에두 관계가 될걸요."

"이놈아!"

아이 저는 물론이요, 옆에 앉았던 아내까지도 질겁해 놀라도록, 나의 목청은 높았다. 가슴에 뭉친 그 울분의 애꿎은 폭발이었으리라.

"동무들이 동맹 휴학이란 비상 수단까지 써 가면서 옳은 것을 주장하는데, 넌 그것이 번연히 옳은 줄 알면서두 빠져? 공부 좀 밑진다구? 조행에 관계된다구?"

"......"

"저 한 사람 조그마한 이익이나 구차한 안전을 얻자구, 옳은 일 못 하는 거, 그거 사람 아냐. 너 명색이 상급생이지?"

"네."

"반장이지?"

"네."

"아이들이 널 어려워하구, 네가 하는 말을 믿구 잘 듣구 그랬드라면서?"

"네."

"그래, 더구나 그런 놈이, 네가 나서서 주동을 해야 옳지, 뒤루 실며시 빠져? 넌 그러니깐 반역 행월 한 놈야. 그따위루 못날 테거든 진작 죽어, 이놈아!"

"……."

"옳은 일을 위해 나서서 싸우는 대신, 편안하구 무사하자구 옳지 못한 길루 가는 놈은, 공부 아냐 뱃속에 육졸 배포했어두 아무짝에두 못쓰는 법야."

"……."

"학문은 영웅지여사(學文英雄之餘事)란 말이 있어. 사람이 잘 나야 하구, 학문은 그 다음이니라. 인격이 제일이요, 지식은 둘째니라, 이 뜻야. 공부보다두 우선 사람이 돼야 해. 옳은 일을 하기 위해선 불 가운데라두 뛰어 들어갈 용기. 옳지 못한 길에는 칼을 겨누면서 핍박을 하더래두 굽히지 않는 절개. 단체를 위한 일이면 개인을 돌아보지 않는 의협. 그런 것이 인격야. 그러구서야 학문도 필요한 법야. 알았어, 이놈아."

"네."

"낭상 가. 가서 같이 해. 퇴학맞아두 좋다. 금닌에 상급 학교 들지 못해두 상관없어."

"네."

"비단 동맹 휴학뿐 아니라, 어델 가 무슨 일에던지 용렬히 굴진 마라. 알았어?"

"네."

기회가 다른 기회요, 단순히 훈계를 하기 위한 훈계였다면, 형식과 방법이 매양 이렇지도 않았을 것이었다.

　내가 생각을 하여도 중뿔난* 것이었고, 빠안히 속을 아는 아
내를 보기가 쑥스럽다.
　그러나, 그러면서도 한편으로 무엇인지 모를 속 후련하고, 겸
하여 안심되는 것 같은 것이 문득 느껴지고 있음을 나는 스스로
거역할 수가 없었다.

채만식 문학 자세히 읽기
나라 잃은 시대의 글쓰기

채만식 문학사전

논술 포인트 10

나라 잃은 시대의 글쓰기
—채만식의 단편소설에 대하여

강웅식(문학평론가)

1. 채만식과 풍자 문학

1924년 『조선문단』 12월에 발표한 단편 「세 길로」로 시작하여 1949년에 중편 「소년은 자란다」를 쓸 때까지 채만식은 65편의 단편과 13편의 중·장편, 그리고 22편의 희곡을 발표하였다. 우리 문학사에서 채만식은 흔히 풍자 소설가로 규정된다. 그러나 채만식이 지은 작품들의 구성이 모두 풍자의 방법을 택하고 있는 것은 아니다. 채만식이 지은 전체 작품들을 검토한 연구자들 가운데는 채만식의 창작 기간을 네 시기로 나누어 풍자 소설을 제2기의 특성으로 한정하는 연구자가 있는가 하면, 그 영역을 더욱 좁혀서 『태평천하』나 「치숙」(癡叔)과 같은 일부 작품만을 풍자 소설로 다루는 연구자도 있다. 또 어떤 연구자는 농민들의 생활을 그린 채만식의 소설에는 풍자적인 어조가 전혀 나타나지 않는다는 사실을 지적하기도 한다. 여러 연구자들의 지적이 아니더라도 채만식이 지은 작품들 가운데 풍자적 구성에 의존하는 작품의 수효가 3분의 1을 넘지 않는다는 사실을 우리는 확인할 수 있다. 그럼에도 채만식이라는 소설가의 특성을 언급할 때 풍자와 연관된 문제들을 배제한다면 채만식 문학의 특징적 양상들 가운데 매우 중요한 부분을 놓치게 된다는 사실도 우리는 수긍할 수 있다.

'풍자'(諷刺)는 어떤 부정적인 대상을 비꼬아 서술함으로써 그 대상을 비판하는 것을 뜻한다. 비꼬아 서술하는 과정에서 서술되는 대상이 우스꽝스럽게 묘사되며, 그것이 사람들의 웃음을 유발한다. 판박이 도덕에 집착하는 엄숙주의자와 물질적 이익에 탐닉하는 물신숭배자는 풍자의 대상이 된다. 억압적인 권위의식과 물질적인 이해관계에 사로잡혀 있는 사람을 비판하기 위하여 사용되는 풍자는 사회생활의 상하관계를 뒤바꾸어 놓는다. 특권 없는 사람이 특권 있는 사람을 비판하여 궁지에 몰아넣는 것이다. 풍자를 통해 유발되는 웃음에는 폭로와 징벌의 의미가 들어 있다. 특권에 의해 은폐되어 있던 부정적인 모습이 풍자를 통해 만천하에 드러나기 때문에 웃는 것이고, 그처럼 부정적인 모습에 대한 징벌의 표현으로 웃는 것이다. 이와 같은 풍자의 역학이 소설의 구성으로 포섭된 작품들을 가리켜 우리는 풍자적 구성에 입각한 소

동아일보사에 재직시 잔춘단 공원에서
(1925~1926. 24~25세).

설이라 부른다. 웃음을 유발한다는 공통점 때문에 풍자와 해학(諧謔)을 유사하게 보고, 익살이냐 웃음이냐 하는 기준으로 풍자와 해학을 구분하기도 한다. 그러나 그런 구분은 풍자와 해학의 차이를 분명하게 설명해 주지 못한다. 어떤 부정적인 대상을 비꼬아 서술하여 그 대상을 우스꽝스럽게 만듦으로써 웃음을 유발한다는 점에서 풍자와 해학은 크게 다르지 않다. 풍자와 해학의 차이는 풍자가 일방적으로 폭로와 징벌을 지향하는 데 비해 해학이 폭로와 징벌을 넘어 용서와 화해를 지향한다는 데 있다. 인간은 과오를 범하기 쉬운 존재이다. 해학은 그런 인간을 따뜻하게 감싸면서 용서와 화해로 나아간다. 넓게 보면 풍자는 해학 안에 포함될 수 있다. 따라서 풍자와 해학의 차이는 절대적인 것이라기보다는 상대적인 것이다. 풍자에서는 조소와 공격과 비판의 성향이 비교적 강하게 나타나고, 해학에서는 동정과 이해와 용서의 성향이 비교적 짙게 나타난다.

채만식이 지은 모든 소설을 풍자 소설이라고 말할 수는 없지만, 채만식이 소설을 지을 때 풍자의 수법을 즐겨 사용했다는 사실을 우리는 인정하지 않을 수 없다. 이 글에서는 채만식의 대표적인 단편 소설들을 통해 그의 소설에 나타난 풍자의 양상에 대해 살펴보고자 한다.

2. 「레디메이드 인생」[1]

「레디메이드 인생」은 1934년 『신동아』(5~7월호)에 연재한 단편소설이다. 작품 속에 1934년이라는 시기가 구체적으로 밝혀

져 있다는 사실에서도 확인되듯이 채만식은 이 작품에서 사회 상황을 직접 지시하고 있다. 이 작품의 사건 진행은 크게 세 장면으로 압축할 수 있다.

1. P가 신문사 사장인 K를 찾아가 취직을 부탁하나 거절당한다.
2. 취직을 못해 낙담하고 있는 P를 역시 직업이 없는 친구들인 M과 H가 찾아오고 P는 그들과 어울려 책을 잡히고 술집에 가서 세상과 자신들의 신세를 한탄한다.
3. 아내와 이혼한 후 시골에 사는 형에게 맡겨 두었던 아들 창선이 서울로 올라오고, P는 아들에게 인쇄소의 일을 배우도록 한다.

신문사나 잡지사에 들어가 글을 쓰는 일을 하려던 P가 일자리를 얻지 못하고 아홉 살 난 아들인 창선에게 인쇄소 일을 배우게 하는 것이 이 작품의 중심 스토리이다. 작품 속에 1934년이라는 시기가 구체적으로 명시되어 있다는 점으로 미루어 보아 그 당시 우리 사회에 실업자가 많았다는 사실을 알 수 있다. 작품의 서두에 직장을 얻으려고 애쓰는 P의 실업 상태가 배치되고 작품의 말미에 P가 아들인 창선을 인쇄소에 일자리를 잎게 하는 장면이 배치됨으로써 이 작품의 스토리는 실업과 취업의 대조 위에 전개된다. 그러한 스토리 전개의 의도는 실업자를 낼 수밖에 없는 사회를 비판하려는 데 있다.

K사장은 일자리를 구하러 온 P에게 농촌에 가서 야학을 하거

---

1) 이 글에서 해석의 대상으로 삼은 작품들 가운데 「레디메이드 인생」의 경우는 김인환 교수의 다음 책에 제시된 해석의 내용을 전반적으로 수용하였음.
김인환, 『비평의 원리』(나남, 1994), pp.143~170.

나 몇 사람이 모여 신문 또는 잡지를 만들어 보라고 권한다. 신문사는 구제 기관이 아니라는 핑계를 대면서 취직 부탁을 냉정하게 거절하고, 실업자에게 사회 운동을 하라고 권하는 K사장의 말은 전혀 이치에 닿지 않는다. 일자리조차 얻을 수 없는 사회 현실에 대해서는 단 한마디도 언급하지 않고 열심히 일만 하면 돈은 저절로 생긴다는 논리를 세우는 K사장은 식민지 특권층의 논리를 대변하는 위선자이다. P는 K사장과 같은 사람들을 '망할 자식들'이라고 욕하고 그들의 행동을 '엉터리없는 수작'이라고 비판한다. 작품에서 작가는 값싼 유곽(遊廓) 장면을 작품의 균형이 훼손될 만큼 지나칠 정도로 장황하게 묘사하는데, 이는 K사장과 유곽에서 만난 작부를 대조함으로써 K사장에 대한 비판을 강화하기 위한 장치로 보인다. 아이를 가지고서도 술집에 나와 몸을 맡기는 여자라든가, 20전에 몸을 팔겠다고 나서는 여자들의 생활을 안락의자에 앉은 K사장의 생활과 대조시킴으로써 당시의 사회 현실을 제시하려고 한 것이다. 작품에 직접 제시된 사실에 따르면 당시에 신문기자의 월급이 40원이고 한 달치 방세가 3원이다. 이를 통해 우리는 20전이 어느 정도의 돈인가를 짐작할 수 있다. 기자의 월급을 40만 원이라고 환산하면 20전은 2천 원인 셈이다. 인간의 권리나 도덕 관념과 같은 원리의 측면에서 볼 때는 특별한 사건일 수밖에 없는 작부들의 행동이 당시의 사회 현실 속에서는 일상적이고 평범한 사건이 된다. P의 사색이라는 형식을 통해 작가는 그 여자들의 행동은 어떤 의미에서 '정당성을 가진 노동'이며, 그 여자들의 문제는 동정이나 도덕관념으로 해결할 수 없는 '집단의 역사적 문제'라고 설명한다.

다른 사람에게 일자리를 줄 수 있다는 점에서 K사장에게는 권력이 있으나, 일자리를 얻기 위해 K사장에게 부탁을 해야 한다는 점에서 P에게는 권력이 없다. 권력이 있는 K사장의 위선이 권력이 없는 P에 의해 폭로된다는 사실을 통해 우리는 이 작품의 풍자적 성격을 확인할 수 있다. 그처럼 P가 K사장의 위선을 비판하고 있지만, 몇 가지 장면을 통해 P 역시 이 작품에서 비판되고 있다는 사실을 우리는 주목해 보아야 할 필요가 있다. '되다가 찌부러진 찌끄러기', '개밥의 도토리', '초상집의 주인 없는 개', '직업 동냥의 구걸' 등의 어구에서도 P에 대한 비판의 시각을 잘 엿볼 수 있는데, P의 행동이 어떻게 비판되고 있는지 구체적으로 살펴보자.

1. 담배 가게 주인이 자기를 무시한다는 생각 때문에 값싼 마꼬 대신에 비싼 해태를 산다.
2. 아내와 갈라서면서 아들을 키울 능력도 없는 처지에 자신이 늙은 후에 아들이 공손하지 않을 것이 염려되어 아들을 아내에게 맡기지 않는다.
3. 방세를 조르지 않는 친지의 집을 일부러 떠나 모르는 사람의 집으로 옮기지만 방세를 조르자 자신의 결정을 후회한다.
4. 흥미도 없는 술집 여자가 20전에 몸을 맡기겠다고 하니 눈물을 흘리며 가지고 있던 돈을 전부 주어 버린다.

작품에서 P는 한때 동경에서 사회 운동에 관여한 것으로 되어 있다. P가 사회 운동에 참여했다는 사실은 그가 사회 현실에 대한 나름의 의식을 지니고 있으며 그런 의식에 근거하여 사회의 문제를 풀어 보려는 실천 운동에 참여했다는 점을 알려 준다. 사회 의식이란 자기 삶을 전체 사회의 연관관계 속에서 직시하려는 것이다. 그런데 P는 언제나 냉혹한 현실의 문제들을 비켜 지나간다. 담배 가게 주인이나 이혼한 아내에 대한 그의 태도는 그의 선택과 결단이 대체로 체면이나 위신에 근거한다는 것을 보여준다. 방세를 조르지 않는 친지의 집을 일부러 떠나고, 아내와 이혼하면서 아들을 돌볼 능력도 되지 않는 터수에 늙은 후의 홀대가 두려워 떠맡겠다고 하고는 형에게 맡기는 행동은 P의 의식이 현실 문제에 어둡다는 사실을 증명한다. 술집 여자의 말 한마디에 눈물을 흘리며 2원이 넘는 돈을 다 줘 버리는 행동을 통해 우리는 P의 성격이 매우 충동적이고 즉흥적이라는 사실을 알 수 있다. 자신의 삶의 문제를 폭넓은 사회적 맥락의 전체 연관관계 속에서 해석하고 사회의 변화를 통해 자신의 삶의 문제를 풀어 보려고 하는 사회 의식을 지닌 사람을 지식인이라고 규정할 때, 우리는 아무래도 P를 지식인이라고 인정할 수 없다. 그는 언제나 배운 것을 한탄하고 어떻게 해서라도 배워야 한다고 주장하는 사람들을 비난하지만, 우리는 그의 의식과 행동에서 지식인다운 사려 깊음과 분별력을 찾아볼 수 없다. P뿐 아니라 좌익 진영에 가담한 적이 있다는 M이나 총독부 고원(雇員) 시험에 낙방한 H에게서도 우리는 지식인다운 면모를 발견할 수 없다. 결국 우리는 이 작품에서 K사장과 같은 식민지 특권층의 위선과 자기 합리화뿐만 아니라 P와 같은 무산 지식층의 허위와 위선 역시 풍자의 대상이 되고 있음을 알 수 있다.

「레디메이드 인생」에서 비판되고 있는 또 하나의 중심 대상은 한국의 근대사이다. 작품에서는 P의 생각으로 제시되어 있으나 거기에는 작가의 목소리가 너무 강하게 투사되어 있다. 채만식은 P가 광화문의 기념비 앞에서 한국의 근대사에 관련하여 이런저런 생각을 하는 것으로 처리하였다. 1902년, 고종의 나이 51세에 즉위 40년이 되었음을 기념하여 전국의 중심에 이정원표(里程元標)를 세우고 비각을 짓게 하였는데, 이 기념비는 한국 근대사의 상징이 될 수 있다는 점에서 작가의 그러한 처리는 매우 능숙한 것이라 할 수 있다. P의 상상을 통해 드러난 내용에 근거할 때, 우리는 채만식이 한국의 근대사를 네 단계로 나누었음을 알 수 있다.

1. 바가지를 쓰고 벼락을 막으려던 대원군이 스러지고 개항이 되었다.

2. 정변과 국치를 1919년 이후에 신흥 부르주아의 대두가 현저해졌다. 그들은 자유주의의 간판을 내어 걸고 농민과 노동자를 어루만지고 봉건 지주와 악수하며 지식층을 주문하였다.

3. 1902년에 결성한 '칼톱회' 이후로 칼과 톱을 외는 소리, 다시 말해 사회주의 세력이 서울의 신풍경을 이루었다(작품에는 '갈돕회'라고 되어 있는데, 오자인지 아니면 발음상의 문제와 같은 이유로 그 당시 실제로 그렇게 불렸기 때문에 채만식이 일부러 고친 것인지는 분명치 않다).

4. 민중의 지식이 향상됨에 따라 면서기·순사·은행원·회사원·책장사 등의 직업이 생기고 이들의 수요에 응해 양복점과 구둣방이 즐비해졌다. 부르주아는 가보(9끗)를 잡고 상층 지식인은 진주(5끗)를 잡고 농민과 노동자는 무대(0끗)를 잡은 셈이다. 특히 무산 지식

층은 뱀을 잡았다.

　채만식은 강제 개항 이후의 한국 근대사를 자본주의의 발달과 정으로 파악하였고, 그 시대의 기본 모순을 자유주의와 사회주의의 대립으로 간주하였다. 한국의 자생적인 근대화의 추동력을 절단하고 지주 세력을 예속화하여 한국을 자본 사회가 아니라 식민지 사회로 고정시켜 놓은 일본의 침략이라는 문제를 도외시한 채만식의 시각이 철저하지 못했다는 것은 이미 여러 연구자들에 의해 지적된 바 있다. 토지조사 사업은 한국 경제를 식민지로 재편성하는 과정이었으며, 1930년대 공업화도 일본 독점 자본의 식민지 수탈 이외에 다른 것이 아니었다. 한국은 독립된 경제 단위를 형성하지 못하고, 일본 경제의 한 부분으로서 일본 경제에 대한 기여도로만 평가되고 있었다. 위에서 요약된 바와 같이 채만식은 일본 내의 문제인 자유주의와 사회주의의 대립을 식민지 사회인 한국에 옮겨 놓고 모든 문제를 일본과 분리하려고 한다. 식민지 한국을 독립된 단위로 놓고 문제를 설정하면 정확한 답을 이끌어낼 수가 없다. 여기서 우리는 나라 잃은 시대에 민족 문제를 풍자의 기준에서 제외한 채만식의 시각이 불철저하다는 사실을 우선 지적할 수 있다. 그러나 다른 한편으로 우리는 그러한 시각의 불철저함이나 불투명함이 단순히 작가의 역량 부족에서만 비롯한 문제인지 생각해 볼 필요가 있다. 「레디메이드 인생」은 발표 당시 잡지 편집자에 의해 여러 부분이 삭제된 것으로 되어 있다. 특히 위에서 요약한 내용과 연관된 상상을 하다가 P가 기념비각을 떠나는 장면 바로 다음 부분에서 무려 80여 자가 삭제되었다. 그 정도 분량으로 민족

문제와 연관된 충분한 분석이 이루어졌으리라고는 볼 수 없을
것이다. 그럼에도 우리는 식민지 상황에 놓인 한국의 민족 문제
나 사회주의와 연관된 내용이 발표될 수 없었던 당시의 검열 제
도에 대해서도 충분히 고려해야만 할 것이다. 80여 자가 삭제되
고 난 부분에 바로 이어지는 부분은 다음과 같은 내용으로 되어
있다.

　P는 자기 자신이고 세상의 모든 일이고 모두 짜증이 나고 원수스
러웠다.
　광화문 큰 거리를 총독부 쪽으로 어실어실 걸어가노라니 그의 그
림자가 짤막하게 앞에 누워 간다. P는 그 자기 그림자를 콱 밟고 싶
었다. 그러나 발을 내디디면 그림자도 그만큼 앞으로 더 나가곤 한
다. 이 그림자와 자기 자신에서 그리고 그림자를 밟으려는 자기 자
신과 앞으로 달아나는 그림자에서 P는 자기의 이중 인격의 모순상
을 발견하였다.

위에 인용된 부분 다음에 나오는 장면들은 앞에서 우리가 P
의 행동이 비판되는 내용들로 제시했던 것들이다. 위의 인용 부
분에서 우리는 자신의 무력함과 허위의식에 대한 P의 자학을
엿볼 수 있다. 그리고 한국 근대화의 상징이 될 수 있는 기념비
가 세워져 있는 광화문과 나라 잃은 시대의 민족 문제를 상징하
는 총독부라는 배경을 통해 우리는 개인의 힘으로 해결할 수 없
는 시대의 불행과 어둠을 함께 발견하게 된다. 나라 잃은 시대
의 한국 사람들은 어떤 경우에라도 일제와 화해할 수 없었다.
그것은 당시의 한국인 모두가 결코 피할 수 없었던 도덕적 지상

명령이었다. 「레디메이드 인생」이 씌어진 시기이며 동시에 작품 안의 사건이 진행되던 시기인 1934년에 압록강·두만강 대안 (對岸)에서 무장 유격대가 출몰한 횟수가 가장 많았으며, 일제 에게 준 물질적 손상도 가장 컸다. 그러나 국내에 남아서 살아 가던 사람들에게는 일제가 만들어 놓은 제도의 틀 안에서 하루 도 빠짐없이 일제의 구속에 속박당한 채 살아가는 길 말고는 다 른 길이 주어져 있지 않았다. 이와 같은 상황 아래서 대부분의 사람들은 적극적인 친일도 아니고 적극적인 항일도 아닌 행동 을 취하고 있었다. 「레디메이드 인생」이 보여주는 난처한 비판 주의는 어쩌면 나라 잃은 시대에는 오히려 일반적인 삶의 모습 이었는지도 모른다.

3. 「치숙」과 「소망」 그리고 「쑥국새」

「치숙(痴叔)」은 1938년 『동아일보』(3. 7~14)에 연재된 작품 이고, 「소망(少妄)」은 『조광』 1938년 10월호에 발표된 작품이 며, 「쑥국새」는 『여성』 3권 7호(1938)에 발표된 작품이다. 채만 식은 1936년에 조선일보사를 사직하고 경기도 개성으로 주거지 를 옮기면서 전업작가로 활동하였다. 1937년과 1938년에 채만 식의 대표작들로 손꼽히는 『탁류』와 『태평천하』가 각각 발표되 었다는 사실에서도 확인되다시피 1940년까지 개성에서 머무는 동안 그는 매우 왕성한 집필활동을 하였다. 앞에서 살펴본 「레 디메이드 인생」에서 채만식은 실업자가 넘치는 1934년 당시의 사회 현실을 비판하고, 무산 지식층의 허황된 의식과 한국 근대사를 비판하였다. 나라 잃은 시대에 민족 문제를 풍자의 기준에서 제외시킴으로써 다소 약화되긴 하였지만 「레디메이드 인생」에서 보여줬던 뛰어난 비판 정신이 『탁류』와 『태평천하』에서도 강력하게 작동된다는 점을 고려할 때, 채만식은 자신이 속해 있는 사회 현실에 대한 비판을 작가의 중요한 임무로 생각했던 듯하다. 그러나 카프 해체(1935), 조선사상범 보호관찰령 공표(1936), 중일전쟁(1937), 조선사상보국연맹조직(1938) 등으로 이어지는 정치적 상황의 악화 때문인지 『탁류』와 『태평천하』를 제외한 여타 단편 작품들에서는 채만식의 비판 정신이 기대만큼 강력하게 작동되지 못한다.

「치숙」은 제목이 나타내는 바와 같이 '어리석은 아저씨'에 대한 비판이 중심선을 이루고 있는 작품이다. 작품의 이야기를 이끌어 나가는 인물 화자는 서두에서 이렇게 말한다.

> 우리 아저씨 말이지요? 아따 저 거시키, 한참 당년에 무엇이냐 그놈의 것, 머? 사회주의라더냐 막걸리라더냐, 그걸 하다가 징역 살고 나와서 폐병으로 시방 앓아 누웠는 우리 오촌 고모부 그 양반……
> 머, 말두 마시오. 대제 사람이 어쩌면 글쎄……. 내 원!

위의 인용 부분에서 보듯 「치숙」은 한때 사회주의 운동에 참여해서 감옥에 갔다가 나와 폐병을 앓고 있는 오촌 고모부를 그의 조카가 신랄하게 비판하는 이야기를 중심선으로 삼고 있다. '나'(조카)가 보기에 아저씨는 하루바삐 죽어야 마땅할 정도로 전혀 쓸모 없는 사람이다. '아저씨'는 대학에서 경제학을 공부했음에도 돈 모을 궁리를 하지 않고 나라가 금시하는 사회주의 운동에만 매달리려 한다. 사회주의가 다 뭐란 말인가? '나'가 알고 있는 사회주의란 남이 애써 벌어 놓은 것을 억지로 뺏자고 덤비는 '부랑당'이다. 사람은 제 나름으로 타고 나는 복이란 것이 있어서 그 복을 잘 타고나거나 부지런하면 부자가 되고, 그 복을 잘 타고나지 못하거나 게으르면 가난하게 되는 법이다. '나'는 일본인 주인의 가게에서 열심히 일을 하고 있고 주인은 그런 '나'를 아끼고 신용하여 한 십 년 후에는 따로 가게를 내줄 눈치이다. 그렇게 되면 그것을 바탕으로 더 열심히 일을 해서 삼십 년 동안 십만 원을 모을 작정인데, 십만 원이면 천석꾼에 해당하니 떵떵거리고 살게 될 것이다. 그런데 억지로 남의 것을 뺏어먹자고 드는 부랑당 같은 사회주의라니? 이와 같이 작품의 도처에서 '나'는 '아저씨'를 비판하지만, 우리는 '나'의 그런 비판을 적절한 것으로 받아들일 수 없다. 특히 '나'는 일본인 여자에게 장가를 들고 이름도 일본 이름으로 바꾸고, 입는 옷과 먹는 밥과 사는 집도 일본식으로 할 뿐 아니라 아이들도 일본 학교에 보내겠다는 욕망을 거리낌없이 토로한다. '나'의 그런 생각에 이르게 되면 우리는 이 작품에서 비판의 대상이 '아저씨'가 아니라 기실은 바로 '나' 자신임을 알게 된다. 풍자적 구성의 소설에서는 비판의 대상이 되는 인물이 지닌 권력이 강력하면 강력할수록 그 권력에 의해 은폐되어 있는 그의 부정적 형상의 폭로가 강화되기 마련이다. 그런데 이 작품에서 궁극적으로 풍자의 대상이 되는 '나'는 일본인 가게에서 일을 하는 소년이다. 누구든 '나'가 소유한 권력이 그렇게 대단한 것이 아니라는 사실에 동의할 것이다. 풍자를 의도하고 있지만, 이 작품에서 의도된 풍자가 어딘지 모르게 공허하게 느껴지는 이유도 바로 그러한 사실에 있는지 모른다. 「치숙」에서 풍자의 대상이 되고 있는 것은 '나'가 아니라, 일본인 가게에서 일하는 소년조차도 이른바 '내선일체'를 주장하는 총독부의 논리에 세뇌될 수밖에 없는 당시의 현실일 것이라는 점도 우리는 고려해 보아야 한다. 그러나 동시에 우리는 당시의 현실에 대한 비판이 「치숙」에서 이루어진 것과 같은 방식 이외에 다른 방식이 없었는가 물어볼 수 있다. 이 물음에 답하기 위해서 우리는 같은 해에 발표된 「소망」을 함께 살펴볼 필요가 있다.

작품의 내용에 근거할 때, 우리는 '소망'(少妄)이라는 제목이 노망(老妄)의 패러디, 즉 '젊은이 망령'을 뜻한다는 것을 알 수 있다. 「소망」은 한 여인이 자신의 언니를 찾아와 남편의 기이한 행태에 대해 보고하며 상의하는 내용으로 되어 있다. 그 아내가 전하는 남편의 기태(奇態)는 다음과 같은 것들이다.

1. 대학을 졸업하고도 삼사 년씩 취직을 못해 쩔쩔매는 시절에 신문사에 들어가 동료들의 인심도 얻고 사장의 인정도 받고 있는데 어느 날 갑자기 아무런 이유 없이 사직서를 내고 신문사를 나온다. 이것이 벌써 신경에 문제가 생겼다는 표석이다.

2. 신문사를 그만두고 난 다음 일 년 동안 전혀 외출을 하지 않고 (기껏해야 서씨라는 친구를 닷새나 열흘에 한번쯤 찾아가는 것이 고작이다), 굴 속 같은 건넌방에 처박혀 웃지도 않고 이야기도 하지 않고 책만 읽거나 신문과 잡지를 뒤적거리기만 한다. 그 건넌방이라는 것이 바람 한 점 통하지 않아 여름이면 가마 속 같으니, 다른 사람이라면 차라리 죽으면 죽었지 그 방에서 십 분도 보내지 않을 것이다.

3. 남편의 신경에 문제가 생긴 것 같은 결정적인 단서는 삼복 더위

에 겨울 양복을 입고 종로 한복판을 거닐다 온 것이다.

아내가 보고하는 남편의 위와 같은 기태는 작품 안에서 그 기이함이 약화된다. 아내 스스로도 남편의 신문사 사직과 관련하여 "허기는 눈동자가 옳게 박힌 놈은 이 짓 못해 먹겠다구, 그 무렵에 바싹 침울해 허기는 했었지만서두"라고 주석을 달고 있고, 겨울 양복 사건과 관련해서도 "[… 중략…] 사내 대장부가 어찌 그대지 못났수? 이건 과천서 뺨 맞구, 서울 와서 눈 흘기기 아니우? 제엔장맞을, 차라리 뛰쳐 나서서 냅다 한바탕…… 응? 그럴 것이지, 그렇잖우?"라고 하여 남편의 기태에 자신도 알 만한 이유가 있음을 넌지시 알려 준다. 또한 작가 스스로도 작품의 서두에 본문과 구별하여 "남아거든 모름지기 말복날 동복을 떨쳐 입고서 종로 네거리 한복판에 가 버티고 서서 볼지니"라는 구절을 배치하였고, 작품의 본문에서는 남편이 자신의 기태와 관련해서 "[… 중략…] 온갖 인간들이 더위에 항복하는 백기(白旗) 대신 최저한도루다가 엷구 시원한 옷을 입구서 그리구서두 허어덕허덕 쩔쩔매고 다니는 종로 한복판에 가 당당하게 겨울 옷을 입구서 처억 버티구 섰는 맛이라니! 그게 어떻게 통쾌했는데!"라는 설명을 하게 하였다. 이와 같은 사실들을 고려할 때, 우리는 이 작품에서 비판하고자 하는 대상이 당시의 현실 상황임을 알 수 있다. 앞에서 「레디메이드 인생」을 분석하면서 우리는 1934년 무렵 국내에 남아서 살아가던 사람들에게는 일제가 만들어 놓은 제도의 틀 안에서 하루도 빠짐없이 일제의 구속에 속박당한 채 살아가는 길 말고는 다른 길이 주어져 있지 않았다는 것, 그와 같은 상황 아래서 대부분의 사람들은 적극적인 친일도 아니고 적극적인 항일도 아닌 행동을 취하고 있었다는 것 등을 지적한 바 있다. 「레디메이드 인생」이 씌어진 1934년 무렵과 비교할 때, 「치숙」과 「소망」이 씌어진 1938년 무렵에는 적극적인 친일도 아니고 적극적인 항일도 아닌 행동을 취하고 있었던 한국 사람들에게 적극적인 친일이 강요되었고 대부분의 사람들이 그런 강요에 따를 수밖에 없었던 것이 현실이었던 듯하다. 「치숙」과 「소망」은 그와 같은 당시의 현실 상황에 대한 채만식의 답답함과 울분의 표현이었을 것이다.

「치숙」이나 「소망」과는 달리 「쑥국새」는 채만식이 농촌을 배경으로 하여 지은 작품들 가운데 하나이다. 다소 난처하고 미진한 수준에서 이루어지긴 했지만, 「치숙」이나 「소망」에서는 채만식이 그 나름으로 작가가 갖추어야 할 중요한 미덕이라고 여겼던 비판 정신이 엿보인다. 그러나 「쑥국새」에서는 「치숙」이나 「소망」에서 확인할 수 있는 것과 같은 비판 정신을 잘 엿볼 수 없다. 「쑥국새」는 '미럭쇠'라는 인물을 통해 그 당시 농촌에서 발생할 수 있었던 비극적인 한 사건을 중심 스토리로 삼고 있다.

  1. 스물한 살로 힘이 황소 같은 미럭쇠는 한마을에 사는 납순이를 좋아하나 그녀는 미럭쇠와 동갑인 종수를 좋아한다.

  2. 종수를 좋아하는 납순이 자신에게 마음을 주지 않자 미럭쇠는 어머니를 졸라 청혼을 넣고, 종수와의 관계 때문에 딸아이에 관한 좋지 않은 소문이 도는 것을 걱정하던 납순의 부모는 그 청혼을 받아들인다.

  3. 결혼을 하고도 송수를 잊지 못하던 납순은 종수와 함께 도망을

가려다 발각되고, 보복으로 미럭쇠에게 맞아죽을 것을 염려한 납순은 부엌 서까래에 목을 매어 자살한다.

사랑하던 남녀가 결혼으로 서로 맺어지지 못하고 다른 사람과 결혼하였으나 이전에 사랑하던 사람을 잊지 못하여 발생하게 되는 비극적 사건들은 전통적인 민담에서도 흔하게 발견된다. 이 작품의 첫 장면과 끝 장면은 미럭쇠가 죽은 납순의 무덤으로 찾아가 회한의 눈물을 흘리는 내용으로 되어 있다. 종수나 납순의 시각에서 다루지 않고 결과적으로 두 사람의 사랑을 방해하여 납순을 죽음에 이르게 한 당사자인 미럭쇠의 시각에서 사랑의 비극적 사건을 바라보게 하였다는 점에 「쑥국새」의 특별함이 있다. 그런데 이 작품은 채만식 소설의 특징 가운데 하나인 풍자적인 어조와는 어떤 연관이 있는 것일까? 농민들의 생활을 그린 채만식의 소설에는 풍자적인 어조가 전혀 나타나지 않는다는 기존의 연구처럼 이 작품은 풍자와는 전혀 연관이 없는 것일까? 이러한 질문과 관련하여 우리는 이 작품이 다른 잡지가 아닌 『여성』지에 수록되었다는 점을 눈여겨볼 필요가 있을 것이다. 채만식은 여성 문제와 연관된 작품의 청탁을 받고 이 작품을 지었던 것이 아닐까? 그리고 채만식이 비판하고자 했던 것은 혼인과 연관된 봉건적 구습이 아니었을까? 이러한 추론이 타당하다고 하더라도 우리는 「쑥국새」가 풍자적 기법에 의해 씌어진 작품이라고는 말할 수 없을 것이다. 그러나 최소한 어떤 문제에 대한 비판을 가능한 한 작품에 투영하고자 한다는 채만식의 작가적 특징이 「쑥국새」에서도 드러난다고 볼 수는 있을 것이다.

4. 「논 이야기」와 「민족의 죄인」

「논 이야기」는 1948년 『해방문학선집』에 발표된 작품이다. 나라를 잃었다가 되찾은 후 농촌에서 벌어졌을 법한 사건을 소재로 삼은 이 작품의 스토리는 크게 네 장면으로 압축할 수 있다.

1. 아버지 한태수가 고생하여 장만한 논 스무 마지기 가운데 열세 마지기를 고을의 원(員)에게 강제로 빼앗긴 탓에 한 생원(한덕원)은 나라가 망할 때에도 오히려 "그깐 놈의 나라, 시언히 잘 망했지."라고 말할 만큼 나라에 불만이 많다.

2. 아버지와는 달리 좀 허황하고 헤픈 편이라 술과 노름을 좋아하는 한 생원은 힘에 넘치는 빚을 지게 되자 시세보다 훨씬 높은 값을 쳐주는 일본인 길천에게 남은 일곱 마지기 논과 삼천 평 가량의 멧갓을 판다.

3. 땅에 삶의 근거를 둔 농사꾼인데도 논을 판 명예롭지 못함과 어리석음을 가리기 위하여 한 생원은 나라를 되찾아 일본인들이 쫓겨간 후에는 그 땅이 다시 자신의 것이 될 거란 말을 사람들에게 하고 다니고, 마을사람들은 실현 가능성이 전혀 없는 한 생원의 말을 비웃는다.

4. 나라를 되찾자 자신의 말대로 길천에게 팔았던 땅이 그대로 자신의 것으로 돌아오리라 믿고 좋아하던 한 생원은 돈을 내고 다시 사지 않으면 자신이 차지할 수 없다는 사실을 알게 되자 "독립됐다구 했을 제, 내, 만세 안 부르기, 잘 했지."라고 혼자말로 뇌까린다.

이 작품에서 일차적으로 비판되는 것은 한 생원의 어리식음이다. 작품의 구조를 통해서 한 생원의 어리석음이 폭로되고 그것이 웃음을 유발한다는 점에서 이 작품은 풍자적 어조를 보이기도 한다. 그러나 한 생원이 특별한 권력을 소유한 인물이 아니라는 점 때문에 작품의 풍자적 어조가 약화되는 것도 사실이다. 엉뚱한 계획을 세운다든지 허랑한 일을 시작해 놓고는 천연스럽게 성공을 자신한다든지 하는 사람들에게 "흥, 한덕문이 길천이에게다 논 팔아먹던 대 났구나" 하고 비아냥거리는 마을사람들을 통해 한 생원의 어리석음이 비판되지만, 권력 구조에서 한 생원이나 마을사람 그 어느 편도 보다 높은 위치에 있지 않기 때문에 풍자가 의도하는 폭로와 징벌이 이 작품에서는 그다지 큰 힘을 발휘하지 못하는 것이다. 풍자적 구성의 소설에서 한 인물이 우스꽝스러운 모습을 통해 비판되는 것은 그가 지닌 권력 때문에 은폐되어 있는 물질적 탐욕이나 도덕적 위선이나 지적 현학이다. 물질적 토대가 없다면 경제적으로 안정된 삶을 영위할 수 없을 것이고, 도덕 관념에 따른 금지의 법이 없다면 사회는 욕망의 먹이 사슬에 의해 지배될 것이며, 지식이 축적되지 않는다면 더욱 안정되고 풍요로운 삶을 살아갈 근거를 상실하게 될 것이다. 물질과 도덕과 지식은 사람이 풍요로운 삶을 살아가는 데 필수적으로 요청되는 것이지만, 누군가 자신이 소유한 권력을 기반으로 그 권력을 보다 확고히 하기 위해 그것들을 지나칠 정도로 집요하게 추구한다면 그로 인해 많은 사람이 억울한 경우를 당함으로써 공동체의 화해가 파괴되고 말 것이다. 풍자적 구성의 소설에서 물질적 탐욕이나 도덕적 위선이나 지적 현학이 비판되는 것은 그것들이 공동체의 화해에 방해가 되기 때문이다.

풍자적 구성의 이와 같은 특성에 근거할 때, 우리는 「논 이야기」에서 한 생원의 탐욕(혹은 어리석음)이 공동체의 화해를 파괴할 정도의 것인가에 대해 물어볼 필요가 있다. 이 작품에서는 한편으로 한 생원의 어리석음이 폭로되지만, 다른 한편으로 작가는 구한말에 그의 가족이 당한 억울한 사건을 상세히 소개함으로써 그에 대한 동정을 유발하기도 한다. 그러한 사정 때문에 우리는 한 생원의 어리석음에 실소를 금하지 못하나 동시에 그에게 연민을 느끼기도 한다. 한 생원에 대한 우리의 그런 이중적인 반응이 이 작품을 본격적인 풍자적 구성의 소설로 받아들일 수 없게 만드는 것이다. 작품의 표면으로 드러나지는 않지만, 이 작품에서 궁극적으로 비판의 대상이 되고 있는 것은 한국의 근대사이다. 한국 근대사의 왜곡된 전개가 한 인물로 하여금 망국에 직면하여 오히려 "잘 망했지"라고 말하게 하고, 광복 앞에서도 만세를 부르지 않는 것이 오히려 당연하다고 생각하게 만드는 것이다.

「민족의 죄인」은 1946년에 씌어졌으나 무슨 이유 때문인지 1948년(『백민』16, 17호)에 발표되었다. 채만식은 1940년 이후에 당시의 다른 작가들처럼 대일 협력으로 기울어지기 시작했으며, 1942년에는 12월 중순부터 2주간 문인협회의 회원으로 간도(間道)의 각지를 순방하고 돌아왔다. 「민족의 죄인」에는 "1943년 2월 황해도로 강연을 간 것이 나로서는 아마 대일 협력의 첫걸음이라고도 할 만한 것이었다"라는 대목이 나오는데, 이 작품은 작가 자신의 대일 협력과 연관된 부끄러운 심경을 중심으로 친일의 문제를 다룬 소설이라 할 수 있다(작품의 본문에 채만식이 광복 후 최초로 지은 「맹순사」라는 작품이 실명으로 직접 등장

하는 것으로 보아 작가 자신의 자전적 사실을 상당 부분 포섭한 것으로 판단된다). 작품의 줄거리를 요약하면 크게 세 장면으로 압축할 수 있다.

   1. 작가인 '나'는 일제 말에 강압에 못 이겨 총독부의 정책을 선전하는 강연을 하거나 작품을 쓰는 등 일제에 협력하다가 대일 협력의 수렁에서 벗어나기 위해 가족들을 데리고 시골로 내려간다.

   2. 광복이 되고 나서 친구인 김군이 주간으로 있는 출판사(P사)에 들른 '나'는 대일 협력을 하지 않았던 '윤'을 만나 비난을 받고 마음의 상처를 입는다.

   3. 마음의 상처로 병자처럼 보름이나 누워 있던 '나'는 친일 경력의 교사에 대한 비판으로 동맹휴학을 벌이는 친구들에게 동조하지 않고 자신을 찾아온 조카에게 호통을 쳐 친구들과 협력할 것을 훈계하면서 후련함을 느낀다.

「민족의 죄인」에서 우리에게 흥미롭게 다가오는 것은 위와 같은 스토리 전개가 아니다. 그것은 일제 말의 처세와 관련하여 '나'가 나름으로 구분한 선택의 네 가지 유형이다.

   1. 많은 수효의 영리한 사람들이 저의 이익과 안전을 도모하기 위하여 진심으로 일본 사람을 따랐다.

   2. 적지 않은 수효의 사람들이 핍박을 받을 용기가 없어서 일본 사람에게 복종하였다.

   3. 복종이 싫고 용기가 있는 사람은 외국으로 나가 민족해방을 위해 투쟁하였다.

4. 더 용맹한 사람들은 외국으로 망명도 않고 지하로 숨어 다니면서 꾸준히 투쟁을 하였다.

우리는 위의 네 가지 유형을 다음의 세 가지 유형으로 압축할 수 있을 것이다 : ① 적극적인 항일, ② 적극적인 친일, ③ 적극적인 항일도 아니고 적극적인 친일도 아닌 상태. ①의 경우는 당연히 존경을 받아야 할 것이고, ②의 경우는 마땅히 비난과 처벌을 받아야 할 것이다. 문제는 ③의 경우이다. 「민족의 죄인」에서 '나'는 스스로 '본심도 아니면서 겉으로 복종이나 하는 용렬하고 나약한 지아비의 부류'에 속한다고 고백한다. 친일에 대한 해석과 연관된 문제를 놓고 논쟁을 벌이면서 '김군'은, '윤'이 어떤 형태로든 친일을 하지 않을 수 있었던 것은 그의 집안의 경제적 여유 때문이었다고 주장한다. '윤'이 가난했더라면 정작 어떻게 행동했을지 모르니까 그의 결백은 '미시험의 지조'이며, 죄와 결백의 원인이 경제적 여유의 유무에 있으니 친일이냐 아니냐 하는 문제는 '재산적 운명'과 연관되어 있다는 것이 '김군'의 주장이다. '김군'의 논리에 억지스러운 면이 없는 것은 아니지만, 그의 주장은 적극적인 항일도 아니고 적극적인 친일도 아닌 상태에 처해 있었던 처세의 무수한 유형들에 대해 생각해 보게 한다. 적극적 항일을 기준으로 놓고 볼 때 '나'와 '윤'의 차이는 사소한 것일 수도 있다. ③의 경우에는 어쩌면 '나'를 비난하는 '윤'도 포함될지도 모른다. ③의 경우에 속해 있는 처세의 무수한 유형들에 대한 구분의 난처함은 일제에 부역한 행위들에 대한 처벌의 문제에도 연결된다. 「민족의 죄인」에서 작가는 그러한 처벌의 문제와 관련하여 '윤'과 '김군'의 입을 통해 다음과 같이 두 가지 상반된 관점을 대립시킨다.

　"자네 논법대루 하자면, 그럼 친일파나 민족 반역잔 한 놈두 없구
말겠나그려?"

　"지끔 이 방 안에만 해두, 사람이 셋이 모인 가운데 둘이 민족 반
역잔데 없어?"

　"처단할 놈 말야."

　"많지. 그렇지만 벌이라는 건 그 범죄가 끼친 영향을 참작하구, 범
죄자의 정상을 참작하구, 그리구 범죄 이후의 심리와 행동을 참작하
구, 그래 가지구 처단에 경중이 있어야 하는 법이지, 자네 같을래서
야 삼천만 가운데 장정의 태반은 죽이자구 할 테니, 그야말루 뿔을
바루잡으려다가 소를 죽이는 격이 아니겠는가?"

　"웬만한 놈은 죄다 쓸어 숙청을 해야지, 관대했다간 건국에 큰 방
해야. 삼팔 이북에서 하듯기 해야만 해. 그리고 난 누가 무슨 말을
하거나, 그 비루하구 얌체 빠지구 뻔뻔스럽구 한 인간성, 그게 싫여.
소름이 끼치두룩 싫구 알미워. 그런 것들과 조선 사람이라는 이름을
같이한다는 것까지두 욕스럽고 불쾌해."

　단순화된 측면이 없지 않지만, '윤'과 '김군'의 대립적인 관점
은 민족 반역자의 처벌이라는 문제와 관련하여 매우 핵심적인
사안을 건드리고 있다. 그 두 관점 모두 나름의 타당성을 지니
고 있기 때문에 우리는 어느 쪽이 옳다고 섣불리 단정할 수 없
다. 「민족의 죄인」에서도 작가는 두 가지 관점을 제시하기만 할
뿐 어느 편의 손도 들어주지 않고 있다. '나'와 채만식의 모습이
겹쳐 보일 만큼 작가 자신의 전기적 사실들을 다수 포섭하고 있

는 이 작품의 사건 전개가 스스로 '민족의 죄인'이라 여기는 '나'에 의해 서술되고 있기 때문에 그러한 모호함은 필연적인 결과이기도 할 것이다. 이 작품의 말미에서 '나'는 자신의 조카에게

개벽사나 조선일보사 재직시로 추정되는 사진(1930~35년.29~34세).

옳은 일에는 적극적으로 참여해야 한다고 훈계함으로써 자기 반성과 자기 위안을 함께 보여준다. 우리는 작가가 이 작품에서 '윤'과 '김군'의 관점이 더욱 첨예하게 대립할 수 있도록 다양한 삽화들을 포섭하여 사건들을 전개하였으면 어떻게 되었을까 하는 아쉬움을 가져 본다.

5. 채만식의 소설과 비판정신

채만식 소설의 연구에서 풍자 문학과 연관된 논의는 앞으로도 지속적으로 해결해야 할 문제일 것이다. 이 책에 수록된 여섯 편의 단편 소설들을 나름으로 검토한 결과에 따르면, 이들 작품 모두가 풍자적 구성에 입각해 있는 것은 아니었다(특히 농촌을 배경으로 삼은 「쑥국새」의 경우에는 풍자적 어조가 표면상으로는 거의 드러나지 않을 정도였다). 그러나 이들 여섯 편에서 우리는 한 가지 분명한 공통점을 찾을 수 있다. 그것은 이들 작품에 각각 나

름의 문제가 설정돼 있고, 작가는 그 문제를 비판적인 시각에서 일정한 거리를 두고 풀어 나가고 있다는 점이다. 문제 설정의 측면에서도 우리는 하나의 공통점을 발견할 수 있었다. 「레디메이드 인생」에서 비교적 직접 드러나다시피 채만식은 한국 근대사에 대한 비판을 자신의 문제 설정의 핵심으로 삼았다. 그러나 나라 잃은 시대에 민족 문제를 풍자의 기준에서 제외함으로써 채만식은 그의 작품에서 확인되는 뛰어난 비판정신을 약화시키기도 하였다. 이러한 지적에는 우리가 좀더 세심하게 고려해야만 하는 어려운 문제가 수반되어 있다.

채만식은 소설을 쓰기 시작하면서 줄곧 국내에서 활동하였다. 앞에서도 언급하였듯이, 나라 잃은 시대에 국내에 남아서 살아가던 사람들에게는 일제가 만들어 놓은 제도의 틀 안에서 하루도 빠짐없이 일제의 구속에 속박당한 채 살아가는 길 말고는 다른 길이 주어져 있지 않았다. 작가인 채만식의 창작 활동 역시 일제가 만들어 놓은 검열 제도라는 틀 안에서 이루어질 수밖에 없었다. 채만식의 소설들에서 민족 문제가 매우 불투명하게 취급되고 있는데, 그러한 사정도 일제의 검열제도라는 요인을 고려한 상태에서 이해해야 할 것이다. 민족 문제를 적극적으로 포섭해서 분명하게 제시하려는 시도는 그러한 검열 제도의 억압을 받게 된다는 점을 우리는 인정하지 않을 수 없다. 프로이트의 정신분석의 이론에 따르면, 꿈속에서도 본능은 의식의 억압을 피하기 위해 욕망의 내용을 변형시킨다. 그런 변형 작업을 가리켜 '꿈—작업'이라고 부른다. 어쩌면 채만식이 의도하는 풍자적 구성은 프로이트가 말하는 '꿈—작업'과 같은 것이었는지도 모른다. 풍자적 구성을 의도한 소설들조차 풍자적 어조가 매

우 약하게 나타나는 경우를
우리는 흔하게 확인할 수 있
었다. 그것은 그 당시 검열제
도의 혹독함에 대한 반증이기
도 할 것이다. 그렇다고 해서
우리는 채만식의 소설에 나타
나는 약점들을 모두 너그럽게
보아야 한다고 주장하는 것은
아니다. 사회적 제도의 검열
로 인한 두려움 때문에 미리
겁먹고 스스로 도피하는 작가

국민복 차림의 채만식(1940년. 39세).

의 비겁한 자기 검열에 대해서 우리는 냉철하게 분석해 보아야
한다. 우리가 나라 잃은 시대에 창작 활동을 했던 작가들에게서
기대하는 것은 압록강·두만강 대안(對岸)에서 항일 투쟁을 벌
였던 무장 유격대의 영웅적 형상이 아니다. 민족의 문제를 포섭
해서 그것을 나름의 형상화 방식을 통해 제시하는 과정에서 검
열제도의 억압과 맞서는 정신(작품)의 긴장이 우리가 기대하는
것이다. 채만식의 소설은 바로 그러한 긴장의 관점에서 검토되
어야 한다. 그러나 그 이전에 우리는 그의 소설에 배어 있는 안
타까움과 답답함을 먼저 읽을 수 있어야 한다. 긍정이든 부정이
든 채만식 소설에서 포착할 수 있는 긴장의 강도에 대한 평가는
그 다음의 문제일 것이다.

·········· 주요 어휘 풀이 ··········

■ 레디메이드 인생

레디메이드 readymade. 만들어 놓은. 기성품의. 창의성이 없는.

신어뜻잖게 마음에 차지 아니하여 언짢거나 대수롭지 않게.

미상불 아닌게아니라. 과연.

앙모 우러러 사모하는 것.

구변 남 앞에서 말하는 솜씨.

허실삼아 별반 기대는 하지 않고 혹시 하는 마음으로. 허탕삼아.

결원 사람이 빠져서 정원(定員)이 차지 않는 것. 또는, 그 모자라는 인원수.

표변 (생각·태도 등이) 갑자기 좋지 않은 상태로 달라지는 것.

흉중 가슴속.

중동 사물의 중간 부분.

자룡이 헌 창 쓰듯 물건을 아끼지 않고 함부로 쓰고 버린다는 뜻.

행투 행동이나 몸가짐의 본새나 버릇.

언문 '한글'을 한문에 상대하여 낮추어 일컫던 말.

억단 근거 없는 추측으로 판단하는 것.

혐의쩍기도 의심할 만한 점이 있기도.

코떼었소 기본형은 '코떼다'. 무안하리 만큼 핀잔을 맞았소.

두덜거리며 기본형은 '두덜거리다'. 혼자말로 불평을 중얼거리며.

덕석 추울 때 소의 등을 덮어 주는, 멍석처럼 만든 것.

오동보동한 오동통하고 보동보동한.

부르주아지 자본주의 계급. 부르주아.

갈돕회 1902년에 결성된 사회주의 단체 '칼톱회'를 말함.

고학 학비를 자기의 힘으로 벌어 고생하며 배우는 것.

골골이 고을고을마다.

감발 발감개 또는 발감개를 한 차림. 먼길을 떠날 때나 막일을 할 때 버선 대신 발에 감는 좁고 긴 무명.

월사금 옛날에 다달이 내던 학교 수업료를 이르던 말.

신여성 일제 강점기에, 신식 교육을 받거나

개화 문명에 영향을 받은 여성을 이르던 말.

고원 보조원으로 채용된 하급 사무원.

가보 かぶ. 화투 따위로 하는 끗수 노름에서 '아홉 끗'을 이르는 말. '가보를 잡다'는 화투 따위 노름에서, '자기에게 아홉 끗이 들어오다'라는 뜻으로 유리한 조건을 말함.

무대 투전이나 골패 노름에서, 합친 끗수가 열이나 스무 끗으로 된 경우를 이르는 말. '무대를 잡다'는 보통 '상황이 어려워졌다'는 뜻으로 사용됨.

배 주고 속 얻어먹은 셈 큰 것은 남에게 빼앗기고 하찮은 것만 차지하게 됨.

인텔리 지식 계급. '인텔리겐치아'의 준말.

행색 겉으로 드러난 사람의 차림새와 행동.

무렴해 하지 염치가 없음을 느껴 마음이 거북해 하지.

객기 쓸데없이 부리는 혈기.

곱쟁이 '곱절'을 속되게 이르는 말.

근실히 부지런하고 진실히.

월괘저금 매월 정해 놓고 하는 저축.

고식된 당장에는 탈이 없는 잠시 동안의 안정된.

배포를 부리고 조급하게 굴지 않고 게으름을 피우고.

고비샅샅 샅샅이. 속속들이.

헙수룩한 옷·수염·머리털 따위가 허름하고 텁수룩한.

졸릴 기본형은 '졸리다'. 끈덕지게 시달릴.

말가웃 한 말 반의 곡식 분량.

일본 도쿄의 와세다대학 부속 제일고등학원에 다닐 때의 모습(1923년, 22세).

연전 몇 해 전.

갈린 헤어진.

장성 자라서 어른이 되는 것.

극빈 생활이 몹시 가난함.

명년 내년.

학령 초등학교에 취학할 의무가 발생하는 연령.

부등부등 이루기 힘든 일을 억지로 하거나 우기는 모양.

말거리 이야깃거리.

코대답 탐탁하지 않게 여기는 일에 건성으로 콧소리를 내어 하는 대답.

옹색하니깐 생활이 몹시 어려우니깐.

벌씸 입이나 코 등 탄력 있는 물체가 크게 벌어지는 모양.

정객 정치계에서 활동하는 사람.

안존한 성품이 얌전하고 조용한.

창연 물건이 오래되어 예스러운 빛이 그윽함.

툽툽한 피륙 능의 바탕이 숙숙하고 두꺼운.

경성(서울)의 중앙고등보통학교 재학중(1918~
1921, 17~20세)의 채만식(뒷줄 가운데).

반연 무엇에 이르기 위한 연줄.

여의하게 기본형은 '여의하다'. 일이 마음 먹은 대로 되게.

이유구용 남의 환심을 사려고 알랑거리며 구차스럽게 행동함.

룸펜 부랑자. 또는 무직자.

탈리 떨어져 나감. 이탈.

관허 정부에서 허가함.

메이 데이 해마다 5월 1일에 행하여지는 국제적 노동절.

듣그럽소 기본형은 '듣그럽다'. 떠드는 소리가 귀에 거슬린다는 뜻.

덤핑 타산이 맞지 않는 가격으로 물건을 싸게 팖.

구락부 '클럽(club)'의 일본식 음역어.

밍밍한 음식물이 제 맛이 나지 않고 싱거운.

곤주 고주망태. 술을 많이 마셔서 정신을 제대로 차리지 못하는 상태.

자볼기 맞고 아내가 쓰는 자막대기로 볼기를 맞겠다는 뜻으로, '아내에게 나무람을

듣겠다'는 말을 농조로 하는 말.

백통전 백통으로 만든 은빛의 동전. '백통'은 구리와 니켈의 합금.

유곽 많은 창녀를 두고 손님을 맞아 매음하는 집. 또는 그런 집이 모여 있는 곳.

은근짜 몰래 몸을 파는 여자를 속되게 이르는 말.

색주가 술과 색을 겸하여 파는 술집. 또는, 그러한 계집.

괴벽 괴상한 버릇.

승벽 '호승지벽(好勝之癖)'의 준말. 경쟁하여 반드시 이기기를 즐기는 성격.

단작스럽고 하는 짓이나 말이 보기에 몹시 치사스럽고 너절하고.

뉘엿거려 기본형은 '뉘엿거리다'. (속이) 메스꺼워 자꾸 게울 것 같아.

여일하게 처음부터 끝까지 한결같게.

이대도록 이다지. 이렇게까지. 이러한 정도로까지.

찌뿌둥하게 매우 불쾌하게.

어룽 '어룽이'의 준말. 어룽진 점.

이래 그 뒤로, 어느 일정한 때로부터 지금까지.

조발 (어떤 꽃이) 다른 꽃보다 일찍 피는 것.

며리 까닭이나 필요.

각수 돈을 셀 때, 원 단위로 세어서 남는 몇 전이나 몇십 전을 이르는 말.

얼간망둥이 얼간이. 됨됨이가 똑똑치 못하고 모자라는 사람을 낮추어 이르는 말.

응당 당연히 그러하듯. 또는, 도리상 마땅히.

고소 쓴웃음.

풍로 (등유·가스 등의 연료를 사용하여) 조리를 하기 위한 주방용 가열 기구를 두루 이르는 말. 곤로.

양재기 안팎에 법랑을 올린 그릇. '법랑'이란 금속기·도자기 등의 표면을 구워 올려 윤이 나게 하는, 광물을 원료로 한 유약을 말함.

문선 활판 인쇄에서 원고대로 활자를 골라 뽑는 일.

칭탈 무엇 때문이라고 핑계를 댐.

천거 어떤 자리에 쓰도록 사람을 추천하는 것.

치하 (남이 한 일을) 애쓰거나 잘했다고 칭찬하는 것. 주로, 윗사람이 아랫사람에게 쓰는 말임.

호배추 중국종 배추.

심정이 났다 화가 났다.

■ 소망

싸전 쌀과 그 밖의 곡식을 파는 가게.

활보 큰 걸음으로 힘차고 당당하게 걷는 것.

왕진 의사가 환자 집에 가서 진찰하는 것.

안존하게 얌전하고 조용하게.

육장 한 번도 빼지 않고 늘.

애가 밭구 몹시 애가 타고. 근심·걱정 따위로 몹시 안타깝고 조마조마하구.

고루잖을 불공평한.

더럭더럭 잇달아. 아주 많이.

무꾸리 무당이나 점쟁이 등에게 길흉을 점치게 하는 일.

털팽이 덜렁이. 성질이 침착하지 못하고 덤벙거리는 사람. 덜렁이.

엄벙덤벙 차분함이나 신중함이 없이 되는 대로 대충 하는 모양.

토설 숨겼던 사실을 비로소 밝혀 말하는 것.

설파 사물의 내용을 밝혀 말하는 것.

섬뻑 말이나 행동이 시원시원한 모양.

고패 고비.

쇠통 온통.

염천 몹시 더운 날씨.

홈스펀 스카치 종의 거친 양털로 만든 수직물.

맥고 모자 밀짚 모자.

더럭 겁이나 의심 등이 갑자기 생기는 상태를 이르는 말.

벌씸 입이나 코 등 탄력 있는 물체가 벌어지는 모양.

상성 본래의 성질을 잃어서 딴사람같이 되는 것.

실끔 넌지시 슬쩍.

점직하다 부끄럽고 미안한 느낌이 있다.

건숭 건성.

보풀스럽게 보기에 모질고 날카로운 데가 있게.

기색을 헐 기본형은 '기색하다'. 심한 흥분이나 타격 따위의 과격한 정신 작용으로, 호흡이 잠시 멈춤. 원래 한의학에서 쓰는 말이었으나 매우 놀란 상태를 이르는 표현으로 쓰임.

몰아세기나 기본형은 '몰아세다'. '몰아세우다'의 준말. 시비를 가리지 않고 마구 나무라기나.

기직 왕골 껍질이나 부들 잎으로 짚을 싸서 엮은 자리.

어우렁더우렁 여러 사람들 속에 한데 어울려 정신을 차리지 못하고 어리벙벙하게 지내는 모양.

섭쓸려 기본형은 '섭쓸리다'. 함께 섞어 휩쓸려.

살뜰스럽게 사랑하고 위하는 마음이 정성스럽게.

비발 어떤 일을 하는 데 드는 비용.

재갸 자기(自己) 또는 자신(自身).

임의롭다 구애되거나 체면을 차릴 필요가 없이 자유롭다.

호강받이 호화롭고 평안한 삶을 누림.

도래질 도리질. 거절하는 뜻으로 머리를 좌우로 흔드는 것.

채만식(蔡萬植) 연보

1902년(1세) 6월 17일 전북 임피군 군내면 동상리(현재 전북 군산시 임피면 읍내리)에서 부친 채규섭(蔡奎燮)과 모친 조우섭(趙又燮)의 5남 1녀 중 다섯째로 출생. 본관은 평강(平康).

1910년(9세) 임피보통학교 입학. 한문 공부를 함.

1914년(13세) 임피보통학교(4년제) 졸업. 가정 형편 때문에 상급학교에 진학하지 못하고 한문 공부를 계속한 것으로 보임.

1918년(17세) 서울 중앙고등보통학교 입학.

1920년(19세) 중앙고등보통학교 3학년 재학 중 부모의 뜻과 인촌(仁村) 김성수의 권유로 4월 21일 은선흥(殷善興)과 결혼.

1922년(21세) 중앙고등보통학교 졸업. 일본 와세다대학 부속 제일고등학원 문과에 입학.

1923년(22세) 여름방학을 맞아 귀향. 어려워진 가세와 관동대지진의 영향으로 학업을 그만둠.

1924년(23세) 장기결석 및 학비 미납 사유로 제일고등학원에서 제적 처분당함.
경기도 강화에 있는 한 사립학교 교원으로 취직, 고향을 떠남.
이광수의 추천으로 단편 「세 길로」가 『조선문단(朝鮮文壇)』 12월호에 게재되면서 등단.

장남 무열(武烈) 출생.

1925년(24세) 동아일보 정치부 기자로 입사.

1926년(25세) 동아일보사 재정난으로 기자직에서 물러나 낙향함. 이후 고향에서 사회주의, 무정부주의 계열의 저작들을 읽으며 사상적으로 심화됨.

1928년(27세) 차남 계열(桂烈) 출생.
생활고가 심해 아내와 아이들을 친정으로 보냄.

1930년(29세) 홀로 상경하여 개벽사(開闢社)에 입사. 잡지 『별건곤(別乾坤)』『혜성(彗星)』『제일선(第一線)』 등의 편집책임을 맡고 『신여성(新女性)』『신동아(新東亞)』 등에 관여하고, 중앙일보 기자로 근무하기도 함.

1931년(30세) 전년에 발표한 단편 「앙탈」과 「산동이」가 계기가 되어 KAPF 비평가 함일돈과 논쟁.

1932년(31세) 자신을 "방랑적 프로문사"로 비판한 KAPF 비평가 이갑기와 논쟁.

1933년(32세) 조선일보사 사회부 기자로 이직. 장편 『인형의 집을 나와서』(조선일보, 1933. 5. 27 ~11. 14.)를 연재.

1934년(33세) 서동산(徐東山)이라는 필명으로 탐정소설 『염마』(조선일보, 1934. 5. 16~ 11. 5.)를 연재.

1935년(34세) 전년의 「레디메이드 인생」을

사개 상자 같은 것의 네 모퉁이를 요철(凹凸)형으로 만들어 끼워 맞추게 된 부분.

벙그러지는 갈라져서 틈이 생기는.

고담 옛 이야기.

권면 알아듣도록 타일러서 힘쓰게 하는 것.

멀루 즉시로. 즉각.

자별하게 인정이나 교분 따위가 남보다 특별하게.

우난 기본형은 '우나다'. 유별난. 두드러지게 다른. 특별한.

장간 어느 때부터 어느 때까지의 시간적 차이.

고슴도치 오이 지듯 고슴도치가 제 가시에 외를 따 붙이고 다니듯이 여기저기에서 빚을 많이 짊어짐을 이르는 말.

계기로 소설 창작의 방향에 대한 고민이 심화되면서 이 해에 접어들어 소설을 쓰지 않는 절필 상태에 접어듦.

1936년(35세) 한동안 소설 창작을 하지 않다가 중편 「보리방아」로 창작활동을 재개. 조선일보사를 사직하고, 전업작가가 되어 경기도 개성으로 이주.
16년 연하의 김씨영(金氏營) 여인과 넷째형 춘식의 집에서 동거.

1937년(36세) 장편 『탁류』(조선일보, 1937. 10. 12~1938. 5. 17.)를 연재.

1938년(37세) 장편 『태평천하』(『조광』, 1~9월)를 연재.

1939년(38세) 창작집 『채만식단편집』(학예사)을 간행. 장편 『금의 정열』(매일신보, 1939. 6. 19~11. 19.)을 연재.

1940년(39세) 봄에 경기도 안양으로 이주. 「냉동어」 발표 이후 대일 협력에 기울어짐.

1942년(41세) 3남 병훈(炳焄) 출생. 장편 『아름다운 새벽』(매일신보, 1942. 2. 10~7. 10.)을 연재.
12월 중순부터 2주간 문인협회의 일원으로 간도(間島) 각지를 순방하고 돌아옴.

1943년(42세) 장편 『어머니』(『조광』, 3~10월)가 연재중 중단됨.
창작집 『집』(조선출판사)을 간행. 『배비장』(박문서관)을 간행.

1944년(43세) 4녀 영실(永實) 출생.
장편 『여인전기』(매일신보, 1944. 10. 5~1945. 5. 17.)를 연재.
장편 『심봉사』(『신시대』, 1944. 11~1945. 1)가 연재중 중단됨.

1945년(44세) 부친 별세. 장티푸스로 장남 무열 별세. 봄에 고향인 임피로 낙향하여 해방을 맞음. 해방과 더불어 상경하여 서울에 잠시 머무름.

1946년(45세) 다시 임피로 하향. 장편 『허생전』 간행. 창작집 『제향날』(박문출판사)을 간행.

1947년(46세) 모친 별세.
5남 영훈(永焄) 출생.

1948년(47세) 장편 『옥랑사』를 집필(유고로 남겨짐).
창작집 『잘난 사람들』(민중서관)을 간행.

1949년(48세) 셋째형 준식과 함께 이리시 주현동(현재 익산 소재)에 집을 마련하여 이거.

1950년(49세) 폐결핵 치료비용 때문에 집을 팔고 이리시 마동(馬洞) 269번지로 이거.
6월 11일 오전 11시 지병인 폐결핵으로 사망.

다뿍 분량이나 정도가 다소 범위를 넘는 모양.

생화 벌이나 직업.

흰말 실속이 없는 헛된 말.

함석 겉에 아연을 입힌 얇은 철판. 지붕을 이거나 양동이·대야를 만드는 데 씀.

채양 '차양'의 방언. 볕을 가리거나 비를 막기 위하여 처마 끝에 덧대는 물건.

우리지요 기본형은 '우리다'. 더운 볕이 곧게 비치지요.

도섭 능청맞게 변덕을 부리는 짓.

폭폭하겠수 기본형은 '폭폭하다'. 마음이 몹시 상하겠수, 또는, 마음이 몹시 상하여 불끈불끈 화가 치밀겠수.

살이 내려요 신경써서 몸의 살이 빠질 지경이에요.

편성 원만하지 못하고 한쪽으로 치우친 성질.

벙어리 푼돈을 모아 넣어 두는 저금통.

구누 '군호'의 방언. 군호란, 서로 눈짓이나 말로써 슬며시 연락하는 짓.

채만식이 세상을 뜬, 당시 이리시 마동 269번지 주택이다. 폐결핵을 앓던 그는 이 집의 왼쪽 끝방에서 49년의 짧은 생을 마감했다.

강한다 배우거나 외운 것을 남 앞에서 외운다.

잠방이 가랑이가 무릎까지 오는 짧은 남자용 홑바지.

비선허듯 기본형은 '비선하다'. 두 손을 비비면서 신에게 소원을 빌 듯이.

대구 무리하게 자꾸.

귀곡성 귀신의 울음 소리.

생때같던 몸이 튼튼하여 병이 없던.

도사리구 팔·다리를 함께 모으고 몸을 웅크리구.

깐 마음속으로 헤아려지는 생각이나 가늠.

연계 병아리보다 조금 큰 닭.

수히 쉽게.

문뚜룸히 우두커니 하는 일 없이.

졸장부 도량이 좁고 졸렬한 남자.

지쳐 기본형은 '지치다'. 문을 잠그지 않고 닫아만 두고.

심상하게 대수롭지 않게.

치의 의심. 또는, 의심을 둠.

동저고리 '동옷'의 속된 말. 남자가 입는 저고리.

허겁 마음이 실하지 못하여 겁이 많음.

얼뚱애기 얼러 주고 싶은 재롱스러운 아기. 여기서는 정신이 이상한 남편의 행동을 비유하는 표현으로 쓰임.

마룻전 마루의 앞쪽.

재쳐 이내 몰아쳐.

피쓱피쓱 입술을 힘없이 얼핏 터뜨리며 싱겁게 웃는 모양.

우줄거리는데 기본형은 '우줄거리다'. 몸이 큰 사람이 가볍게 자꾸 움직이는데.

바리 놋쇠로 만든, 여자의 밥그릇. 오목주발과 같으나, 중배가 더 내밀고 뚜껑에 꼭지가 있음.

주발 놋쇠로 만든 밥그릇. 위가 약간 벌어지고 뚜껑이 있음.

뿌렁구 '뿌리'의 전남 방언.

■ 치숙

당년 일이 있는 바로 그해.

적공 많은 힘을 들여 애를 쓰는 것.

발 길이를 잴 때 두 팔을 벌린 길이.

철빈 아주 심하게 가난함.

알량한 시시하고 보잘것 없는.

칙살스런 (하는 짓이) 얄밉고 잘고 더러운데가 있는.

우난 기본형은 '우나다'. 유별난. 두드러지게 다른.

후분 사람의 한평생을 초분·중분·후분의 셋으로 나눈 것의 끝부분. 곧, 늙바탕의 운수나 처지.

여대치게 뺨치게 낫게. 능가하게.

죄다짐 죄에 대한 갚음.

심덕 너그럽고 착한 마음의 덕.

일신 자기 한 몸.

불고 돌보지 않음. 돌아보지 않음.

전중이 징역살이하는 사람을 속되게 이르는 말.

의지가지 의지할 곳이나 사람.

반연 얽혀서 맺어지는 인연.

다다끼우리 '싸구려 판매'의 일본어. 물건을 값싸게 판매하는 것.

군색하게 필요한 것이 없거나 모자라 옹색하게.

치패 살림이 아주 결딴나는 것.

깜냥 가지고 있는 제 나름의 능력.

실토정 사실대로 진실한 사정을 밝힘.

존존히 내용이 실하거나 재물이 넉넉히.

알량꼴량한 하찮고 보잘것 없기가 그지없는.

작히나 반어적으로 쓰여 '여북이나', '오죽이나'의 뜻을 나타내는 말.

고쓰까이 '사환·용돈' 등의 일본어로 하찮음을 비유한 말.

불한당 떼지어 다니며 행패를 부리는 무리.

기수 저절로 오고 가고 한다는 길흉화복의 운수.

화단 화를 일으킬 실마리.

참섭 남의 일에 참견하여 간섭하는 것.

아라사 '러시아'의 일본어.

잘코사니 고소하게 여겨지는 일. 주로 미운 사람이 불행을 당한 경우에 하는 말임.

내지 식민지에서 본국을 이르는 말. 여기에서는 일본을 가리킴.

너끔해지고 퍼지는 기세가 매우 심하다가 조금 누그러지고.

장려 (어떤 일을) 권하여 힘쓰도록 북돋워주는 것.

스모 일본의 전통적인 씨름.

만자이 두 사람이 주고받는 만담. 재담.

세이레이나가시 왓쇼왓쇼와 함께 당시에 국가에서 장려하던 운동으로 여겨짐.

제바리 온전치 못한 사람.

불측스러 괘씸하고 엉큼스러워.

개꼬리 삼 년 '개꼬리 삼 년 묵어도 황모 되

지 않는다'의 준말로, 본바탕이 나쁘면 아무리 하여도 좋게 고칠 수 없다는 말.

밉광머리스러워서 매우 밉살스러워서.

유만부동 여러 가지가 많기는 하지만 서로 달라 같지 않음.

폐롭지가 성가시고 귀찮지가.

진찐바라바라 '지혜가 가득한, 재치가 넘치는'이라는 뜻의 일본어.

지다이모노 '역사소설'을 가리키는 일본어.

작파 하던 일이나 계획을 그만두어 버림.

따잡고 따지어 묻고.

뚜렛뚜렛하다 기본형은 '뚜렷뚜렷하다'. 눈을 크게 뜨고 이리저리 휘둘러보다.

근리하다 사리에 거의 맞다.

요량 앞일에 대하여 잘 생각하여 헤아림.

■ 쑥국새

사석 모래와 돌.

숭헙게 '흉업다'의 경기·충청 방언. 불쾌할 정도로 흉하다.

잘겁하다 뜻밖에 몹시 놀라다.

벼러 날이 무딘 연장을 불에 달구어 두드려서 날카롭게 만들어.

옹근 축나거나 모자람이 없이 본디 그대로의.

되왼 되다. 힘에 부치다.

새때 끼니와 끼니 사이의 중간 때.

쟁그랍게 보거나 만지기에 불쾌할 만큼 흉하게.

뗏장 잔디를 흙이 붙은 뿌리째 떠낸 조각.

뉘 쓿은 쌀(껍질을 벗겨 깨끗하게 한 쌀)에 섞인 벼 알갱이.

피 논에 자라는 볏과의 잡초. 꽃은 여름에 이삭 모양으로 피고, 열매는 새의 먹이로 쓰임.

운감 제사 때에 차려 놓은 음식을 귀신이 맛보는 것.

시뻐해도 기본형은 시뻐하다. 시들해도.

부룩송아지 아직 길들지 않은 송아지.

거취 사람이 움직이는 동태.

달리고 힘에 부치고. 재주가 미치지 못하고.

납채 장가들일 아들을 가진 집에서 색싯집으로 혼인을 청하는 의례.

돝 돼지.

신방 신랑과 신부가 첫날밤을 치르도록 새로 꾸민 방.

박지르고 힘껏 차거나 내질러 쓰러뜨리고.

동댕이를 치고 힘껏 내던지고.

들레다 야단스럽게 떠들다.

토방 (마루를 놓을 수 있게 된) 처마 밑의 땅.

액색하다 운수가 막히어 생활이나 행색이 군색하다.

거조 행동 거지. 무엇을 처리하거나 꾸미기 위한 조치.

꼬시래 '고수레'의 방언. 야외에서 음식을 먹을 때, 먹기 전에 자리 밖으로 "고수레"라고 외치며 음식을 던지는 일. 근처의 잡귀들에게 너희들도 먹고 물러가라는, 잡귀 추방의 주술적인 의미가 포함되어 있음.

■ 논 이야기

일인 일본사람.

탑삭부리 수염이 짧고 탐스럽게 소복하게

많이 난 사람. 덥석부리.

영악하기로서니 순진함이 없이 얄미울 정도로 잇속을 따지는 일에 밝기로서니.

인도깨비 '사람 모양을 한 도깨비'란 뜻으로 온갖 못된 짓을 하는 사람을 욕하는 말.

섬뻑 말이나 행동이 시원시원한 모양.

설도 앞장서서 주장함.

추렴 모임·놀이·잔치 등의 비용이나 물자를 마련하기 위해 같은 동아리의 사람들이 얼마씩 돈이나 곡식·물건 등을 나누어 내는 것.

별양 보통과 다르게. 별반.

공출 일제 강점기에, 곡식이나 기물을 강제로 수거해 간 것을 말함.

징용 일제가 전쟁 물자를 생산한다는 명목으로 한국인들을 강제로 끌고 가 탄광이나 부두 등에서 강제 노역을 시킨 것을 말함.

고패 두레박이나 깃발 따위의 물건을 높은 곳에 달아 올렸다 내렸다 하는 줄을 걸치는 도르래나 고리.

농투성이 '농부'를 낮추어 이르는 말.

도조 남의 논밭을 빌려서 부치고 그 대가로 해마다 내는 벼.

사품 어떤 일이나 동작·일 등이 진행되는 바람이나 기회.

천신 그해에 새로 난 과실이나 농산물로 신에게 차례를 지내는 것.

잔주 술에 취하여 늘어놓는 잔소리.

시쁘듬한 매우 마음에 차지 아니하여 시들하거나 싫증난 기색이 있는.

유업 고인(故人)이 남긴 사업.

도임 지방의 관리가 근무지에 도착하는

것.

잔당 쳐 없애고 남은 무리.

살육 전쟁이나 난리통 등에 마구 죽이는 것.

동류 같은 무리.

주리 죄인의 두 다리를 한데 묶고 다리 사이에 두 개의 주릿대를 끼워 비트는 형벌.

문초 죄인을 신문하는 것.

수다한 수효가 많은.

권솔 한집에서 거느리고 사는 식구.

의당한 마땅한.

토반 여러 대(代)를 그 지방에서 붙박이로 사는 양반.

토색질 금품을 억지로 달라고 조르는 것.

세미 국가에 세금으로 바치는 쌀.

야미 '뒷거래'의 일본어.

억지 춘향이 사리에 맞지 않아 될 듯싶지 않은 것을 억지로 함을 이르는 말.

악의악식 거친 옷과 음식. 또는, 그런 생활을 함.

당가산 집의 재산을 맡음.

쏠쏠히 어지간히.

박토 매우 메마른 땅.

고래실 바닥이 깊고 물길이 좋은 기름진 논.

며리 까닭이나 필요.

곡우 24절기의 하나. 4월 20일경으로, 청명(淸明)과 입하(立夏) 사이에 있음.

상거 떨어져 있는 두 곳의 거리.

샅 두 다리가 갈라지는 곳.

한담 심심풀이로 하는 이야기. 또는, 한가롭게 하는 이런저런 이야기.

상성 본래의 성질을 잃어서 딴사람같이 되

는 것.

통정 세상 일반의 사정이나 인정.

육혈포 탄알을 재는 구멍이 여섯 개 있는 권총.

차인꾼 장사하는 일에 시중드는 사람.

결박 몸이나 두 손을 묶는 것.

재우쳐 빨리 몰아치거나 재촉하여.

동그라진다 기본형은 '동그라지다'. 넘어지면서 구른다.

박승 죄인을 묶는 노끈.

항용 드물지 않게. 늘.

체계 '장체계'의 준말. 장에서 비싼 이자로 돈을 꾸어 주고, 장날마다 본전의 일부와 이자를 받아들이는 일.

장변 장에서 꾸는 돈의 이자. 한 장도막, 곧 닷새 동안의 이자를 얼마로 셈함.

사형 법률에 의하지 않고 사인(私人)이나 사적 단체가 사사로이 범죄자 등에 가하는 제재.

채근 (어떤 일의 내용을) 캐어 밝히거나 독촉하는 것.

지질한데 기본형은 '지질하다'. 싫증이 날 만큼 지루한데.

붇게 늘어나게.

스실사실 표나지 않게 조금씩.

희떠운 실속이 거드럭거리며 큰소리치는 태도가 있는.

허풍선이 매우 허풍을 떠는 사람.

국으로 자기 주제에 맞게 잠자코.

호가 났고 세상에 널리 알려졌고.

허랑한 (말이나 짓이) 허황하고 충실하지 못한.

지반 기초나 근거가 될 만한 바탕.

중늙은이 '중노인'을 좀 얕잡아 이르는 말. 초로(初老)는 넘었으나 아주 늙지는 않은 사람.

운덤 판세나 형세.

산판 지난날, 나무를 함부로 베지 못하게 금한 산림을 이르던 말. 멧갓.

벌목 산판이나 숲의 나무를 베는 것.

우죽 나무의 우두머리 가지.

개간 버려져 있던 거친 땅을 처음으로 일구어 논밭을 만드는 것.

해거 해괴한 짓.

행악 난폭하고 모진 짓을 함.

야료 까닭 없이 생트집을 잡고 함부로 떠들어대는 것.

이녁 상대방을 홀대하여 부르는 말.

부동 그릇된 일을 하기 위하여 몇 사람이 어우러져 한통속이 됨.

■ 민족의 죄인

문필하는 글을 짓는.

행습 습관. 버릇.

간여 (어떤 일에) 끼어들어 참견하는 것.

소간 볼일.

문담 문학이나 문장에 관한 이야기.

방담 생각대로 거리낌 없이 말하는 것. 또는, 그러한 얘기.

흔연히 기쁘거나 반가워 기분이 좋게.

잡답한 사람이 많이 몰리어 붐비는.

막설 말을 그만두는 것. 또는, 따지지 않기로 약속하는 것.

생경 세상 물정에 어둡고 완고함.

파시즘 독재적인 전체주의.

추축군 제2차 세계대전 때, 일본·독일·이탈리아의 세 동맹국이 스스로를 이르던 말.

예단 미리 판단하는 것. 또는, 그 판단.

소개 적의 공습·화재 등의 피해를 줄이기 위해 한 곳에 모여 있는 사람이나 시설 따위를 분산시킴.

패잔 싸움에 져서 세력이 꺾인 나머지.

약비한 약하고 비천한.

대처 시골에 사는 사람이 '도회지'를 큰 곳이라는 뜻으로 이르는 말.

각다분하겠지만 일을 해나가기가 매우 고되고 힘들겠지만.

누대 여러 대.

퇴영 발전·진보하지 못하고, 낡은 수준이나 단계에 머무르거나 뒤처지는 것.

무가내한 막무가내한.

우거 남의 집이나 타향에서 임시로 몸을 붙여 사는 것.

바투 두 물체의 사이가 썩 가깝게.

구릉 고도가 산보다 낮고 완만하게 경사진 땅.

암암히 익히지 않고 가물가물 보이는 상태에 있는.

당집 신을 모셔 놓고 위하는 집. 서낭당 따위.

군문 군대가 주둔하는 곳의 입구.

흥폐 흥하는 것과 망하는 것.

한갈같이 '한결같이'의 사투리.

완상 (어떤 대상을) 그 아름다움을 보고 즐기는 것.

육필 원고를 제외하면 채만식의 유일한 유품으로 남아 있는 향로.

산병전 전투 대형을 산개 대형으로 벌리고 싸우는 것. 산개 대형은 전투를 위하여 군대가 일정한 간격을 두고 벌리는 대형으로, 사격에 유리하고 아군의 피해를 적게 할 수 있음.

앙화 지은 죄의 앙갚음으로 받는 재앙.

무류하다 무료하다.

표독한 사납고 독기가 있는.

앙똥스런 조그만 사람이 분수에 지나치게 뜻밖의 말이나 행동을 하는.

요보 일제 때에 일본인들이 한국인을 멸시하여 이르던 말.

벤또 '도시락'의 일본어.

차입 유치·구류된 사람에게 음식·의복·돈 따위를 들여보내는 것.

회가 동하다 구미가 당기거나 무엇을 하고 싶은 마음이 생기다.

터수 사람이 처한 형편이나 놓여 있는 입장.

반지빨러 (언행이) 어수룩한 데가 없이 얄미울 만큼 눈치가 빠르고 꾀가 많은.

마치 못을 박거나 무엇을 두드리거나 하는 데 쓰는 작은 연장.

가사(假使) 가령.

민두름히 우두커니 하는 일 없이.

준절히 매우 위엄이 있고 정중히.

일호 몹시 가늘고 작은 털. 곧, 극히 작은 정도를 비유하여 이르는 말.

지청구 (어떤 사람을) 못마땅하게 여겨 탓하고 원망하는 짓.

첩경 흔히. 아마도 틀림없이.

배비 비례를 따라 몫몫이 나누는 것.

상치 두 가지 일이 공교롭게 마주치는 것.

저어하여 마음속으로 염려하거나 두려워하여.

언감히 어찌 감히.

하시 남을 얕잡아 낮추어 보는 것.

경개 전체의 내용을 요점만 간추린 줄거리.

생화 살아 나가는 데 도움이 되도록 벌이를 함. 또는 그 벌이.

매문 글을 지어 주고 돈을 받음.

늙마 '늘그막'의 준말. 늙어 가는 무렵.

가만한 움직임 따위가 매우 조용하여 잘 드러나지 않는.

춘경 봄갈이.

파종 씨뿌리기.

울력 여러 사람이 힘을 합해 어떤 일을 하는 힘.

신곡 햇곡식.

서속 기장과 조.

핍절 극도로 어려움.

타매 침을 뱉으며 꾸짖는다는 뜻으로 어떤 대상을 몹시 경멸하거나 더럽게 생각하여 욕하는 것.

치소 빈정거리며 웃는 것.

도고하다 높은 체하며 교만하다.

반편스럽다 지능이 매우 모자라는 듯한 상태를 이르는 말.

주구 '남의 앞잡이 노릇을 하는 사람'을 비유하여 이르는 말.

유리 따로 떨어져 있는 것.

보꾹 지붕의 안쪽.

숙청 엄하게 다스려 잘못이나 그릇된 일은 치워 없애는 것. 또는, 그런 사람을 없애는 것.

복죄 죄에 대한 형벌을 복종하여 받는 것.

참작 참고하여 알맞게 헤아리는 것.

두루춘풍 두루두루 봄바람이 분다는 말로, 누구에게나 좋은 얼굴로 대하는 일. 또는 그러한 사람.

훼절 절개를 깨뜨리는 일.

공극 비어 있는 틈.

분사 분에 못 이겨 죽는 것.

연인원 어떤 일에 동원된 인원과 걸린 날수를 두고, 그 일을 하루에 끝내는 것으로 가정하여 환산한 총인원수(세 사람이 열흘 걸렸을 때의 연인원은 30명임).

천품 타고난 기품이나 재주.

조행 보통 때의 행실. 품행.

중뿔난 기본형은 '중뿔나다'. (나서거나 참견하거나 자기를 드러내는 태도가) 주제넘거나 유별난 상태에 있는. 말하는 사람이 상대나 대상을 못마땅하게 여길 때 사용하는 비난조의 말임.

채만식은 소설을 지을 때 풍자의 기법을 적극 활용하였다. 소설 작품의 형상화에서 풍자가 지니는 의미와 기능에 대해 설명하시오.

Point　'풍자'(諷刺)는 어떤 부정적인 대상을 비꼬아 서술함으로써 그 대상을 비판하는 것을 뜻한다. 비꼬아 서술하는 과정에서 서술되는 대상이 우스꽝스럽게 묘사되며, 그것이 사람들의 웃음을 유발한다. 판박이 도덕에 집착하는 엄숙주의자와 물질적 이익에 탐닉하는 물신숭배자는 풍자의 대상이 된다. 풍자적 구성의 소설에서 한 인물이 우스꽝스러운 모습을 통해 비판되는 것은 그가 지닌 권력 때문에 은폐되어 있는 물질적 탐욕이나 도덕적 위선이나 지적 현학이다. 물질적 토대가 없다면 경제적으로 안정된 삶을 영위할 수 없을 것이고, 도덕 관념에 따른 금지의 법이 없다면 사회는 욕망의 먹이 사슬에 의해 지배될 것이며, 지식이 축적되지 않는다면 더욱 안정되고 풍요로운 삶을 살아갈 근거를 상실하게 될 것이다. 물질과 도덕과 지식은 사람이 풍요로운 삶을 살아가는 데 필수적으로 요청되는 것이지만, 누군가 자신이 소유한 권력을 기반으로 그 권력을 보다 확고히 하기 위해 그것들을 지나칠 정도로 집요하게 추구한다면 그로 인해 많은 사람이 억울한 경우를 당함으로써 공동체의 화해가 파괴되고 말 것이다. 풍자적 구성의 소설에서 물질적 탐욕이나 도덕적 위선이나 지적 현학이 비판되는 것은 그것들이 공동체의 화해에 방해가 되기 때문이다. 억압적인 권위의식과 물질적인 이해관계에 사로잡혀 있는 사람을 비판하기 위하여 사용되는 풍자는 사회생활의 상하관계를 뒤바꾸어 놓는다. 특권 없는 사람이 특권 있는 사람을 비판하여 궁지에 몰아넣는 것이다. 풍자를 통해 유발되는 웃음에는 폭로와 징벌의 의미가 들어 있다. 특권에 의해 은폐되어 있던 부정적인 모습이 풍자를 통해 만천하에 드러나기 때문에 웃는 것이고, 그처럼 부정적인 모습에 대한 징벌의 표현으로 웃는 것이다.

2 소설의 구성방식에서 '풍자'와 '해학'은 매우 유사한 구조로 되어 있으나 그 차이점도 분명하다. '풍자'와 '해학'을 비교하여 설명하시오.

Point 웃음을 유발한다는 공통점 때문에 풍자와 해학(諧謔)을 유사하게 보고, 익살이냐 웃음이냐 하는 기준으로 풍자와 해학을 구분하기도 한다. 그러나 그런 구분은 풍자와 해학의 차이를 분명하게 설명해 주지 못한다. 어떤 부정적인 대상을 비꼬아 서술하여 그 대상을 우스꽝스럽게 만듦으로써 웃음을 유발한다는 점에서 풍자와 해학은 크게 다르지 않다. 풍자와 해학의 차이는 풍자가 일방적으로 폭로와 징벌을 지향하는 데 비해 해학이 폭로와 징벌을 넘어 용서와 화해를 지향한다는 데 있다. 인간은 과오를 범하기 쉬운 존재이다. 해학은 그런 인간을 따뜻하게 감싸면서 용서와 화해로 나아간다. 넓게 보면 풍자는 해학 안에 포함될 수 있다. 따라서 풍자와 해학의 차이는 절대적인 것이라기보다는 상대적인 것이다.

풍자에서는 조소와 공격과 비판의 성향이 비교적 강하게 나타나고, 해학에서는 동정과 이해와 용서의 성향이 비교적 짙게 나타난다. 해학적 구성의 소설에서는 한 인물이 자기 반성과 자기 이해를 거쳐 잠을 깨고 눈을 뜨는 경험에 도달한다. 그 인물은 자신의 틀에 박힌 사고 방식에서 벗어남으로써 용서와 화해의 세계에 참여하게 되는 것이다. 사실 우리가 살아가는 현실 그 자체는 갈등의 구조로 되어 있다. 내가 살기 위하여 나는 누군가의 가슴에 가시를 박지 않으면 안 된다. 나는 영양분을 섭취하지 않으면 나의 생명을 보존할 수 없다. 내가 취하는 영양분은 모두 나 아닌 다른 것으로부터 온다. 내가 영양분을 취하는 것은 나 아닌 다른 것(식물, 동물 등)의 가슴에 가시를 박는 것과 같다. 그러나 현실이 아무리 그와 같은 갈등의 구조로 되어 있다 하더라도 인간의 내면에는 화해의 소망이 깃들여 있다. 언제나 갈등의 구조로 되어 있는 사회 체계 안에서 화해를 이룩한다는 것은 어려운 일이지만, 그렇다고 그것이 전혀 불가능한 것은 아니다. 가족 안에서 이루어지는 조그만 화해로부터 조국의 광복과 같은 목적을 위해 함께 싸우는 동지들 사이에서 이루어지는 화해에 이르기까지 여러 종류의 화해가 가능하며, 우리는 그러한 화해의 장면을 목도할 때 감동을 느낀다. 현실의 갈등 구조를 적나라하게 보여주는 풍자적 구성이 나름의 존재 이유를 지니는 것처럼, 인간의 내면에 깃들인 화해의 소망을 충족시켜 주는 해학적 구성 역시 그 나름의 존재 이유를 지니고 있다.

3 「레디메이드 인생」에서 채만식은 무산 지식층인 P를 풍자의 대상으로 삼아 비판하고 있다. 그 비판의 이유는 P가 지식인의 진정한 모습을 보여주지 못하기 때문이다. 지식인이란 어떤 존재인지 나름대로 정의해 보시오.

***P**oint* 어떠한 사람이라야 지식인이라고 규정하기는 쉽지 않은 일이지만, 우리는 대강이나마 몇 가지 기준을 설정해 볼 수 있다. 첫째, 지식인은 어떠한 전문 직업이 요구하는 조건을 갖추고 있는 사람이다. 사회의 노동 체계 가운데 비교적 상위에 속하는 상층 사무직이 지식인에 배당되어 있기 때문이다. 둘째, 지식인은 어떠한 문제를 직업적 기준으로 해석하는 동시에 자신의 직업이 근거로 삼는 지식의 전제 자체를 비판적으로 반성할 수 있는 사람이다. 의사는 단순한 전문가이지만 그가 만일 의학의 생물학적 전제를 비판한다면 우리는 그를 지식인이라 부를 수 있다. 셋째, 지식인은 자기 직업의 내용을 일상 생활의 커뮤니케이션 속으로 개방할 수 있는 사람이다. 전략 무기를 개발하는 공학자는 그가 그 분야에 문외한인 시민과 일상 언어로 이야기할 수 있고, 평범한 시민의 관점으로부터 전략 무기 생산에 드는 사회적 비용과 다른 생산을 희생하는 데 따르는 사회적 손실에 대하여 진실하게 배울 수 있는 자세를 갖추게 될 때에 비로소 지식인이 된다. 결론적으로 지식인은 자신의 문제를 명확하게 규정하고, 다시 그것을 폭넓은 사회적 맥락 위에서 해석할 수 있는 사람이다.

4 「레디메이드 인생」에서 채만식은 한국의 근대사를 풍자의 대상으로 삼아 비판하고 있다. 채만식의 비판에 대한 나름의 생각을 기술하시오.

*P*oint P의 상상을 통해 드러난 내용에 근거할 때, 우리는 채만식이 한국의 근대사를 네 단계로 나누었음을 알 수 있다.

1. 바가지를 쓰고 벼락을 막으려던 대원군이 스러지고 개항이 되었다.

2. 정변과 국치를 1919년 이후에 신흥 부르주아의 대두가 현저해졌다. 그들은 자유주의의 간판을 내어 걸고 농민과 노동자를 어루만지고 봉건 지주와 악수하며 지식층을 주문하였다.

3. 1902년에 결성한 '칼톱회' 이후로 칼과 톱을 외는 소리, 다시 말해 사회주의 세력이 서울의 신풍경을 이루었다.

4. 민중의 지식이 향상됨에 따라 면서기·순사·은행원·회사원·책장사 등의 직업이 생기고 이들의 수요에 응해 양복점과 구둣방이 즐비해졌다. 부르주아는 가보(9끗)를 잡고 상층 지식인은 진주(5끗)를 잡고 농민과 노동자는 무대(0끗)를 잡은 셈이다. 특히 무산 지식층은 뱀을 잡았다.

채만식은 강제 개항 이후의 한국 근대사를 자본주의의 발달 과정으로 파악하였고, 그 시대의 기본 모순을 자유주의와 사회주의의 대립으로 간주하였다. 한국의 자생적인 근대화의 주동력을 절단하고 지주 세력을 예속화하여 한국을 자본 사회가 아니라 식민지 사회로 고정시켜 놓은 일본의 침략이라는 문제를 도외시한 채만식의 시각이 철저하지 못했다는 것은 이미 여러 연구자들에 의해 지적된 바 있다. 토지조사 사업은 한국 경제를 식민지로 재편성하는 과정이었으며, 1930년대 공업화도 일본 독점 자본의 식민지 수탈 이외에 다른 것이 아니었다. 한국은 독립된 경제 단위를 형성하지 못하고, 일본 경제의 한 부분으로서 일본 경제에 대한 기여도로만 평가되고 있었다. 위에서 요약된 바와 같이 채만식은 일본 내의 문제인 자유주의와 사회주의의 대립을 식민지 사회인 한국에 옮겨 놓고 모든 문제를 일본과 분리하려고 한다. 식민지 한국을 독립된 단위로 놓고 문제를 설정하면 정확한 답을 이끌어낼 수가 없다. 여기서 우리는 나라 잃은 시대에 민족 문제를 풍자의 기준에서 제외한 채만식의 시각이 불철저하다는 사실을 우선 지적할 수 있다.

(위와 같은 사실들을 고려하여 나름의 논리를 세워 보시오.)

5 「치숙」에서 화자인 '나'는 자신의 오촌 고모부를 비판하고 있다. '나'의 비판에 대한 나름의 생각을 기술하시오.

'나'는 자신의 아저씨에 대해 큰 반감을 지니고 있다. '나'가 보기에는 어디 하나 모자랄 데 없는 아주머니를 박대했을 뿐만 아니라 그런 박대에도 불구하고 지성으로 섬기는 그녀의 은공을 고마워할 줄 모른다는 것이 그 첫째

이유이고, 대학에서 경제학을 공부했음에도 돈 벌 궁리는 하지 않고 나라가 금지하는 사회주의 운동에만 매달리려 한다는 것이 그 둘째 이유이다. 그런데 그런 '나'는 어떤 인물인가? '나'는 일본인 가게에서 일을 하는 소년이다. '나'는 일본인 여자에게 장가를 들고 이름도 일본 이름으로 바꾸고, 입는 옷과 먹는 밥과 사는 집도 일본식으로 할 뿐 아니라 아이들도 일본 학교에 보내겠다는 욕망을 거리낌없이 토로한다. 나라 잃은 시대에 이른바 '내선일체'를 주장하던 총독부의 논리에 완전히 세뇌된 인물이 바로 '나'이다. 나라 잃은 시대의 한국 사람들은 어떤 일이 있어도 일제와 화해할 수 없었다. 그것은 한국인 모두에게 주어져 있는 도덕적 지상명령이었다. 자신의 본분을 다하는 아내에게 남편으로서 나름의 본분을 다해야 한다는 도덕적 명령에 근거하여 자신의 아저씨를 비판하면서도, '나'는 그 당시 한국인이라면 마땅히 지켜야 하는 도덕적 지상명령에 대해서는 단 한번도 진지하게 고민하지 않는다. 일제 시대에 국내에 남아서 살아가던 사람들에게는 일제가 만들어 놓은 제도의 틀 안에서 하루도 빠짐없이 일제의 구속에 속박당한 채 살아가는 길 말고는 다른 길이 주어져 있지 않았다. 그러나 그러한 사성이 적극적인 친일의 핑계가 될 수는 없다. '나'의 태도는 적극적인 친일의 그것을 보여준다. 적극적인 친일도 아니고 적극적인 항일도 아닌 행동을 취하고 있었기 때문에 그 당시 대부분의 사람들은 민족 문제와 연관된 비판의 문제에 있어 난처한 입장을 취할 수밖에 없었다. 그러한 입장은 나라 잃은 시대에는 오히려 일반적인 삶의 모습이었다. 그러나 그 어떤 경우라 하더라도 적극적인 친일이 용납될 수는 없다. 위의 사실들을 고려할 때, 우리는 아저씨에 대한 '나'의 비판이 정당한 것이라고 인정할 수 없다.

6 나라 잃은 시대를 배경으로 하고 있는 「소망」에서 한 인물은 그 아내가 보기에 매우 기이한 행태를 보여준다. 그 인물의 그러한 행태를 통해 작가가 말하고자 한 것에 대해 설명하시오.

*P*oint 「소망」은 한 여인이 자신의 언니를 찾아와 남편의 기이한 행태에 대해 보고하며 상의하는 내용으로 되어 있다. 그 아내가 전하는 남편의 기태(奇態)는 다음과 같은 것들이다.

1. 대학을 졸업하고도 삼사 년씩 취직을 못해 쩔쩔매는 시절에 신문사에 들어가 동료들의 인심도 얻고 사장의 인정도 받고 있는데 어느 날 갑자기 아무런 이유 없이 사직서를 내고 신문사를 나온다. 이것이 벌써 신경에 문제가 생겼다는 표적이다.

2. 신문사를 그만두고 난 다음 일 년 동안 전혀 외출을 하지 않고(기껏해야 서씨라는 친구를 닷새나 열흘에 한번쯤 찾아가는 것이 고작이다), 굴 속 같은 건넌방에 처박혀 웃지도 않고 이야기도 하지 않고 책만 읽거나 신문과 잡지를 뒤적거리기만 한다. 그 건넌방이라는 것이 바람 한 점 통하지 않아 여름이면 가마 속 같으니, 다른 사람이라면 차라리 죽으면 죽었지 그 방에서 십 분도 보내지 않을 것이다.

3. 남편의 신경에 문제가 생긴 것 같은 결정적인 단서는 삼복 더위에 겨울 양복을 입고 종로 한복판을 거닐다 온 것이다.

아내가 보고하는 남편의 위와 같은 기태는 작품 안에서 그 기이함이 약화된다. 아내 스스로도 남편의 신문사 사직과 관련하여 "허기는 눈동자가 옳게 박힌 놈은 이 짓 못해 먹겠다구, 그 무렵에 바싹 침울해 허기는 했었지만서두"라고 주석을 달고 있고, 겨울 양복 사건과 관련해서도 "(…) 사내 대장부가 어찌 그대지 못났수? 이건 과천서 뺨 맞구, 서울 와서 눈 흘기기 아니우? 제엔장맞을, 차라리 뛰쳐 나서서 냅다 한바탕…… 응? 그럴 것이지, 그렇잖우?"라고 하여 남편의 기태에 자신도 알 만한 이유가 있음을 넌지시 알려 준다. 또한 작가 스스로도 작품의 서두에 본문과 구별하여 "남아거든 모름지기 말복날 동복을 떨쳐 입고서 종로 네거리 한복판에 가 버티고 서서 볼 지니"라는 구절을 배치하였고, 작품의 본문에서는 남편이 자신의 기태와 관련해서 "(…) 온갖 인간들이 더위에 항복하는 백기(白旗) 대신 최저한도루다가 엷구 시헌한 옷을 입구서 그리구서두 허어덕허덕 쩔쩔매고 다니는 종로 한복판에 가 당당하게 겨울옷을 입구서 처억 버티구 섰는 맛이라니! 그게 어떻게 통쾌했는데!"라는 설명을 하게 하였다. 이와 같은 사실들을 고려할 때, 우리는 이 작품에서 비판하고자 하는 대상이 당시의 현실 상황임을 알 수 있다.

7 | 「쑥국새」에서 '납순'은 미럭쇠와 결혼하였으면서도 이전에 좋아하던 종수와 도망을 가려 하고, 그 계획이 발각되자 목을 매어 자살한다. 납순의 행위에 대한 나름의 생각을 기술하시오.

$\mathcal{P}$oint　이 문제를 푸는 데에는 두 가지 관점이 있을 수 있다. 하나는 납순의 행동을 긍정하여 옹호하는 것이고, 다른 하나는 부정하여 비판하는 것이다. 어느 관점을 택하든 상관이 없을 것이다. 요점은 긍정과 비판의 근거가 다른 사람도 납득할 수 있는 것이어야 하고 논증의 과정이 다른 사람을 설득할 수 있어야 한다. 남성 중심주의 사회에서 소외되고 억압당해 온 여성의 문제에 대한 논의를 중심으로 하는 페미니즘(여성주의)의 관점에서 접근하는 것도 하나의 방법일 것이다.

8

「민족의 죄인」에서 '김군'은 '윤'이 친일의 문제와 관련하여 결백하다면 그에게 경제적 여유가 허락되었기 때문이라고 주장한다. '윤'이 가난했더라면 정작 어떻게 행동했을지 모르니까 그의 결백은 '미시험의 지조'이며, 죄와 결백의 원인이 경제적 여유의 유무에 있으니 친일이냐 아니냐 하는 문제는 '재산적 운명'과 연관되어 있다는 것이 '김군'의 주장이다. '김군'의 주장의 타당성 여부와 관련하여 나름의 생각을 기술하시오.

$\mathcal{P}$oint　「민족의 죄인」에서 '윤'은 '김군'과 같은 신문사에서 함께 근무하다가 스스로 사직서를 내고 그만둔 인물로 묘사되어 있다. '윤'이 그처럼 스스로 신문사를 사직한

것은 나라 잃은 시대의 말기에 신문을 내는 일이 총독부 정책
의 꼭두각시 역할밖에 되지 못한다는 판단 때문이었던 듯하
다. '김군'은 '윤'의 그런 선택과 결단이 단순히 그의 경제적
여유 때문이었다고 주장한다. '윤'은 총독부의 정책에 동조하
는 신문을 만드는 일에 참여하지 않았으며 총독부의 정책을
선전하는 시국강연에 나서지도 않았다. 그런 점에서 '윤'은 신
문사에 남아 총독부의 정책에 동조하는 신문을 만드는 일에
참여한 '김군'이나 시국강연에 나선 경험이 있는 '나'에 비해
대일 협력이라는 문제에서는 결백한 사람이라 할 수 있다. 그
러나 총독부의 정책을 적극적으로 비판하는 행동을 취한 적이
없다는 점에서 '윤'과 자기 자신이 크게 다르지 않다고 '김군'
은 지적한다. '윤'이 시국강연에 나서지 않은 것도 그의 적극
적인 항일 의지 때문이 아니라 '윤'의 사회적인 영향력이 미미
한 탓에 그 일을 강제적으로 시키지 않았기 때문이라는 것이
'김군'의 생각이다. 대일 협력이라는 문제와 관련해서 '윤'이
주장하는 결백은 집안의 경제적 여유 덕분에 아무런 일도 하
지 않고 그 시절을 지낼 수 있었기 때문이라는 것이 '김군'의
지적이다. 사회적인 영향력이 있어서 강제로 시국강연을 나서
야 하는 상황에 처하거나 가난 때문에 신문사를 그만둘 수 없
는 상황에 처했다면 '윤'이 어떤 태도를 취했을지 알 수 없으
므로 '윤'의 지조는 제대로 검증되지 못한 지조(미시험의 지
조)라는 것이다. '김군'의 논리에 타당성이 없는 것은 아니나
그렇다고 그의 논리를 전폭적으로 받아들이기도 난처하다. 이
러한 난처함은 적극적인 항일도 아니고 적극적인 친일도 아닌
행동을 취할 수밖에 없었던 사람들에 대한 도덕적 판단의 난
처함과도 연결된다. 적극적인 항일을 시금석으로 삼는다면 그
밖의 다른 행동들은 모두 비판의 대상이 될 수 있다. 직극적인

항일의 관점에서 보면 '나'와 '윤'의 차이가 그렇게 큰 것이 아
니기 때문이다. 그러나 비록 자발적인 것은 아니라고 하더라
도 어떤 형태로든 일제에 협력한 행동과 경제적 여유 덕분이
라고 하더라도 일제에 협력하지 않은 행동을 동일 선상에 놓
고 볼 수는 없다. 그런 점에서 '김군'의 논리는 나라 잃은 시대
의 일반적인 삶의 모습과 관련해서 매우 난처하고도 미묘한
문제를 건드린다고 볼 수 있다.

---

9 「민족의 죄인」에서 '김군'과 '윤'은 민족의 반역자
에 대한 처벌의 문제를 놓고 서로 대립적인 관점을
보여준다. 두 사람의 관점 가운데 하나를 택하여 나
름의 논리를 전개해 보시오(절충적인 방안은 고려의
대상에서 제외하시오).

Point '김군'의 논리가 용서와 화해의 관점에 따른 것이라
면, '윤'의 논리는 폭로와 징벌의 관점에 따른 것이
다. 누군가 일제에 부역하는 행위를 했다면, 그 행위가 끼친
영향, 그가 그렇게 할 수밖에 없었던 정황, 행위 이후의 그의
심리와 행동(자기 반성의 여부) 등을 참작하여 처벌의 경중에
차이를 두어야 한다는 것이 '김군'의 논리이다. 반면에 일제에
부역한 사람은 민족 정기를 바로 세우기 위해서라도 죄의 정
도에 상관없이 모두 엄벌에 처해야 한다는 것이 '윤'의 논리이
다. 광복 이후 한국의 과제는 근대적 민족 국가를 건설하는 것

이었다. 그 과제의 성공적인 수행을 위해서는 민족 정기를 바로 세워야 함은 당연한 것이었고 아울러 그 목표를 위해 모두가 화합할 수 있어야 했다. '윤'과 '김군'의 대립적인 관점은 모두 나름의 타당성을 지니고 있기 때문에 우리는 어느 쪽이 더 옳다고 섣불리 단정할 수 없다. 「민족의 죄인」에서도 작가는 두 가지 관점을 제시하기만 할 뿐 어느 편의 손도 들어주지 않고 있다. 이 문제는 보다 타당한 견해를 선택하는 데에 초점이 있지 않다. 한 편의 논리를 들어 얼마나 더 설득력 있게 자기의 의견을 제시할 수 있는가 하는 점이 문제의 핵심이다.

10

「논 이야기」에서 한 생원은 나라가 망하였을 때 오히려 '잘 망했다'고 하고, 광복이 되었을 때에도 만세를 부르지 않은 자신의 행위가 옳다고 믿는다. 한 생원의 행동과 생각에 대해 나름으로 생각하는 바를 기술하시오.

Point 경술국치로 나라를 잃었을 때 한 생원이 오히려 '잘 망했다'고 한 데에는 나름의 이유가 있다. 구한국 시절에 한 생원은 아버지가 고생하여 마련한 논 스무 마지기 가운데 열세 마지기를 강제로 빼앗긴 경험이 있었던 것이다. 잃었던 나라를 되찾는 광복을 맞이하고도 만세를 부르지 않은 이유도 광복이라는 것이 애써 장만한 땅을 강제로 빼앗았던 옛 시절로 다시 돌아가는 것에 불과하다고 여겼기 때문이다. 한 생원의 행동에 나름의 이유가 없는 것은 아니나 그렇다고 그의 행동이 무조건 정당한 것이라 보기도 어렵다. 나라 명색이 망하지 않고 내 나라로 있을 때나 일제에 빼앗겨 남의 나라로 있을 때나 나라가 자신에게 별로 해준 것이 없다는 점 때문에 나라를 대수롭지 않게 여기는 한 생원의 생각에는 문제가 있다. 우선 그는 부분을 전체로 보았다. 지방 수령의 타락이 그의 집안에 심각한 물질적 손실을 끼친 것은 사실이지만, 그 가해자를 나라 전체로 확대하는 것은 결코 타당하지 않다. 다음으로 한 생원의 개인주의를 지적할 수 있다. 그는 자신의 이익이라는 관점에서만 사건을 보려고 한다. 국가라는 것은 공동체의 단위이다. 인간은 혼자서는 살아갈 수 없다. 다른 사람들과 함께 살아갈 수밖에 없는 것이 우리 인간의 사회적 운명이다. 공동체의 문제가 제기될 때 필연적으로 개인의 희생이 따르기 마련이다. 물론 이 경우 그 희생은 언제나 기본 선에서 이루어져야 한다. 술과 노름으로 진 빚을 갚기 위해 길천에게 판 땅이 광복이 되어 다시 자기에게 되돌아온다고 생각하자 한 생원은 갑자기 만세가 부르고 싶어진다. 그러나 그 땅을 되찾을 수 없게 되었다는 사실을 알고는 생각을 바꾼다. 큰 권력을 지닌 신분이 아니기 때문에 부각되지는 않았으나 한 생원의 행동은 지나친 개인주의를 보여준다.

(다른 관점에서도 충분히 기술될 수 있을 것이다. 요점은 자신의 견해가 분명히 드러나야 하고 그것이 읽는 사람을 설득시킬 수 있어야 한다는 것이다.)